Akise Misumi

三角あきせ

TOブックス

Contents

イラスト：林マキ　デザイン：CoCo.Design　小菅ひとみ

プロローグ

私が前世の記憶を思い出したのは、高熱に浮かされている時だ。

正確には、池のほとりから、恍惚とした表情で溺れている私を見下ろしている王太子殿下を見た時かもしれない。もちろん突き落としたのは王太子殿下である。

助けを求めようとして口を開けば、池の水が容赦なく口内に入り、がぼがぼ言うばかり。王宮の池は深く、十五歳のほぼ成人女性の私の足ですらつかない。突き落とした本人は笑っているばかりでこちらを助けようとは一切しない。

最後に見たのは、私を助けに飛び込む護衛の姿であった。

三日三晩熱に浮かされた私はその時に前世の記憶を詳細に思い出した。そうして、今の自分と融合させた。

私の前世は、しがないＯＬで、普通に働いて普通に暮らす、どこにでもいる珍しくもない人間だった。彼氏もおらず、どちらかと言うと干物で、趣味は乙女ゲーム。スマホのアプリを美課金（誤字ではない）で楽しむ、という地味で目立たない、人畜無害の二十代後半の女性、それが前世の私だったのだ。

ちょっと変わっていたのは死因で、所謂痴情のもつれに巻き込まれたのだ。ある日、「宅急便です」とチャイムが鳴った。女性の声だったので珍しいな、と思いながらドアを開けたら急に腹部を刺されたのだ。

「彼を返して」とか「私たちは愛し合っているの」とか言いながら、女は何度も刺してきたが人違いだ。私は生きている年齢＝彼氏いない歴なのだから。

違う、と言おうとしたが、喉から血が逆流して、何も言えなかった。

女があまりに騒ぐものだから、様子を見ようとしたのか、隣の部屋から男が出てきた。

その男を見て女は「あなた、どうして、その女はなに？　じゃあ、この女は？」とかなんとか騒いでいた。お隣さんが浮気相手だったようだ。部屋、間違えたな。ちゃんと調べてから、行動してほしいものだ。いや、人を刺しちゃダメだけど。

そのまま視界が暗くなったので、恐らくその時に私は死んだのだろう。


現世の『わたし』は、エヴァンジェリン・クラン・デリア・ノースウェル・リザム。今は子爵令嬢だ。黄金の髪に、菫色の瞳の少女である。

元の名前はエヴァンジェリン・フォン・クラン。王家の血を引く、由緒正しい公爵令嬢だった。

つまり、『わたし』は公爵家から子爵家に養女に出されたのだ。なぜかと言うと、理由は簡単、『わたし』が公爵家に相応しくない、傷物になったから。

前世の記憶を思い出す前の『わたし』は、それが悲しかったが、今の私はそれで良かったと思う。

なぜなら、実父のクラン公爵は『わたし』に見向きもしない人だったし、実母は六歳の頃、亡くなっている。四つ上の兄は優しい人だったが、隣国に留学という形で追い出されており、全く接触できなかった。後妻の義母は『わたし』に関心がなく、二つ上の異母兄と、同じ年の異母妹は『自分の方が父に愛されている』と『わたし』を見下していた。実際に父は『わたし』に話しかけることはなかったが、異母兄や異母妹とは笑顔で話している姿をよく見かけた。

「あぁ、エヴァ、目が覚めたのね？　貴女は三日も意識がなかったのよ。痛むところはない？　わたくしのことは、わかるかしら？」

目を開けた私の視界に一番に飛び込んできたのは、リザム子爵夫人――私のもう一人の義母であるリエーヌ様だった。リエーヌ様の美しい瞳から溢れる涙が私のほおに当たり、耳元へと伝う。よほど心配してくださったのだろう。ひどい顔色をしている。

「お嬢様、よかった、お目覚めになって！　神様に感謝しなくては！　あぁ、そうだ、旦那様に知らせて参ります！」

そう言って駆け出すのは、エリスだ。彼女は子爵家が雇ってくれた侍女である。実家は『わたし』を養女に出すにあたって、何もしてくれなかったのだ。唯一母の形見のピアスを持ち出すことは許されたが、それ以外の宝石やドレスは持ち出すことを許されなかった。今頃、異母妹の持ち物になっているだろう。

「エヴァ、よかった。気づいて」

程なく走ってやってきたのは、リザム子爵のヨアキム・クラン・デリア・ノースウェル・リザムだ。お二人には子供がおらず、娘が欲しかったと仰って、そんなに裕福なお家ではないのに、厄介者の私にも、随分よくしてくれる人格者である。穏和で、誠実な夫妻は、領民たちにも慕われている。

記憶を思い出す前の『わたし』も、素直に甘えきれなかったが、夫妻のことが大好きだった。

「お義父様、お義母様、私は大丈夫です。ご心配をおかけしました。お義母様、ひどい顔色です。私はもう大丈夫なので、どうかお休みください」

私の言葉に子爵夫妻は顔色を変える。リエーヌ様に至っては、先ほどよりもさらに涙を溢している。

「母と呼んでくれるのね、エヴァ」

「もう一度、呼んでくれるかい？　エヴァ」

素直になれない『わたし』は、今まで子爵夫妻のことをリザム子爵、リエーヌ様とお呼びしていたのだ。

けれども、前世を思い出した今となっては、公爵家の面々よりも、子爵夫妻の方がよっぽど家族だと思えるのだ。

恐らくお義母様は、ずっと私についていてくださったのだろうし、お義父様は王宮にお勤めで、お忙しいのに、すぐ連絡のつく子爵邸で仕事をしてくださっていたのだろう。

勢いに任せ、起き上がって抱きつこうとし、頭の痛みに眉を顰める私に、慌てたようにお義父様が、止める。

「あぁ、起きてはいけないよ。池に落ちた時にね、池の縁石で、額を傷つけてしまったようなんだ……」

「ごめんなさい、本当は治癒術師を呼びたいのだけど……」

「大丈夫です、お義父様お義母様。傷なんて、今更ですわ。これが原因で、婚約解消になるなら、私はそれでも構いません」

私の言葉にお義父様の顔が曇る。

この世界には、魔法がある。

この国、クライオス王国の初代国王は偉大な魔導師だったらしく、魔法で魔物や他国を退けて国を造った。だから、王家に近ければ近いほど、強い魔力を持つ。かく言う私も強力な魔力を持っているらしい。

よくあるゲームのように、地水火風の属性を持つ人間がほとんどだが、ごく稀に光の属性を持つ人がいる。それは何万人に一人くらいの割合であり、大国と言われている我が国ですら、五人しかいないのだ。

光属性の持ち主は治癒魔法と防御魔法が使える。光属性はその性質から『神が人に与えたもの』とみなされており、神殿の直属となる。光属性の持ち主はこの世界にとって重要なものなので、王家も強く出られない。結果、彼らと神殿の力は増し、王の権力すら及ばない事態も起こってしまっている。

そして、宗教と言ったら清貧、無欲をイメージする人もいるかもしれないが、実はそうではないことも多い。金品を奪ったり、罪のない人の生命を奪ったりと宗教の名の下に行われた非道は枚挙にいとまがない。

まぁ、宗教家とて人間であり、生きているからには食べる必要があり、食べるためには何かしら稼がないと生きていけないのだ。

この国の宗教もそうだ。治癒術師は治療する際は高額な治療費を要求する。それは、何もおかしなこととして認識されていない。少し裕福な伯爵家ですら払えない、その治療費をリザム子爵家が払えるはずもなく、何より私に至っては今更なのだ。

「いや、それが……エヴァ、落ち着いて聞いてほしいんだが……」

「あなた、そんな話今しなくても……」

「いいえ、お義母様。私、今聞きとうございます。お義父様、どうぞお話しくださいませ」

夫妻は顔を見合わせ、お義父様が言いづらそうに口を開いた。

「君とグラムハルト・フォン・ルーク・ベネディの婚約は解消されることとなったよ。それで、その、王太子殿下が、君の婚約者となった」

……私がものも言わずぶっ倒れたのは仕方のないことだと思いたい。

乙女ゲームの世界だと思うのですが……

この世界はおかしなズレがあるような気もするが、私が前世で微課金していたアプリゲーム——プリンス・キス~真心を君に~と言う名だった。略してプリキス——の世界ではないかと思うのだ。

私を池に突き落とした王太子と、私の元婚約者のグラムハルト・フォン・ルーク・ベネディはそのゲームの攻略対象だったからだ。そして、もう一人、ルアード・テンペス・イースター・リオネルという名の攻略対象者を『わたし』は知っている。

ヒロインは王太子の幼馴染――乳母の娘、伯爵令嬢のサラだ。この国の貴族は下位に行けば行くほど名前が長くなるので、彼女のフルネームは覚えていない。

だが、たしかにサラは、存在している。殿下のひとつ下だったので、今は私と同じく十五歳のはずだ。ゲームの開始時のサラは十六歳だ。

しかし、学校に通うことなく、物語は王宮で繰り広げられたため、開始時期は曖昧である。しかも、誕生日は自分で決められたので、シナリオ通りなら一年足らずでゲームが始まるのではないだろうか。

『わたし』も王太子の幼馴染だったので、彼女を王宮で何度か見かけたことがある。ただし、『わたし』が王宮に通っていた時、うまく接触できなかったので、お友達ではなかったが。

茶色の髪、茶色の瞳の平凡な容姿の持ち主――と、登場人物紹介にあるが、しっかり美少女である。よくある、守ってあげたい系の清楚な容貌をしている――だが、心ばえがよく、そして貴族令嬢にあるまじき純真さ、破天荒な明るさを持っており、どのルートでも、王太子は密かに彼女を想っている。幼い頃にした結婚の約束を彼は大事にしており、絶対にサラと結婚すると決めているらしい。

王太子のジェイド・クライオスは金髪碧眼のまさに王子、と言った美形で、年齢は私のひとつ上の十六歳。そして、三日前に『わたし』を池に突き落とした後、恍惚とした笑みを浮かべた異常者である。彼と交流があったのは八歳の頃までなので、彼がどうしてあのような常軌を逸した行動をとったか、わからないが、間違いなく言えることは心底関わりたくない、ということだ。

プリキスでは、メインヒーローを張っており、容姿端麗、頭脳明晰、しかも魔力も歴代一位二位を争うほど高く、剣術も嗜んでいる、というパーフェクト王子に見せかけている。

なぜ、見せかけかと言うと、前述したようにヒロインのサラに初恋を拗らせているからである。国法で、王妃は侯爵令嬢以上と定められているため、余計に拗らせるのだ。ロミオとジュリエットの時代からそうだが、恋とは禁止されると燃え上がるもので、ジェイドとサラは周りを巻き込む大恋愛に夢中になり、最終的に国の法律を変えるという暴挙に出る。ヒロインとの結婚式で、彼の微笑んだスチルがあるのだが、それがなんともいえない、げっすい笑みなのだ。ちなみに私を池に突き落とした後の微笑みがそのスチルと重なって『わたし』は、私となったのだ。

物語はそこでハッピーエンドだが、自分の欲に従って国の法律を変えた後、彼らが幸せになれたとは思えない。侯爵以上の家柄の娘でないと正妃になれないというのは、慣例だからではない。魔力は遺伝するものとされており、最低でも侯爵家の令嬢レベルの魔力保持者でないと次代に差し障りがあるからである。要するに、魔力の強さに隔たりがあった場合子供ができないのだ。

この国は一夫一妻制で、王といえども例外はない。そして、サラは心ばえの良い、優しい娘だが、伯爵令嬢にすぎず、強い魔力を保持していない。そのため、サラはシナリオでは一度彼から身を引こうとするが、二人はその困難を乗り越えて、真実の愛を見つけるらしいが……物語後は、どうなったか、お察しのことだと思う。

ワンマンで、自らの欲で王国を滅ぼしかねない、先行きの見えない暗君、それがプリキスのジェイドで、現在は、そこに異常者という属性までついてしまっている。

ちなみに彼のルートの悪役令嬢は私の異母妹のイリア・フォン・クランである。そして、イリアに姉がいるという記述はない。つまり、私は物語には、存在していない。

先ほどまで『わたし』の婚約者だった、グラムハルト・フォン・ルーク・ベネディィはこの国の宰相をしているベネディィ侯爵の嫡男である。年齢は『わたし』の一つ上の十六歳。彼は黒髪黒目の怜悧な印象の青年である。ジャンルとしては秀才キャラであるが、彼は自分の能力の高さを過信しすぎて、周りが馬鹿に見えるという、良く言えばナルシスト、悪く言えば客観的な視点を持たない、只の阿呆という名の、井の中の蛙だ。

暴力を嫌うという設定があったにもかかわらず、十二歳の頃、王妃様主催のお茶会で偶然会った『わたし』を階段から突き落としてくれやがった紳士である。結果、『わたし』の右足の大腿部に傷痕が残り、その責任を取るために先日まで私の婚約者だった。

彼はプリキスでは、ナルシストなところがやや鼻につくものの、細やかな気遣いとヒロインに対する粘着質なほどの愛でジェイドと人気を二分していた。

なんと彼はヒロインが自分以外の男と話をしたりするだけで嫉妬してくると言う鬱陶しさを保持していた。そこが胸キュンらしい。よくわからない、鬱陶しいだけではなかろうか。

そんな鬱陶しさを保持する彼だが、私の婚約者だった時は手紙の一通、花の一輪も寄越さない男であったので、私に興味は一切無かったのだろう。

驚くのは、彼がヒロインを好きになった理由で、なんと幼馴染の王太子が好きな人だからである。正直拗らせているとしか思えない。なんだ、お前は王太子に何か含むところがあるのか、と聞きたいところである。

ちなみに彼とも十二歳以降会っておらず——なんと人に怪我をさせて見舞いにも来やがらなかったので——彼が『わたし』を突き飛ばした理由は今以て不明である。


転がり落ちる途中の階段で切ったのか、右足の大腿部がすっぱり切れており、大量出血をしてしまったので、私の右足の大腿部にはひきつれたような醜い傷痕が大きく残っている。

幸いにも神経にまで損傷がなかったようなので、動きに制限はないが、寒い夜などは時々痛む。

このような醜い傷痕を誰にも見せたくないので、グラムハルトが私に興味がないのは良いことだった。もし婚約したままだったとしても、ゲームが始まれば、彼はサラに夢中になるだろうから、婚約破棄されただろう。

もしサラがジェイドを選び、彼が私と結婚するような事態になったとしても、おそらく彼は私に手を出してこなかっただろう。

彼のルートの悪役令嬢は、伯爵令嬢であるアリアナ嬢である。彼との婚約は解消されたので、これからアリアナ嬢と婚約するのかもしれない。

最後にルアード・テンペス・イースター・リオネルは、騎士団長の子息である。燃えるような赤い髪と緑の瞳を持っている。年齢は私と同じ、十五歳の伯爵家の子息である。

そして彼は『わたし』が、公爵家から養女に出される理由をつくった張本人であり、グラムハルトの前の『わたし』の婚約者だった。

元々『わたし』は魔力の強さが群を抜いていたため、王太子の婚約者の筆頭候補だったのだ。そして、ルアードは王太子の側近候補だったので、彼とも幼馴染だった。

私は婚約者候補とはいえ、ほぼ決まっていたため、お妃教育を受けていたので、毎日王宮に通っていた。

しかし、八歳の頃、庭を通りかかったとき、いきなり彼が練習用の剣——とは言え鉄剣だ——で斬りかかってきたのだ。頭を殴られると思い、咄嗟に手で頭を庇ったため、右手の甲を殴られてしまい——練習用の剣を持った八歳児とはいえ、すでに身体が大きかったルアードの力は強く、やはり大量出血となり——手に傷が残ってしまったのだ。こちらも神経には傷がなく、動かすことに支障はないが、やはり冬の寒い季節は痛む。

この手の甲の傷も割としっかり残っており、手袋を着用せずに外に出ることができなくなった。

治癒術師にかかれば治ったのだろうが、伯爵家の資産では治療費を払えず、父にはほかに娘がいないわけではなく——異母妹がいたので——『わたし』のために高額な治療費を払おうとしなかった。

その結果、傷のある『わたし』は王家に嫁ぐわけにいかなくなり、ルアードが責任を取って『わたし』の婚約者になることで話がついた。

そして、公爵家の長女を伯爵家に嫁がせることを良しとしなかった父は、これ幸いとばかりに

『わたし』を子爵家に養女に出したのだ。実父は私と実兄を嫌っており、異母兄と異母妹に全ての財産を譲りたかったようなので渡りに船というものだったのだろう。

　王太子の筆頭婚約者候補を傷つけたことは醜聞であり、しかも伯爵家が治療費を払えない、公爵家も娘を見捨てたとは外聞が悪いため、エヴァンジェリン・フォン・クランは病死したことになった。そして子爵家は遠縁の娘を養女にしたことになったのだ――実際子爵家は公爵家の遠縁である。

　そして、父は伯爵家に『娘が王家に嫁げなくなった代償』として、王国騎士団を好きな時に一度だけ出動させる権利を得た。恐らく父はこの出動権を狙っていたのだろう。王家と貴族院を介したにもかかわらず、さらっとこの約束を取り付けてきたが、これは恐ろしいことである。父はいつでもクーデターを起こす力を得たのだ。

　王国騎士団を遠方に派遣して、その間に公爵家の騎士が王宮を襲えば、国の乗っ取りは簡単にできるのだから。

　こんなに恐ろしい事態を引き起こしたにもかかわらず、ルアードはあろうことか、この事件に関して「わたしが動かず泰然と構えていたら寸止めできたものを、下手に動いたから怪我をさせた」と主張したのだ。考えなしの大馬鹿である。もちろん騎士団長に思い切り殴られて（ぼこぼこにされて）いた。

『わたし』を娶るため、廃嫡にこそされなかったが、王太子の側近候補は外された。当然の帰結だと思うのだが、自分の待遇に不満を感じた彼は『わたし』を逆恨みし、会うたびに睨みつけ、口も利かなかった。正直彼との婚約が流れた時は跳び上がって喜んだものだ。まあ、その後のグラムハルトも大概に失礼な相手だったが、それでもルアードより、ましであった。

プリキスでのルアードは、幼馴染の女の子が怪我をする場面に居合わせたにもかかわらず、彼女を助けられなかったため、その責任を取って婚約することになった、と彼が語っている。

しかし、それなのにサラを愛してしまい、苦悩する、と言う設定だ。――この世界では彼は加害者でしかない。ゲームとずれているのか、ゲームの彼が嘘をついているのか知らないが、どちらにせよ、最低である。ルアードルートでは、最終的に彼はサラを取り、幼馴染の少女とは婚約破棄をするのだから。

傷物で、しかもその歳の令嬢が――ゲーム開始は十六歳だ――婚約破棄をされ、次が決まるはずはなく、恐らく彼女は神殿に行くことになっただろう。ちなみに幼馴染の少女については、彼の妄想ではないかと言うレベルで顔も名前も出てこない。

ただただルアードが自分は不実だとかなんとか言いながらぐだぐだと悩み、最終的にサラを選ぶと言う騎士の風上にも置けない行動を取るルートである。

おそらく、この名前も出てこない幼馴染が私のポジションだったはずである。それがなぜか次々と高位の攻略対象者の婚約者になっていくというのは、シナリオと違いすぎる。

しかも、今回の王太子なんて私の怪我なんぞ、治癒術師に依頼して終わりで、良いのではないだろうか？　わざわざ責任を取る意味がよくわからないのだ。そもそも、シナリオでは彼はイリアと十二歳の頃に、すでに婚約しているはずだが、今の彼には婚約者がいない。

ジェイドがサラに惚れているため、原作と違い、他の婚約者を断っているのかもしれないが、それならなぜ私に婚約を申し込んできたのかわからない。

ジェイドはヒロインに惚れているはずなので、つまるところ、私が異母妹の代わりに悪役令嬢になると言うことだろうか？

正直冗談ではない。優しい子爵夫妻に迷惑をかけたくないので、断罪などされるわけにはいかないのだ。責任など取らなくて良いので、慰謝料だけいただけないかと、婚約の締結の前に話をしようと心に決めた。

熱が下がって少し経った頃、義父母が神妙な顔で部屋に入ってきて、私の顔を覗き込むようにして、話し始めた。

「ねぇ、エヴァ。気を悪くしないで聞いてほしい。君は元々王太子の筆頭婚約者候補だったが、それが叶わなくなったので我が家に来てくれたのだが、私は子爵でしかない。何かあった時に君を守れる力はあまりないんだ……悔しいことだが」

「だからね、貴女はもう実家に大手を振って帰れるのではないかしら？　その方があなたのためになるんじゃないかと私たちは思うのよ。クラン公爵家には私たちからお話しするわ」

両親の提案は私を思ってくれてのことだろうが、私は丁寧にお断りすることにした。

「お義父様とお義母様にはご迷惑になるかもしれませんが、私の家族はお二人だけです。他に帰るところなんてありませんわ。エヴァンジェリン・フォン・クランは八歳の時に病気で亡くなったのです。……死者は生き返らないものですわ」

そう言ってお義母様に抱きつく。温かく、優しい香りがする。もうすでに公爵家は私の家族ではないのだ。それに公爵家に帰る＝悪役令嬢への道まっしぐらの可能性だって捨てきれない。

お義母様は涙に濡れた声で返してくれた。

「ありがとう、エヴァ。私もあなたのことは実の娘のように愛しく思っているわ。私は体が弱くて、子供がなせなかったの。ヨアキムは構わない、二人で暮らそうって言ってくれたけど、ずっと申し訳なくて……寂しかったわ。でも貴女が来てくれて本当に嬉しかったの。本当は、私だって貴女を手放したくなかったからそう言ってもらえて、嬉しい。でも、大事に思うからこそ聞きたいの、頼りない私たちだけど本当にいいの？」

「私の家族はお二人だけです」

そう言ったら二人は泣きながら私を抱きしめてくれた。温かくて優しい義父母が私は大好きだと、改めて思う。そんな信頼できる二人にはきちんと今後私が取りたい道を伝えておくべきだろう、と思い口を開く。

「お義父様、お義母様。私、実はこの婚約についてはお断りできないかと思っているのです。小耳に挟んだのですが、殿下は思う方がいるそうなのです。うっかり池に落ちた私のそばにいたせいで、殿下は責任を感じていらっしゃるようですが、殿下のお気持ちを蔑ろにすることは私の望むところではありません。なにより公爵家に戻らない以上、私は子爵家の娘ですので、王家に嫁ぐことなどできませんもの。そもそも、私は傷物の身。この醜い傷痕を持ったまま、王家や高位貴族の下へ嫁ごうなどとは思っておりません。グラムハルト様と婚約を解消した後は、後妻や平民でも良いので、子爵家のためになるところに嫁ぎたいと思っております。何より王宮に上がってはお二人になかなか会えなくなりますから、婚約はお断りしたいのです」

正確には、池にはジェイドが突き落としたのだが、下手なことを言うとどのようなことになるかわからない。だから、池にはうっかり私が足を滑らせたことにする。それであれば彼は偶然居合わせただけでなんの責任も取る必要はなくなるのだから。

「王家の意向に異を唱えることにはなるが、下手に責任を取らせるために婚約するより良いことだろうね。ただ、エヴァの婚姻先については今後ゆっくり話すことにしよう。お婿さんを取ってこの家を継いでもらうと言うのが、一番私たちの望む形ということだけは伝えておくよ」

お義父様はそう仰ってくださり、可愛らしくウインクした。実父と違い、義父はロマンスグレーのかっこいい男性なので、とてもよく似合った。ウインクの似合う男性など信用置けないと前世の私は思っていたが、お義父様だけは別である。二人は今後の婚姻先以外は、私の意向に頷いてくれた。

なんだか、最近色々ありすぎて頭が痛い。私はこのゲームに登場しない人間ではなかったのだろうか、と大きくため息をつく。

私の部屋には小さなバルコニーがあり、暗くなったら少し出て、星を見つめる習慣ができた。前世ではほぼ見えなかった星だが、この世界では綺麗に見える。星座や星の位置に詳しくないので、前世と同じ星空かどうかはわからない。それでも、星空を見ると前世と唯一変わらない景色を見ているような気になれた。

もちろん、前世に比べて町の明かりがないとか、星が綺麗に見えるとか差はあるが、それでも一番前世と似ている景色だったので、なんとなく慰めになった気がして、毎日のように星を眺めた。

子爵家の邸はそんなに広くない。道から他の人間に見られることになるかも、とは思ったが、この国では夜は真っ暗だ。だから、あまり夜出歩く人はない。だから安心して、星を眺めていたが、最近急ぎの用なのか、馬車をこんな遅い時間でも走らせている家があるのだ。

あまり長居をして寝巻でいるところを見られるのはよろしくないと早めに切り上げるようになった。残念である。

傷物令嬢は王太子との婚約を断りたい

ジェイドとの婚約の締結は私の体調が良くなってからとなり、ひと月後の初夏の頃に子爵夫妻と私は王宮へと上がることになった。

正直行きたくないのだが、このまま大人しく婚約を締結させるわけにはいかないのだ。なんと言っても、彼はサラを愛しており、このままでは私は邪魔者にしかならないのだから。義妹の代わりの悪役令嬢などお断りである。

先にジェイドと話す必要があるので、義父母と話して、午前中から王宮へ上がることにしてもらった。

早く行くなどと知らせてないにもかかわらず、王宮に子爵家の馬車がついたら、当然のようにそこにはジェイドがさわやかな笑顔で待ち構えていた……。正直に言う。不気味で仕方ない。帰りたい。

「エヴァンジェリン嬢、エスコートさせてもらえるかな？」

ジェイドは私に手を差し伸べ、にっこりと微笑んだ。

「随分早く来たんだね。婚約式は午後からだから、少し時間が余ってしまうね？　もちろん私としては、君と一緒にいられる時間が増えて喜ばしい限りだけど」

エスコートしながらにこにことジェイドが話しかけてくる。一体何を企んでいるのか、皆目見当がつかないので恐ろしいばかりである。原作でも彼は表面上はにこやかだが、サラを手に入れるために裏で相当に手を回していた。腹黒を通り越して暗黒王子だとも呼ばれていたのだ。

「婚約の前に殿下とお話ししたいことがございまして、両親に無理を言いましたの。殿下、よろしければお時間をいただけますでしょうか」

「もちろん。婚約者殿のためならいくらでも。王族しか入れない中庭があってね、この時季は花が綺麗だし、何より誰の邪魔も入らないから、そこへ行こうか。リザム子爵、夫人、エヴァンジェリン嬢をお借りするよ？」

渋々頷いた両親をよそにジェイドは実に上機嫌で中庭に私を連れ出した。

中庭にはアナベルやダリア、桔梗など様々な花が咲いており、実に美しかった。今年の夏は暑くなるのか、初夏の時季にもかかわらず、汗ばむほどの陽気で、蝉の大合唱が響いていた。

誰もいないことを確かめて私は口を開く。王家からの婚約を断ろうと言うのだ。他の貴族に聞かれでもしたら面倒なことになるに決まっている。ことは注意が必要である。

「殿下、私本日は申し上げたいことがありますの。婚約のことなのですが、私は殿下に相応しくないと思うのです。殿下は責任感のお強い方のようですので、私にご配慮くださったのでしょうが……。殿下のお心遣いを無駄にするようで申し訳ありませんが、本日はこのお話をお断りしたく思って参りました」

「エヴァンジェリン嬢、私は私の望むことしかしていないよ。それに先日は僕の不注意で君に傷を……」

「そもそも私は子爵家の娘にすぎず、殿下に嫁ぐ資格がありません」

ジェイドが私を池に突き落としたことについて言及しようとしたので、遮るように違う問題を口にする。

ジェイドが私を池に突き落とした理由を聞いてしまったら、色々と面倒なことになるに決まっている。どうしてそんなことをしたのかは分からないが、なんだか聞いてしまうと後戻りができないような気がするのだ。

「今の君は子爵令嬢かもしれないが、資格に関しては、申し分が無いと思うけど？」

うまく誤魔化せたようでジェイドは『池に突き落としたこと』についてではなく、『身分差』の問題を口にした。よしよし、このまま誤魔化していくぞ。

「いいえ、私はエヴァンジェリン・クラン・デリア・ノースウェル・リザムです。それ以外の身分を持たず、またそれ以上を望むつもりはありません。それ故に私を婚約者に定めることは国法を違える事態になると思います」

「そうだね、国法としては王家の婚約者は侯爵令嬢以上とある。けれど、先ほども言ったように君に関しては子爵令嬢でも問題ないと陛下からすでに許しを得ているから、安心してほしいな。もちろん他の家に養女に行く必要もないよ。それに……」

公爵家に戻らず、子爵令嬢のままでいいと言うジェイドの言葉に驚く私に彼は何か続けたようだが、蝉時雨がいっそう煩くなり、途中で遮られ、なんと言ったか聞こえなかった。

「申し訳ありません、殿下。今何と仰せになったのか、よく聞こえなくて……。もう一度仰っていただけないでしょうか？」

私の声も聞こえなかったようだが、話を続けるのにここは不向きと思ったのか、ジェイドは微笑むと、少し離れた東屋にエスコートしてくれた。私たちが到着すると同時に待機していた侍女が紅茶を入れ、話が聞こえない位置までさっと下がる。流石に王宮の侍女である、訓練が行き届いている。

東屋は、庭木から少し離れた位置にあるため、蝉の声はまだまだ響いているが、相手の声が聞こえなくなるほどではなくなった。

勧められて紅茶をひと口、口に含んだところでジェイドがおもむろに話し出した。

「蝉が煩くてまともに話ができなかったね。蝉は嫌いではなかったはずなんだが……。実はね、私は最近とても美しい小鳥を手に入れたんだ。ずっとずっと欲しかった、実に美しい小鳥なんだ。その小鳥の囀りが聞こえなくなるほどうるさい蝉は静かになるように全て焼き殺したくなるくらい、最近では憎らしく思える」

恐ろしいことを言い出すものだ。口に含んだ紅茶を吐き出さなかった自分を褒めてやりたい。

ジェイドの言葉に、蝉がうるさいからと捕まえてきてはバケツに水を張り沈めていた幼い従兄弟を思い出した。正直あの時はどん引きしたし、叱ったりもしたが、正直この王子にはどのような忠告もしたくない……ので、後半部分は聞かなかったことにした。

「まぁ、小鳥ですか。殿下がずっと望まれていたのなら、それはそれは美しい小鳥なのでしょうね。ずっと手に入らなかったと言うことは希少な鳥なのですか？」

「あぁ、とてもとても希少な小鳥でね、本来なら私のものだったのだが、慮外者が横から掻っ攫っていってね、最近ようやく取り返したんだ」

「まぁ、殿下のものに手を出すなんて……愚かな者もいたものですわね」

なんだかゲーム上のジェイドに比べ、暗黒面が表に出過ぎている気がする。ゲームのジェイドは裏で暗躍するものの、表ではきちんとした王子なのだ。

このジェイドを敵に回そうと考えるなど、阿呆としか言いようがない。こんな恐ろしい生き物には関わらずに生きていくのが正解だろう。

「でも、殿下のお手元に無事に戻ったならよろしかったですわね」

「そう、それなのにうるさく鳴く邪魔者のせいでその美声を楽しめない。邪魔なものなら排除しても構わないと思わないかい？」

またもや話が蝉の虐殺に戻ってしまった。これ以上聞かなかったふりは流石に出来ない。どうして蝉の話――いや小鳥の話か？　――をそこまで続けたいか、本当によくわからないところではあるが。

「殿下の意に沿わないことがあるのは悩ましいところではありますが……」

「エヴァンジェリン嬢、君は蝉や虫が好きなのかい？　ならば今回は君に免じて見逃そう」

「……正直に申し上げますと、虫は苦手ですわ。でもだからと言ってどうにかしようとは思ったことはありませんわね」

「そう。まぁ最初から怖がられても切ないし、今日は我慢することにしようか。それで、なんの話をしていたんだったかな？」

「ええ、殿下には思う方がおられると小耳に挟みました。前回、私がうっかり足を踏み外した時に居合わせた殿下が責任を感じておられるのは良く分かりました。ですが、正直心苦しゅうございます。ご存じかとは思いますが、正直私は傷物の身、今更怪我の一つや二つ増えたところで何も変わりません。どうぞ、お捨て置きくださいませ」

「へぇ、たしかに私には幼い頃から心に決めた人がいるが……、君はそれを誰だと思っているのかな」

「お名前までは、存じません。しかし、先程も申し上げたとおり、私には醜い傷痕が今回の過失を含めて三つございます。このような身で殿下に嫁ごうとは思っておりません。お恥ずかしいことですが、我が家では治癒術師様に依頼すら叶いません。どうかご容赦くださいませ」

「うん、けれど私には君が怪我をした際に居合わせた上、助けられなかったという過失がある。王家の者として責任を取らせてほしい」

突き落としたくせによく言うよ、と思いながらもジェイドを真っ直ぐ見つめて言葉を紡ぐ。慰謝料を払ってくれるだけで良いんだけど、と思っているが流石にそれは口には出せない。

「私の過失で、殿下の過失ではありません。それでもどうしても気になると仰るのであれば、今回の傷だけ癒やしていただくのはいかがでしょうか」

「君の傷痕については私も責任を感じている。できれば今すぐにでも治癒術師を手配して消したいところだが、先程君が言ったように君の身には傷痕が三つある。治癒術師に聞いたところ、一つだけの怪我を治すことはできないそうなんだ。治療するのであれば全ての傷が消えるらしい。現時点で、君の身の怪我を癒すとしたら、全ての傷が癒える。それではリオネル家やベネディ家に、何もしていないにもかかわらず、王家から褒美を与えたことになる」

人を物扱いかよ、これだから封建社会は、とイライラするが、たかが子爵令嬢がそれを言えるはずもない。ならばさっさと婚約を断って帰るだけである。

「左様ですか。それでは何も望みません。どうぞこのままお話を無かったことにしていただけませんか」

「エヴァンジェリン嬢、私は君との婚約を望んでいるんだよ？　大丈夫、君が正式に僕に嫁いできたら、その怪我は全て癒すと約束するよ」

「けれど、殿下」

そう言った時にふわりと蝶々が花から離れ、私の近くへ、飛んできた。黒く美しいその蝶はリザム子爵家の家紋のモチーフに似ている。蝶の美しい動きに目を奪われていたところ、急に殿下が立ち上がり、私のそばに来ると、その蝶を真っ二つにした。

「いつでも、このように……」

「喜んで！　喜んで婚約いたします」

殿下の声に、間髪を容れず私は答えた。言うことを聞かないなら、子爵家をいつでもこのように潰せると彼は私にわかりやすく、示したのだ。

なんて恐ろしい脅迫の仕方をするのだ。関わり合いになりたくなかったが、こうなってしまっては仕方がない。

「そうかい、よかった。エヴァンジェリン嬢。（聞き分けのいい子は）好きだよ」

こんな凶悪な告白は初めてである。（　）の中は、私の想像だが、間違っていないと断言できる！

私などが今更王家の役に立つとは思えないし、なんの利があるかもわからないが、こいつにだけは逆らってはならないと本能が警告している。とりあえず、このまま恐ろしい話を続ける気にはなれないので、話題を元に戻すことにしよう。

「こ、ここ小鳥と言えば、私は動物が大好きなんです。今度ぜひ見せていただけないでしょうか？」

「あぁ、ようやく手に入れたけれども、私の望まない囀り方を仕込まれたかもしれないんだ。それは我慢ならないから、調教する必要があるかもしれないんだ」

「まぁぁ、そそそうなんですか」

囀り方ひとつですら、思いのままにならないとは王家のものになると、大変である。まだ見ぬ小鳥に心から同情する。小鳥ですらこの厳しさ、絶対に王家には関わりたくない。

しかし、先ほどからジェイドと会話しているが、なんというか、サイコパスのにおいがしてくる。言葉の端端に不穏な単語が見え隠れ……いや、隠れてないか、ばっちり登場している。

この人、真性のサイコパスではないだろうかと本気で怖くなってくる。

もしかして彼が私を迎えたいのは『傷物になり、婚約者を何度挿げ替えられても平気な顔をしている私』なのかもしれない。そんな女なら、どれだけ虐げても問題ないと思っているのではないだろうか。

冗談ではない、子爵夫妻の迷惑にならないように私はただただ流されてきただけで痛いのも怖いのもごめんである。

しかし、シナリオ通りならジェイドはサラを愛しているはずなので、ルートにもよるが、必ず一年から二年後には婚約解消ができるはずである。とりあえず、当たらず障らず、今までの婚約者達同様、あまり関わり合いにならないように過ごしていけばいいはずである。なので、このまま黙って婚約者役を続けていればいつかは解放されるはず……だと思いたい。

婚約についてこれ以上話を続けたくなくて話を逸らしたが、今まで話をしてきた感じでは、ジェイドはとてもやばそうなにおいがする。ならば、いくつか言っておかねばならない事がある。

「殿下、婚約は喜んで承りますが、私は殿下の意に染まぬことをするつもりはございません。しかも、私は子爵家の出、殿下の後ろ盾にもなれず、なんのお役にも立てません。何か不都合がございましたら、いつでも婚約解消いたしますので、その際は遠慮なくお申し付けくださいませ。そして、万一、万が一にも私が殿下の意に染まぬことをした場合、悪いのは私だけです。子爵家には一切咎め立てをしないでいただきたいのです」

そう、サラとの仲を邪魔するつもりがないことと、いつでも婚約解消を受け入れることである。

しかし、世の悪役令嬢ものでもあるように、これだけ伝えておいてもなお、ゲーム補正というものがあり、断罪される事がままあるようなのだ。悪役は辛いものである。だからこそ、もう一つ、その際は子爵家に咎が及ばないようにしなくてはならない。

「わかった。君は私の意になんでも従うということだね？」

なぜだろうか、ジェイドの言葉は素直にイエスと言い難い何かが含まれている。何か一つ言い間違えただけで徹底的な破滅が待っているような気がするのだ。うっかり怪しい講習に足を踏み入れてしまってどうやって逃げようかと考えている気分である。

「えぇ、私の出来る範囲で有れば、なんでも」

「そう、その言葉忘れないでね。それとエヴァンジェリン嬢、そんな言葉は僕以外に言わないように。でないと……わかっているよね？」

急に一人称が僕になり、さらに黒い笑顔を浮かべるジェイド。例のあの壊れた笑みである。あくまで私が約束に背いた場合については言及しないところがとてつもなく恐ろしい。十六歳といえば、前世では高校生。こんな恐ろしい高校生がいてたまるか、と思うものの、この国では十六歳で成人であり、魑魅魍魎が跋扈する王宮で育ったのだから仕方がないとも思う。

けれど、本当に心の底から関わりたくない。

「もももちろん、婚約者たる殿下にしか申し上げませんわ」

「僕はこれから、君のことをイヴと呼びたいんだけど、良いかな？」

そのくらいなら、問題ないので、恐る恐る頷く。

「もちろん、これは僕だけの呼び方だから、他の人間にはさせないようにね」

「かしこまりました、殿下」

「うぅん、婚約者にする返事としては堅いなぁ。けれど急に態度を変えろと言っても難しいだろうから、今のところは見逃すけど、もう少し慣れてほしいな。そうそう、僕のことはジェイと呼んでくれると嬉しい」

「善処いたします、殿下」

堅いと言われようがなんと言われようがこんなやばそうなやつ相手にフレンドリーになどできようはずがない。

それに原作で、悪役令嬢のイリアは『ジェイド様』と呼んでいたが、その呼び方をジェイドは不快に思っていたようで、後半部分でそう呼ぶことを禁じられるシーンがあった。それよりもさらに砕けた呼び方で呼ぶなど、とんでもない。それこそ破滅フラグを立てるようなものである。

「イヴ、僕の言うことは……？」

「ジェイ様……でよろしいでしょうか？」

遠くの破滅フラグより身近な身の安全。先程の考えをあっさり捨て、ジェイ様と呼んだ瞬間に、ジェイドは私を抱きしめた。

そして、私の前髪をかきあげて、額の傷痕を満足そうに眺めた後、そこにキスを落とした。触るな、と突き飛ばしたいのを一生懸命に我慢する。

「本来なら敬称は付けてほしくないんだけど、仕方ないね。それもおいおい……ね？」

そして、口を耳元に近づけると、そう囁いた。解放してくれるかと思ったら、彼の端正な顔が近づいてくる。そして、そのまま私の唇に彼の唇が重なった。

ちゅっとどこか遠くで音がした気がするが、キスと同時に私は意識を手放したので、後のことはよくわからない。正直ここ一分ほどの記憶を失くしたい。

ちなみに私が目を覚ましたのは、翌日の朝のため、午後からの婚約の締結には立ち会っていない。

この国では、本来、王族の婚約の締結は婚約者と二人揃って行うものだが、私が意識不明にもかかわらず、ジェイドが一人で完璧に式を行ったそうだ——とはいえ、急なことだったので、私たちの婚約は王宮内では知られているが、まだ公にはされていないものらしい——。そのため、婚約は無事？　成立しており、翌日目を覚ました後、ものすごく心配していた義父母に謝罪と質問攻めをされた。

殿下が責任を取るためでなく、何か事情があるようだったため、断れなかったことと、後二年も経てば婚約は解消されるはずであることを伝えて、ことなきを得た。

傷物令嬢、王太子に心理テストをする

一週間もたたないうちに私は王妃教育のために毎日登城することになった。幼い頃、五歳から八歳の間、教育を受けていたが、以降は子爵令嬢として恥ずかしくない程度の教育しか受けていない

ので、正直緊張した。しかし『雀百まで踊りを忘れず』とでもいうように困ることはなく、基本ができており、エヴァンジェリンの地頭がいいせいか、王妃教育はこれと言って問題なく滞りなく進んでいる。

王妃様は私に対して、表面上優しく接してくださるが、おそらく私が婚約者であることが不満なのだろう。質問に正しい回答をすると一瞬憎らしげな顔をする。ばれてないつもりだろうが、社交に疎い私でもわかるほど顔色が変わる。この人、社交は大丈夫なのか、と他人事ながら心配になるくらいである。どうやら落第生の烙印をつけたいようだが、うまくいかないことにイライラしているようだ。

それよりも頭を悩ませたのが、ジェイドとの接触回数の多さである。以前の婚約者達同様、彼とも距離を置きたかったのだが、なにせ向こうから関わってくる。

まず、婚約を締結した翌日には大量のドレスと宝石が届いた。愛を込めて、とカードに、直筆で書かれており、全てオートクチュールの最高級品だったが、私にぴったりだった。いつから作られていたのか、なぜ私のサイズを知っているのか、恐ろしくて仕方がないが、王宮に行くためのドレスがなく、困っていたので、細かいことは気にせずありがたく頂戴することにした。

次に、毎日、花と愛している旨のメッセージが届き——恐ろしいことに毎日文言が違い、彼の直筆である——月に一回、婚約を調印した十五日には記念と称して、彼からドレスや宝石が贈られてくる。正直何が起こっているかわからない。けれどいただいたからにはお礼の手紙を書かなくてはならない。私からも頻繁に手紙を書くことになった。

そして、王妃教育後に交流のためと言って三日に一度は一時間ほど二人でお茶会をするため、距離を置く？　それ何語？　的な感じで関わっている。本当になぜ、どうしてこうなった？

お茶会をしなければならないなら仕方ない。仕方ないと思いたくないけども、仕方ないものは諦めよう。

そして、お茶会をしながら私はあるひとつのことを試していた。それは、ジェイドがサイコパスであるかないかの確認である。以前心理学の授業やネットなどでサイコパス診断方法とされたものがあった。全てではないが、その一部を覚えていたので、彼に質問してみることにしたのだ。彼の返事次第では、それが判明するのではなかろうか。

いや、したところで何も変わらないと思うかもしれないが、私の心に平穏が齎されるかもしれないのだ。やってみる価値はある。

「ジェイ様、あのぅ、木の絵を描いていただきたいのですが」

「木の絵？　なんの木を描けばいいのかな？」

「なんでも良いのです……思いついた感じで、実のなる木を描いていただけますか？」

そう、これは有名な心理テストのひとつ、バウムテストである。木の大きさや位置、枝や幹、実の様子やなり方、視点や大地など色々な面からどのような性格か、また精神状態を測れるという代物である。興味のある方はぜひ調べていただきたい。

正確によく覚えてないが、色々と意味があり、ある程度の傾向が見られるはず！　と意気込んだ私の前に差し出された絵は、なんと木が幹からぽっきりと折れているものだった。そしてその木の周りにはリスや小鳥などの小動物が悲しそうに木を見つめていた。下手に上手いところがなんというか哀愁を感じさせる。

そして思い出す。とある少年殺人鬼に絵を描かせたところ、同じように幹からぽっきりと折れた木の絵を描いたそうだ。『これは異常な精神状態を表す』と講義していた教授の言葉を。

「何か、間違えたかな？」

言葉を失った私にジェイドは続けた。私は黙って首を振ることしかできなかった。そして、ジェイドの描いた絵はそのままプレゼントされたが、どう扱って良いか分からず、引き出しにそっとしまうことにした。

形の残ってしまうものはやめよう――物証が残っているのは恐ろしいし、何度も再認識してしまうから――設問でいこう、と心に決めた。

「ジェイ様、とある想定の上での質問なのですが、よろしいですか？」

「もちろん。お互いに遠慮や秘密はなしでいこうね、イヴ」

「仮定の話ですが、バルコニーに出た時にとある犯行現場を見たとします。その時犯人と目が合ってしまいました。その後犯人はジェイ様を指さし、一定の動きをしていたとします。……何をしていたと思いますか？」

常人の答え：喋れば殺す、などの殺害予告（口止め）。

「そんな行動を取られたということは、君がいる階を数えていた可能性があるね。君はそんな現場を見たのかい？　それはいつ頃？　君の部屋は何階なの？」

はい、ばっちりサイコパスの回答来ました。しかもサラッと私の部屋の位置を特定しようとするという恐ろしさ。

「あくまで仮定の話ですわ、殿下。私はそのような場面を見ておりませんので、ご安心くださいませ」

私の答えにジェイドが黒い笑みを浮かべる。うぅ、答えも相まって本当に怖いよぅ。

「殿下？」

「ジェイ様、です」

「そうだね、次からは呼び方を間違えるたびにお仕置きをすることにしようか、イヴ」

「ジェイ様に叱られませんよう、私頑張りますわ」

ほほほほ、と笑ってその場を和ませようとするが、ジェイドの目は、ほの暗い光を宿したままだ。怖い、本気で怖い。もう本当に早くお役御免にならないものか。

また次のお茶会でも聞いてみた。

「ジェイ様、仮定の話ですが……。部屋でそばに騎士がおらず、リラックスした状態で、横になっておられます。手元に武器もありません。そんな状況で不埒者が侵入してきそうな場合、どこにお隠れになりますか？」

常人の答え：クローゼットの中など見つかりにくい場所。

「うーん、そうだね。扉の後ろとか先制攻撃が仕掛けられるところかな？」

「では、あの。在室されていられる時に、ノックされて扉をジェイ様自ら開いた時に手に刃物を持っている男がいた場合、どうなさいますか？」

常人の答え：扉を閉める。

「刃物を奪い取って相手を制圧するよ。大丈夫、こう見えて格闘は得意なんだ」

そう言ってウインクするジェイド。とてもよく似合うが、ウインクの似合う男性にはろくな人間がいないと私は思っている――お義父様は除く――。

今のところ全敗である。なんでよりによって全て模範的なサイコパスの回答をされるのだろうか。

そう言えば、最近ジェイドが大捕物をして何某かの犯罪組織を潰した、と言うニュースが流れていた。その際に、彼が犯罪組織を追い詰めるやり方がえげつなく、尋問も今までにない、残酷なもので、周囲がドン引きしているらしいと王宮内で話題になっていた。やはりサイコパスなのだろうか？

いや、諦めてはならない。私も面白がってこの診断をしたことがあったが、いくつかはサイコパスの回答と一致したことがあった。もう少し、もう少しだけ続けて聞いてみよう。

「ジェイ様、仮定の話ですが、執務室に盗聴魔法が仕掛けられたとします。その場合犯人は誰だと思いますか？」

常人の答え：犯罪者やストーカー。

「もちろん、僕の側近達かな？　イヴ、君の部屋やプライベートルームに何か仕掛けられたの？」

「いいえ、仮定の話です」

「きちんと盗聴魔法対策をしているかい？　一度君の屋敷を訪ねさせてもらいたいな」

後日、ジェイドがリザム子爵邸を訪れた後、いい笑顔で帰って行った。その更に後日、防犯対策

がばっちりなされた家を下賜された。

また、別の日に質問してみた。懲りないということなかれ、少しでも安心したいのだ。

「ジェイ様、不敬かもしれませんが、仮定の話をしてもよろしいでしょうか。一緒に食事をする相手に毒を盛って処分しなければなりません。食事はいつものように、前菜からデザートまで順番に運ばれてきます。どのメニューに毒を盛りますか？」

常人の答え：メニューを特定する。

「すべての料理に少量ずつ盛るかな。それも出来るだけ毎日」

彼と食事をした後は必ず解毒薬を飲むことにしよう。

「あの、最後の質問です。目の前に殿下ご自身の手で誅しなければならない相手がおり、目の前で崖から落ちそうになっています。相手は棒のような物に掴まっています。崖から落とすためにどうしますか？」

常人の答え：足で踏む。棒を切る。

「そうだね、いつまで耐えられるか見ているのも楽しいけど、一本ずつ指を離していくのも面白いかもね？」

前世と暮らしや常識が違うのか、聞いた答えは全て、前世的には、アウトだった。十何問か設問があったが、刺激的だったことしか覚えていないので、正確には分からないが、彼は真性ではないだろうか。

他にもいくつかぼんやりと覚えているものもあったが、これ以上聞きたくない。心の平穏どころか、逆にさらに恐ろしくなった。聞くんじゃなかった、心から後悔しているところにジェイドがにっこりと微笑んだ。

「ところでイヴ、お仕置きが必要なようだね？　こちらへおいで？」

「ひぃ！　ごめんなさい、どうかお許しを」

「ダメ、こっちにきて」

恐る恐る近づいた私をジェイドは自分の膝の上に横抱きにして乗せる。

そして、彼の端正な顔が近づいてきて前回と同じように、私の唇に彼のそれを重ねた。ぎゅっと口を閉じている私にジェイドは微笑む。

「イヴ、口を開けて。ぎゅっと閉じてはダメだよ」

「ジェ、ジェイ様これ以上は」

「いいから、口を開けて。イヴ？」

恐る恐る口を少し開いたところで再度ジェイドの唇が降ってきて、少し開いた口から彼の舌が私の口内に入ってきた。

私のファーストキスに続いてセカンドキスまで奪われて、しかも二回目でもうディープなんて、と思ったのも束の間、なんというか、ジェイドはキスがうますぎた。

ん、とか、あ、とかはしたない声をあげてしまうほど、気持ちがいい。途中から頭がぼーっとしてきた。

もっとしてほしい、という私の意思に従い、唇が開く。その隙を逃さず、ジェイドの舌は更に深く入ってきて舌を絡めたり、歯列を辿ったりと忙しなく動く。

キスでここまで気持ちよくなるなんてと思うほど、彼のキスはうまく、体の力が抜けて、彼にもたれかかるように体重をかけてしまう。

不敬だとは思うものの力が入らない。その日のお茶会の後半はジェイドにキスを何度もされ続けることとなり、自宅に帰ったと同時に熱を出して寝込んだことは言うまでもない。

今までの婚約者と違い、熱を出した際にお見舞いの品は届けられたし、ジェイド自身が「やりすぎたかな？　ごめんね」と言いながらお見舞いにわざわざ邸まできてくれた。

「いいえ、不慣れな私が悪いのです。私ではジェイ様のお相手としては力不足かもしれません。あの、もし物足りないということでしたら婚……」

婚約を解消と言いかけた時にジェイドがいい笑顔でにっこり笑った。やばい、これは地雷を踏んだようだ。

「今回を機に練習をたくさんしてくれるの？」

「あ。いや、その。キスについては善処します。でも、あのジェイ様お願いがひとつだけございます」

「君のお願いって珍しいね。何かな？」

「私の身体には醜い傷痕が額の他に、右手の甲と太股にございます。殿下と成婚時には治してくださると伺いましたが、お願いです。傷が治るまで私の身体の醜い傷痕を見ないでほしいのです」

キスが上手いことや、態度からジェイドが女慣れをしていることはよくわかる。そりゃあパーフェクト王子様だから周りが放っておかないだろうけど。なんだかこのまま突っ走られそうな気がして——しかもうまく抵抗ができないような気がして——恐ろしい。早めに釘を刺しておくべきだろう。

しかもいずれ婚約解消される身である。遊ばれてポイされるなんてごめんだ。それになんとなくジェイドに傷痕を見られるのは嫌だった。

ジェイドは一瞬驚いた顔をしたが、わかった、と頷いてくれた。

傷物令嬢は王太子に絆される

なんというか、最近はもしかして私、愛されているんじゃないか？　と思うことがないでもないのだが、彼にはサラというヒロインがいる。

何よりこの婚約のきっかけとなったのは彼が私を池に突き落とし、額に傷を作ったからである——実際、前髪を下ろすと隠れるものの額の左上に傷痕が残ってしまっていた。何故かジェイドはその傷痕を見ることをとても好むので、やはりどこかおかしいのかもしれない——。

そして池に落ちた私を助けようともせず、げっすい笑みを浮かべながら見ていたことから、やはりそれはないかな、とも思うのだ。

彼は何を狙って何のために私を婚約者にしたのだろうか。考えても何も思いつかない。何しろ今の私はしがない子爵令嬢でしかないのだ。

いくら考えても全く思いつかないので、今のところ考えるのをやめることにする。

どのような思惑があったとしても、子爵家に迷惑がかからず、私も断罪されず元の生活に戻れれば良いのである。

こんな恐ろしいサイコパス王子をヒロインに押し付けてもいいものか迷ったが、結論、大丈夫だろうと思うことにした。だってヒロインだもの。サラならきっと――彼を更生させることはできなくても――彼の異常性ごと愛せるだろう。だってヒロインだから（大事なことなので二回言いました）。私は私の身が可愛い。

さて、サイコパス診断をやめてしまうとジェイドに話すことがなくなってしまった。そもそも下級貴族と王族という、住む世界に隔たりがある二人なのだ。共通の話題などほぼない。

にっこり微笑みながらお茶を共にするだけなので、少しだけ距離ができた気もする。話しかけることも話すこともほぼないので、ペナルティーを科される心配も少なく、安心できる事態ではあるのだが――それでもちょこちょこ失敗して甘いお仕置きをされることはままあったのだが――なんとなく寂しいような気もしてくる。情が移りかけているのかもしれない。危険な兆候である。

「最近は何も心配することはない？　少しは事態も落ち着いたかな？」

「お気遣いありがとうございます。今のところ差し迫った危険はまだ感じておりません」

ジェイドのよくわからない質問ににっこりと微笑んで答える。正直婚約が続いている現在はあまり良い事態ではない。良い事態ではないが、それを言うと、では何を困っているのかと聞かれた時に返答に迷ってしまうだろう。

なので、当たり障りのない答えを返した。

「そう、君の身を護るためならなんでもするつもりだから、何か困ったことがあったら、なんでも相談してほしいな」

「はい、ジェイ様」

「けれどそういえば君とは安全面の話ばかりしていて、他にこれと言った話をしてなかったね。王妃教育は辛くないかい？　何かあれば聞くよ」

「いいえ、皆さまとても良くしてくださいますし、これと言ってジェイ様に報告できるようなことはございません」

　そう、最初の頃は王妃様からの質問に正しい答えを返しても睨まれていたが、最近ではそのようなことが減ってきた。しかし、どちらかというと私を認めたというより、心ここに在らずという感じなので、もしかしたら、私の婚約について継続しなくてもいいような話が出てきているのかもしれない。おそらくサラとジェイドの関係が進んだのではないだろうか。

「うん、君はとても優秀だ、と母からも聞いているよ」

「勿体ないお言葉でございます。……殿下はお暇な時は何をされてらっしゃいますか？　ご趣味などはございますか？」

　正直お世辞を聞かされても困るだけなので、共通の話題がないか趣味を聞いてみることにした。

「そうだね、あまり自由になる時間は少ないけど、時間が空いたら活字を読むことが多いかな。最近、一番楽しい時間はこの時間なんだけどね」

「活字を読む……ということは読書ですか！　とても素敵ですね。私も本を読むのは大好きです。

殿下のおすすめの本があったら教えていただけますか」

「そうだね、城の図書室に出入りできるように取り計らっておくよ」

活字を読む、と彼は言ったが読書とは一言も言っていない。恐らくよくある、報告書を読んだり書類を読んだりするワーカホリックであることを指している可能性もあったが、それでは共通の話題は生まれない。読書の可能性にかけて口にすると、ジェイドは城の図書室の出入りを許可してくれた。

思わぬところで得した気分だ。

「……ところで、イヴ、こっちに来てくれるよね？」

しまった、また殿下と呼んでしまったと思ったが、時すでに遅しである。しかし、何故かここ最近は彼のお仕置きが、苦ではなくなってきていた。おずおずとジェイドに近づく。

彼はいつもと同じように私を膝に横抱きに乗せる。彼の唇が下りて来た時、私は少し口を開けていた。

やはり、ジェイドはキスが上手く、あっという間に私はジェイドのキスに夢中になってしまった。すると、程なくジェイドの右手が私の胸元に伸びてきて、服の上から、柔らかく胸を揉み始めた。

瞬時に我に返って、ジェイドから離れようとしたが、左手でがっちりと腰を掴まれており、叶わない。そのうちに口内の舌の動きが、より活発になり、またもや身体の力が抜けてきた。

ジェイドのキスに翻弄されながら、胸も弄られ、顔から火が出るほど恥ずかしかったのも束の間、段々と気持ち良くなってくる。

うわごとのように拒絶の言葉を口にするが、正直に言うとやめてほしくない。今日のお茶会は城のサロンだったから他にも人がいる。その人たちに見られているだろうに、それでもこのままやめないでほしい。

「ジェイ様、好……」

「はい、殿下。そこまでにしておきましょうか」

彼の唇が少し離れた瞬間にうわごとのように危ないことを呟きかけた私の声を遮って、ジェイドを止めてくれたのは彼の護衛騎士の方だった。確か、アッシュ様と仰ったか、年の頃は私たちと同じくらいの十代後半だろう。護衛騎士と言うからには、がっちりした筋肉ムキムキの方を想像するが、彼はどちらかと言うと、文官ではないかと言うほど、細身で麗しい顔立ちをしている。金色の髪と紫の瞳の彼はどこか品があるので、おそらく高位貴族の子息であろう。

そんな貴族然としたアッシュ様だが、留学をしていたこともあり、そこでしっかり剣術を学んできたらしく、腕は確かであるらしい。また、剣術以外にも才を発揮しており、殿下の執務に関しても手伝うことがあるなど大変有能な方である。

王家の池に私を助けに飛び込んでくださったのもこの方で、いつも殿下の隣に控えている。助けていただいたせいか、彼には好意を感じている。あまり、高位貴族には関わり合いになりたくないのだが、なんとなく彼とは仲良くなりたいと思ってしまうのだ。彼の持つ柔らかい雰囲気のせいかもしれない。

ゲームではルアードが護衛騎士だったので、彼もゲームシナリオには登場しない人である。

危なかった、彼が止めてくれなければ、好き、などと口走るところだった。本当に危ないところだった。まさかこんなサイコパス王子に惹かれるなんて、とは思う。しかし、理解してほしい、地位、権力、顔、頭、金、高身長を備えた、まさしく王子様が、婚約者で、プレゼント攻撃をしつつ、優しく接してくれ、更に愛を囁いてくるのだ。絆されても仕方がないのではないだろうか。

それに世の中には『単純接触効果』と呼ばれるものがある。『熟知性の原則』とも呼ばれるこの効果は、会えば会うたびに知れば知るほどに相手に対する理解が深まり、好感度や評価が高まるという心の動きである。あまり好きではなかったりする人物でも、頻繁に会った場合、その対象への警戒心や恐怖心が薄れ、良い印象を持つようになるというものだ。

ずっと彼にはサラがいると自分に言い聞かせていたのも、きっと彼に少しずつ惹かれている自分を無意識に止めようとしていたのだろう。

しかし、この恋に未来はない。どころか恋着などしようものなら破滅の未来が手招きして、待っている。出来るだけ彼とは距離を置かなければならず、好きになってしまったとしても、口や態度に出してはいけないのだ。

今回はギリギリセーフと思いたい。きっと伝わってないはず。

「アッシュ、いいところだったのによくも邪魔をしてくれたな。他の者だって皆見て見ぬふりをしてくれていたものを！」

「そこまでにしておかないと止まらないでしょうが。王族の婚姻には純潔性が尊ばれることを知らない貴方でもないでしょう。ただでさえ微妙なお立場のエヴァンジェリン様をご自身の手で更に追い込まなくても宜しいでしょうに」

とりあえずジェイドから離れなければと思うけれども、足と手に力が入らない。どうしようかと思いつつ、アッシュ様を見詰める。彼は、ため息をひとつつくと、「失礼」と言って私を抱き抱えてくれて、馬車まで連れて行ってくれた。

ジェイドの護衛に呆れられてしまったと少し落ち込みながらも、アッシュ様にお礼を言うとアッシュ様は爽やかに笑いながら口を開いた。

「いいえ、お気になさらず。どうかくれぐれもご自分を大切になさってくださいね」

遠回しにしっかりしろ、と言われてしまったがこれは仕方ないことだろう。はい、申し訳ありません、と小さくなりながら返すので手一杯だった。

そう言えば、ジェイドに退室の挨拶をしてなかったな、と思ったのは熱が引き始めた二日後の夜だった。

さて、熱が下がって一週間後、王妃教育を再開することになった。熱を出すたびに寝込む私は王宮で、身体が弱いのではないかと噂されている。それと、自分の身体を使って次々と高位貴族をたぶらかしている悪女だとも。

私が元は公爵令嬢だったことは、今は秘されているため、限られた人しか知らない。王家と公爵家、それに騎士団長でもある伯爵家のスキャンダルなので、公にはできなかったのだ。だから、私は『身の程知らずの愚かな娘』と悪し様に言われている。ゲームの中でもヒロインであるサラが言われる言葉であるが、当て馬の私が言われるのは正直面白くない。

そして今世においては、サラは「結ばれない王太子との悲恋物語」の悲劇的なヒロインとして王宮の侍女達や女官達にすこぶる評判がいい。私は子爵家の出のくせに王太子の婚約者におさまった、二人のお邪魔虫――それこそ悪役令嬢役だ――として認識されており、侍女や女官から毛嫌いされている。

そのため、王太子の婚約者でありながら、侍女がついてくれず、一人で王宮をうろうろしている。子爵家が雇ってくれた私付きの侍女のエリスは騎士爵の娘で、王宮に上がれる身分ではないので仕方がない。そのことについてもひそひそと言われているが、馬鹿の相手を正面からしても仕方がないので、放置している。

そんなことより今日私は楽しみにしていることがある。ジェイドに図書室への出入りを許可され、寝込んでいる間に入室許可証が届いたので、王妃教育の後、早速行ってみることにしようと思っているのだ。

登城して馬車の扉が開いた時に珍しくジェイドがおらず、少しがっかりした自分に驚く。忙しい身の彼がいつも迎えにきてくれていたことが異常なのにそれを寂しく思うなどますます危険な兆候である。気をしっかり持て、自分と思いながら、王妃教育後に、図書室へ向かう。今日はジェイドとのお茶会の日だが、今日の王妃教育は早めに終わったため、お茶会までしばらく時間があったので少しゆっくりできそうである。

今の自分がどのような状況で何のためにここにいるのかわからないが、与えられたチャンスは活かすべきであろう。

今後自分がどうなるかわからない以上自分で自分の身を守るしかないのだ。知恵と知識はいくらあっても邪魔にならないものである。今後は暇を見つけては図書室に通おうと思っている。

傷物令嬢は前世の推しに会う

図書室はかび臭い、けれども懐かしい書籍の匂いがした。この世界では活版印刷はまだない。つまりこの世界では、オリジナルを写本することでしか本は手に入らないので、本は希少品である。

ジェイドと話を合わせるために、彼の薦めてくれた詩集や小説などに手を伸ばしつつ、並行して読んでみたい本があった。

それは、魔導書である。そう、本来公爵令嬢であった頃のわたしは魔力の高さから、ジェイドの筆頭婚約者候補だったのだ。ならば、私は魔法を学べばかなりいいところまでいけるのではないかと思うのだ。もちろん前世で憧れた魔法が使えるかもしれないという好奇心も多大にある。

魔導書は割と量が多く、棚二つ分ぎっしりとあった。どれがいいかわからなくて、背表紙を見ていると、『初歩の魔導書』と書いてある本を見つけたので、手にして、閲覧席へ移動する。

それを開くと、まずは自分の属性を知ることから始めよう、と書いてあった。いきなり躓いてしまい、思わずため息を漏らしてしまう。自分の属性を知るためには、神殿に行く必要があるのだ。

以前、どの属性を持っているかわからないので片っ端から初級魔法を使っていってヒットしたものが属性だろうと言う雑な——共感できないでもない——理論で魔法を使って建物を半壊させた貴族がいたとかいなかったとか。それ以降、魔法を習うには神殿から教師を呼ぶか、神殿に通うよう、法律ができた。

神殿には治癒魔法や防御魔法を持っている光属性の持ち主が所属している。というより、原則神殿以外に光属性の持ち主はいない。

だから、新しい魔法を研究し実践する場合、他に被害を及ぼしたりしないように、また、万一暴走して怪我をした時にすぐ助けてもらえるように、光属性の魔導師に臨席を依頼しなければならない。つまり、新魔法の実験の際は神殿に高い報酬を払う必要があるということだ。そうするとコストも時間もかかりすぎる。ではどうすれば良いかというと、神殿に所属すれば良いのだ。そうしたら、光属性持ちは身近にいるし、金銭の支払いも不要である。代わりに神殿へ忠誠を誓い、依頼された任務をこなす必要があるのだが。

その結果、神殿は魔法学校のような一面も持ち合わせている。ちなみに正式に神殿に在籍できるのは一流の魔導師のみであることは言うまでもないと思う。

つまり、神殿は治癒と攻撃力を併せ持つ、ある意味武闘集団でもあるのだ。もちろん彼らの講義は有料であることを付け加えておく。

正直に言うと、子爵家の状況では、教師を招くなどとても無理。お母様の形見のピアスを売れば——ジェイドから贈られた宝石類は絶対に売り払うつもりはない。王家から贈られたものを売るのは不敬にあたるからである——通うことくらいなら出来るかもしれないが、王妃教育で毎日登城している今、神殿に行く暇などないのだ。

「どうかしたかな、お嬢さん。何かお困りごとかな？」

急に声を掛けられ、振り向いた私は再度驚かされることになる。

そこにいたのは、四人目の攻略対象者——光属性の持ち主で、前世の私の推しキャラでもあったセオドア・ハルトがいたのだから。

驚いて彼を見つめる私に、セオドアはくすりと、艶やかに笑ってみせる。彼の美貌と相まって、つい目を奪われてしまう。

神殿に所属している彼は神官だ。前世で言うところの聖職者に当たる役どころの彼は、驚くなかれ、所謂お色気キャラなのだ。しかも女たらしのプレイボーイだ。

シルバーの髪と藍色の瞳を持つ彼は垂れた目の右下に泣き黒子すら完備している。年は攻略対象者の最年長でゲーム開始時は二十四歳。前世の私の一推しのキャラクターでもあった。

セオドアは裕福な商家の生まれだったが、平民には珍しく、高い魔力を有していた。

貴族との浮気を疑われた母親とセオドアは家から追い出されてしまう。二人は細々と暮らすが、セオドアが十歳の頃、母が病気にかかり、高価な薬が必要になってしまう。

しかし、その日を暮らすだけで精いっぱいだった彼らには薬を買う余裕はなかった。とうとう危ないという時にセオドアは思ったのだ。

高い魔力があるなら、それを逆手に取って神殿で働けば良いのではないかと。彼はその足で神殿を訪ね、『光属性であれば、この神殿に所属する。そうでなければ出世払いで返すから、測定してほしい』と願い出た。

ちなみにこの国には生まれた子供は身分を問わず魔力を測らなくてはならないという法律がある。子供が生まれたら、役人が派遣される。彼らは水晶を持って子供の生まれた家を訪ね、子供に水晶を触らせることにより、魔力の有無や多寡を判断する。

強い光を放てば強い魔力を持っており、少しでも光ると微弱ながら魔力を持っている。全く光らなければ、魔力がないと言うことになる。

これは強い魔力持ちを国外へ出さないためになされている措置である。平民でもセオドアのように強い魔力を持つ人間がいるのにもかかわらず、それに関しての対応策がないあたり、この制度は悪法となっている状況だ。

また、神殿に関しては同じ神——唯一神であるハーヴェー——を奉じているが、神殿への依頼には前述の通り高い金銭を要求するため、神殿同士でも人材を確保するための小競り合いのようなものがある。

それをうまく利用してセオドアは神殿に自分を売り込み、まさに希少な才能の持ち主であったため、自らが神殿に所属する代わりに母を助けることができたのだ。

ちなみにセオドアは我が国にいる五人の治癒術師の一人であり、神官という高い地位についている。ゲームでの彼は神殿に所属したことにより、厳しい修行や制約を受けているにもかかわらず、その辛い面を誰にも見せない人だった。

そして、チャラそうな見た目に反してきちんと制約を守っていたのに、ある時サラが事故にあったところに偶然居合わせてしまう。

本来、神殿の許可がないと怪我人を癒してはいけないのに、サラに一目惚れしてしまった彼は許可どころか契約もせず、無償でサラを助けてしまう。

神殿の制約に反してしまった彼は神殿の刻印に悩まされることになる――神殿は所属者全員に刻印を刻んでおり、制約に反したらそれが熱と痛みを持ち、違反したものに罰を与える仕組みになっている。

苦しみながらも、セオドアはサラに告白することなく、ジェイドと彼女の仲を応援する。

決して叶わぬ夢を見るサラに憧れていた、と作中で彼は語っていた。イリアや他の貴族たちの圧力に負けないで頑張っているサラにかつて神殿に所属したばかりの頃の自分を重ねてしまったらしい。

そして、その逆境にも負けず、光る、純真なサラを愛した。

だんだん疲弊していくセオドアは愛するサラに弱った自分を見せないようにするため側を離れようと、神殿に閉じこもるようになる。遅ればせながら、セオドアの苦しみに気づいたサラが彼を追っていき、自分の持っているもの全てを神殿に支払い、事後契約を結び、セオドアを助ける。

その後、サラは大した魔力もないが身分を捨て、労働力を提供するからと神殿に所属し、セオドアの助手――看護師さんのような仕事である――になるのだ。

神殿所属者は所属者同士でしか結婚できないと言う掟があるため、伯爵令嬢であるサラはセオドアルートでだけ、平民になる。

もちろん所属者以外と婚姻を許さないのは神殿の外に力を出さないための措置である。その掟は、相手が王族でも破られることはない。

神殿職員は前世で言うところの聖職者という立ち位置になるが、婚姻は禁じられていない。むしろ、魔力が高い者同士の婚姻は推奨されている。魔力の高い者同士の婚姻で生まれた子は高確率で強い魔力を持っているからだ。もちろん、生まれた子はすぐに神殿の所属員として登録されることになる。

ちなみにバッドエンドはそれでも治療費が足りないサラは、金銭と引き換えにジェイドと結婚し、それで得た金銭をセオドアに支払うというものである。ジェイドもいい面の皮である。

セオドアルートの悪役は同じく五人しかいない治癒術師の一人、バーバラ・ハルトである。彼女はセオドアの姉気取りの元男爵令嬢だが、魔力の少ないサラと結婚した時、次代の子供が生まれないことを心配して反対するのだ。

つまり、ジェイドルートのジェイドより真っ当な判断ができる常識的なお姉さんだ。

私がセオドア推しなのは、女たらしでちゃらちゃらしているように見えるが、一途で、不器用だが、優しい心の持ち主であること、不幸にする女性がいないためだ。

彼の面倒見の良い性格もツボだが、何より見た目が好みであったのだ。垂れ目で泣き黒子とか最高である。

「申し遅れたね、私はセオドア・ハルト」

「まあ、はじめまして。ハルト様。私はエヴァンジェリン・クラン・デリア・ノースウェル・リザムと申します」

そんな世界情勢のため、治癒術師は実に高い地位を誇っており、下手な貴族より重く扱われることがある。

そしてハルト、というのは神殿に所属する治癒術師であることを示す名前だ。

「王宮ではあまり見ない顔だね、お嬢さん。魔導書を見ていたのかな？」

「えぇ、三ヶ月ほど前から登城しておりますが、図書室に来たのは今日が初めてです。魔法に興味があって本を開いたのは良いのですが、自らの属性がわからず落胆していたところでしたの。子爵家の出ですので、どなたかにお願いすることもできませんし、神殿に通うのも難しいので、何か他に方法がないか、考えておりました。お見苦しいところをお見せしたようで申し訳ありません」

推しキャラ尊いと思いつつ話していたので、ついつい喋りすぎてしまった。王太子の婚約者が、神殿の治癒術師とは言え、あまり異性と仲良くすべきではない。たとえ、彼と私が間違いを犯す可能性がなかったとしても落ちかけた足を引っ張るのは貴族の伝統である。

「そう、それじゃ一つ提案なんだけど……」

カーテシーをして去ろうとした私にセオドアが話しかける。無視して去れば良いのだが、推しキャラが目の前にいると思うとなかなか去れないファン心理が働いてしまい、つい立ち止まってしまう。

「君さ、とんでもない魔力の持ち主でしょう？　良かったら神殿に所属しないかい？　だったら私が君の教師役を無償でしてあげるよ」

「あの、実にありがたいお申し出ですが、それをなさると、制約違反になりませんか？」

ゲームでの彼は無償でサラを助けたことにより神殿の規則に反してしまい、大変ひどい目に遭うのだ。

「へぇ、そんなことまで知っているなんて、神殿のことを調べたことがあるのかな？」

「えぇ、まぁ。少々興味がありましたので……。そんな強い制約がある方に私のわがままで無理を言えませんわ」

「ふふふ、大丈夫だよ。なぜ私たち、神殿職員が王宮にいるかわかるかい？」

楽しげにセオドアは首を傾げる。そう、彼は知的な子が好みでたびたびヒロインを試すような物言いをすることがあるのだ。

本来治癒術師は神殿の所属なので神殿で過ごすことになる。しかし、王城の敷地内には神殿が建てられており、そこに例外的に部屋を賜っている職員がいる。だいたい、治癒術師が一人から二人。それ以外の魔導師が十人前後、お世話役として派遣されてきている職員が二十人前後の約三十人が神殿で暮らしている。

王城の中にある神殿は特別に王宮神殿と呼ばれている。

もちろん王家が頼んで在駐してもらっているだけなので、彼らの所属はあくまで神殿である。そのため、王城内にありながら、王家が手出しをすることはできない、一種の治外法権の場所にもなっている。確かゲームのセオドアも王宮神殿で暮らしていた。

「いざと言うときの王族の備え以外に、ですか？　あ、わかりました。王宮の出世コースに乗れなかった、高い魔力保持者を確保するためではないでしょうか？」

「そういうこと。やはり貴族の方が平民より高い魔力を持っているからね。貴族籍は捨てることになるけど窓際の閑職にいるよりも神殿に所属した方が良い生活ができることが往々にしてあるんだ。もちろん、実力次第だけど。そういう見込みのありそうな子なら、本人たちの——つまり、私と君の同意が有り、君が神殿に所属すると誓ってくれるので有れば、無償で教えても制約に反しない」

そう言って彼は流し目でこちらを見る。無条件で頷きたくなるファン心理を抑えて言葉を紡ぐ。

「申し訳ありませんが、今の私は神殿に所属することができない身でございます。お心遣いありがとうございます」

「今の君の身では……か。意味深長な言葉だね。よかったらもう少し話をしたいな。それに君に見せたいものもある。よければもう少し時間をもらえないかな?」

正直、セオドアの提案はとても魅力的である。婚約破棄をされた傷物令嬢でも問題なく、生計を立てていけそうである上、貴族籍を抜くことになるので、子爵家にも迷惑がかからない。

何より、もし私が神殿職員になれば、下された命令に忠実に従えば、身体にある醜い傷痕を消してもらえる可能性だってある。あちこちに傷痕があるのはやはり女としては気になる。将来攻略対象者ではない、他の誰かと結婚する時には、綺麗な身体でいたいと思ってしまうのだ。

だから、セオドアの話はものすごく聞きたい。けれど、私は表向きジェイドの婚約者なのだ。しかも、相手は攻略対象者のうちの一人のセオドアだ。ここは断っておくべきだろう。

「興味深いお話ではありますけれど、こう見えて私は淑女の末席ですので、ハルト様と雖もこれ以上お話を続けることは……。ご厚意だけ頂戴します」

「淑女の末席ね……。謙遜も過ぎると嫌みだよ」

セオドアは目を眇めるようにして笑う。まるで肉食獣のような笑顔だ。

「屋内で二人きりが気になるなら中庭はどうだい？　物珍しくて、是非君に見てほしい花があるんだ。それくらいならいいだろう？」

セオドアはそう言って当たり前のように私に手を差し出した。エスコートしてくれる気なのだろう。しかし、セオドアはできるだけ関わり合いになりたくない攻略対象者の一人だ。付いていくのはためらわれる。逡巡する私に向かってセオドアはこの上なく奇麗に微笑みながら、口を開く。

「そんなに時間を取らせないし、君に危害を加えないと約束しよう。それに、今私とともに来なければ、いずれ後悔するかもしれないよ」

そこまで言われると断れない。思い切ってセオドアの手に自らの手を重ねた。

セオドアは満足そうに微笑むと、私の手を彼の二の腕に導いた。

流石、ある程度の貴族以上のステータスを持つ治癒術師である。贔屓目を除いても、実にスマートなエスコートだった。

セオドアに案内されたのは、一般公開されている――と言っても本当に誰でも入れるわけではない。あくまでも登城した貴族が入れる――南向きの中庭だった。中庭と言っても大国であるクライオスの王宮である。小学校の校庭以上の広さがある。

屋外は密談に向いていないように見せかけて実はとても向いている。ちなみに鬱蒼と茂った森の中や木のそば、茂みのそばはいけない。茂みは自分たちを隠すことになるかもしれないが、聞き耳を立てている第三者がいた場合、彼らも隠すことになるからだ。

いくら隠れたつもりでも誰にどのように見られているかわからない。それならば、遮蔽物のない平地で花を見る振りでもしながら話すのが最適である。

そんなことを思いながらふと、生い茂った木の方を見るとそこには二人の男女がいた。あー、そう言う場所は反対に注目されがちなのに……と思って注視して、初めて、男性の方は、ジェイドであることに気づいた。

ジェイドは茶色の髪の華奢で可憐な少女と仲良く話している。相手の少女はサラ（ヒロイン）だ、と直感的に気づく。二人はとても自然な雰囲気で和気藹々と話している。

ジェイドの瞳は私を見る時のような危険な光を孕んだものではなく、ただただ愛しいものを見るものであった。

そのあと、サラが少し背伸びをし、ジェイドの頬にキスをした。ジェイドは一瞬驚いた表情を見せたものの、その後、破顔した。私の前では決して見せない表情だった。

その後、サラがジェイドに向かって、ちょいちょいと小さく手招きをすると、ジェイドが身を屈める。身を屈めたジェイドの唇とサラのそれが重なる。それが長かったのか、短かったのか、私には把握ができなかったが、彼らの親密度はよくわかった。

あぁ、やはり、ジェイドはサラを愛しているんだ、と思ったら、涙が滲んできた。分かっていたことなのに、悲しくて、辛い。

ジェイドに惹かれ始めたのを自覚して早々に失恋など、タイミングが悪すぎて笑えてくる。

いや、逆にタイミングが良かったのだ。これ以上好きになった後に見たほうがショックだったに違いないのだから。

彼は決して手が届かない人物である。今の私はきっと、サラの隠れ蓑なのだろう。恐らくお仕置きと称してしてくる、あの甘い行為は、溜まったものを処理しているか、練習なのだろう。

それにジェイドと婚約してから、三ヶ月——三ヶ月で落ちるなんてチョロインかよ、という突っ込みは甘んじて受ける。——その間ずっと私は彼にどきどきしていたのだ。恋愛的な意味でなく、サイコパス疑惑的な意味合いで。つまり吊り橋効果もあったのではなかろうか。いやきっとそうだったに違いない。

セオドアがいるにもかかわらず、ショックを受けて立ち尽くしてしまった。隠れなくては、と思うが、足が一歩も動かない。どうしたらいいのだろう。今彼らに見つかって話しかけられてもまともに返せる自信がない。

ショックを受けて佇む私を彼らから隠すようにセオドアが位置を変える。そして、緩やかに中庭の奥へ向かってエスコートしてくれたので、震えながらだが、なんとかその場を離れることができた。

二人の姿が見えなくなってから、セオドアは立ち止まり、私にハンカチを差し出してくれた。受け取るか否か少し迷ったが、きっとセオドアには涙を見られてしまっただろう。それならば強がっても今更だ。お礼を言ってハンカチを受け取った。

「君が立場を守る必要は本当にあるかな？　彼らの関係は、王宮のものにとってはすでに周知の事実だよ。それでも君が王太子に操立てる必要はあるのかな？　魔法を覚えるにしても早い方がなにかと良い。君の素質は高そうだから、神殿に所属後も問題ないと思う。さっさと王太子を見限って、私の手を取るべきじゃないかな？」

「ハルト様、素知らぬふりをされていましたが、私のことをご存じの上で、話しかけていらっしゃったのですね」

私がそう問いただすと、彼はにやりと笑った。ゲームの彼が絶対にしなかった表情で、なんとなくアリスのチェシャ猫を連想させた。

「美しい花に目が向くのは男として当然のことだと思って許してほしいところだね」

「その上で、神殿に勧誘されたのですか？　神殿に所属したら、所属する者以外との婚姻ができなくなることを承知の上で？」

「ふふふ、やはり婚姻についても知っていたか。エヴァンジェリン嬢、私のことはセオドアと呼んでくれるかな？　ハルトは神殿の治癒術師の称号みたいなものだから、あんまり自分の名前と思えなくてね。君のことはイヴと呼んでも？」

「お断りします。リザムとお呼びくださいませ。セオドア様」

「ちょろそうに見せかけて、変なとこで嫌になるほど、隙がない子だね。了解。セオドアと呼んでくれるのを承知してくれただけで今は良しとしよう。リザム嬢、たしかに私は君が王太子の婚約者であることを承知の上で声をかけ、素知らぬふりで神殿に勧誘した。そのことは否定しないよ。だって無知な人間が自分の判断ミスで失敗してもそれは自業自得ってものだろう？」

正直ゲームの彼からは想像もつかない顔と言葉だったが、幻滅した、という気はしなかった。それどころか逆になんだかしっくり来た。だって彼は幼い頃から苦労し、世間の荒波に揉まれ続けてきた人なのだから。

「急に手厳しいお言葉になりましたわね、セオドア様。私、何か気に障ることを致しましたかしら？」

「まさか。むしろ好意だよ。神殿についてしっかり調べているところも好感度が高いし、何より自分の身を弁えて律そうとするところは敬意に値するとすら思っている。正直に言って、君は『殿下がサラちゃんのことを憎からず思っている』ことに気づいているだろう？　そして、それなのに自分が婚約者の椅子に座らせられたことに関して疑問も抱いている」

「……なぜ、そうお思いになりましたの？」

「君はもう少し自分という存在を知った方がいいね。初めて見る顔だと先ほどは言ったけど、この王宮で君を初めて見る人間はほぼいないと思っていいよ。だって、殿下が凄い無理とゴリ押しをして婚約者に据えた令嬢だからね。皆、興味津々だよ」

「凄い無理とゴリ押しですか？」

「そりゃあね、元はどうあれ、子爵家の令嬢を婚約者に据えようというんだから」

セオドアは私が元公爵令嬢であることを知っていると仄めかす。どこでどうやって調べたものか、彼の背後に誰がいるのか、気になるところではあるが、今の私は、はっきり言ってショックであまり、頭が回っていない。

「……殿下のお心が私にないことは存じておりましたので問題ありません。親切にお教えくださり、ありがとうございます。先ほど見たものは真夏の午後の夢とでも思ってお忘れくださいませ」

「へぇ？　あの二人が想い合っているのを知っていて婚約したの？　なぜ？　サラちゃんから奪えると思ったのかな？　もしかして自分こそが王太子の伴侶だと思っている？　もし、そう思っているのなら、それは気のせいだと思うよ」

顔は笑っているというのに、セオドアの口調はどこか刺々しい。私を挑発しているのかもしれない。私が王宮の人に良く思われていないことは分かっているつもりだが、前世の推しであったセオドアにも悪印象を与えているのかと思うと少し残念だ。

しかし、いくらなんでも私は攻略対象者達に嫌われすぎではないだろうか。思わず小さくため息をつく。そして私の動向をじっと見つめているセオドアの目を見つめて口を開いた。

「私などが王太子殿下に相応しいなどとは思っておりません。そうですね、あのお二人のことは……」

筆頭攻略対象者と主役だから、結ばれないはずがないと思うが、そのまま言うわけにはいかず、少し口籠る。そしてなんとか言葉を探す。

「運命の恋人同士だと思っております」

私がそう言うと、何故かセオドアの顔が歪んだ。なんとなくそのことが気にかかったが、構わず言葉を続けた。

「けれど、殿下は私が怪我をした際に居合わせたことに責任を感じられたようですわね。一度は辞退いたしましたが、結局今の状況になっています」

「その傷痕も私が消してあげよう。そうしたら君は殿下との婚約を続ける必要もない。それならば、大手を振って神殿に所属できるだろう？　入殿後は私が責任を持って君の世話をするから、安心して身一つで私の下に来ると良い」

しつこく神殿に勧誘する言葉を繰り返す彼になるほど、と感心する。ゲームとやや異なる部分を見せるが、さすが、セオドアである。サラとジェイドのことを応援するために、邪魔者である私を排除するために神殿へ勧誘にきたのだろう。

「セオドア様、あなたはあの方のために私を勧誘にいらしたのでしょう？　けれどあなたが心配なさらずとも、最終的に殿下は私と婚約を解消し、あの方の手を取るでしょう。ですので、あなたがこうして無理をして私に話しかける必要も、神殿に勧誘する必要もありません。私は身の程を弁えているつもりでおります。どうぞお捨て置きくださいませ」

「あの方って、サラちゃん？　どうして私が彼女のために動く必要が？」

「あなたも、あのお二人の恋に辛い思いをされていらっしゃるのでは？」

「まさか！　ゲテモノはあまり好きじゃない。珍味ってのはたまに食べるから美味しいわけで毎日食べたいわけじゃないね。それに彼女の眼は獲物を狙う肉食獣の目だ。私は女性を抱くのは好きだけど、抱かれるのは好きじゃない」

そう言ってセオドアは私の手をぎゅっと握ったかと思ったら、それを自らの口元に持っていくと唇を落とした。いきなりの行為に驚いて手を引こうとしたが、それに気づいたのか、セオドアが私の手をさらに強く握る。

「わからないかな？　それともわかった上でわからないふりをしている？」

握りしめられた手が痛くて、セオドアを仰ぎ見る。私を見つめる、セオドアの目はジェイドが私を見るときのような仄暗い光を放っていた。

「あなたが何を仰りたいのか、わかりかねます。気分が優れませんの。失礼してよろしいでしょうか」

「振られちゃったかな、残念。仕方が無いから今日のところはここまでにしておこうか。けれどこれだけは覚えておいて。もし、君が婚約破棄したら、他の男の手を取る前に……一番に私に知らせてほしい」

そう言ってセオドアは馬車までエスコートしてくれた。今日のところは、と言っていたが、たとえ推しキャラと雖も、攻略対象者にはできれば近づきたくない。最近悪役令嬢のような立ち位置になってきている私である。何が起こるかわからない。シナリオに巻き込まれるのはごめんである。

ジェイドとお茶会の予定だったが、『気分が優れないので帰る』旨を馬車止めにいた王宮使用人に託けて、帰宅した。正直今日のジェイドとどんな顔で会えばいいか、わからないし、ひどい言葉を投げつけそうで怖かった。

帰り着くなり、私は部屋に閉じ籠った。皆が心配するだろうと思いながらも、今は笑える気がしなかった。涙がぽろぽろ溢れる。

知っていたはずなのに、馬鹿だ、と思う。けれど、ジェイドのことを好きになってしまっていたのだ。明日からは表面上は変わらないよう接しなくてはならないが、できるだけ心を動かさないようにしなくてはならない。嫉妬に狂った場合の末路はきっと破滅に違いない。

この恋心はなかったものとして捨ててしまわなくてはならない。だから、馬鹿な恋心のためにせめて自分だけは泣いておこう。

その後、ジェイドと会ったのは、サラとジェイドの逢引を見てから、一週間後だった。ジェイドが公務でなかなか時間が取れなかったらしいが、その期間は私にとって、ありがたいものであった。一週間も経つ頃には私もだいぶ落ち着いてきており、何事もなかったかのように彼と話をすることができた。彼の薦めた詩集や小説の話を当たり障りなく話して、お茶会を終えることが続いた。

私も今まで以上に注意して『ジェイ様』としか呼ばないように努めたので、あれ以来ジェイドからのお仕置きもない。ジェイドは私の額の傷痕を見ることが好きなので会うたびに私の前髪をかき分け、その傷にキスを落とす。以前はどきどきしていたが、ここ最近その行為に関しても冷静に受け止めることができるようになっていた。

傷物令嬢はデビュタントを迎える

表面上何も変わらないように見せかけて、やはり私とジェイドの関係は以前よりも遠くなったような気がする。

そんな曖昧な関係のまま、ひと月を過ぎた頃、珍しく読書の話以外をジェイドが口にした。

「そう言えば、そろそろ君のデビュタントだね」

ジェイドの言葉に驚く。そういえば、ゲームの開始時期はデビュタントの前だった。つまり今もうゲームのシナリオは始まっていると思われる。

この国では十六歳になった貴族は、子息は七月十日、子女は九月十日に一斉に王宮に呼ばれ、お披露目が行われる。

そして今年は、私とサラ、それに異母妹のイリアがデビュタントを迎えるという、なんとも胃もたれしそうなイベントがある。

「ええ、お義父様がエスコートしてくださると張り切っておりますわ」

「子爵は残念に思うだろうが、君のエスコート役は僕が務めるからね、イヴ。もちろん、ドレスも贈らせてほしい」

「ジェイ様、できれば義父の長年の夢を奪わないで差し上げてくださいませ。ジェイ様は今後いつでも私をエスコートできますでしょう？」

それに、ジェイドはサラのエスコートをしたいのではないだろうか。ゲームではサラのエスコートはいつもジェイドがしていた。もちろん、それぞれの攻略対象者のルートに入ったら他の人物がエスコートしていたが。誰とも親しくない時は決まってメインヒーローのジェイドの役割だった。確かデビュタントも課金アイテムなどがなければジェイドが務めることになっていたはずだ。

実際にこのひと月で、仲睦まじく語り合うサラとジェイドを何度か見かけている。セオドアとはあれ以降会話こそ交わしてないが、時折ジェイドとサラの近くにいるセオドアを見かけた。彼も二人を見ていたのか、気づくとセオドアは二人の近くにおり、時折目があった。私には「好みではない」などと言っていたが、やはりセオドアもサラのことを想っているに違いない。

そう言えば、セオドアと話した時に、違和感を覚えた言葉があった。

彼はサラの目を肉食獣のよう、と言ったが原作の彼女（ヒロイン）はそんな感じではない。もしかしたらサラも転生者かもしれないと、ふと思ったが、それでもジェイドもセオドアも結局は彼女を愛するだろうから、どうでも良いことだろう。

「僕とのお茶会の時間に他のことを考えるなんて、余裕があるね、イヴ？」

ジェイドの言葉に、思考を中断する。

「申し訳ありません、ジェイ様。デビュタントと聞いて少し緊張してしまったようです」

「ふーん、他の誰かのことを考えていたんじゃないの？」

「義父のことですか？　えぇ、できれば義父にエスコートをしてほしいとは思っておりますが……」

さらりとジェイドの言葉をかわす。ここでセオドアのことを考えていたことがバレるとなんとなく面倒くさいことになりそうだ。

「悪いけど、僕も譲るつもりはないよ。デビュタントは結婚できる年になったというお披露目だ。だから、婚約者がいるのであれば、婚約者がエスコートして、売約済みであることを示す必要があるからね。このデビュタントで正式にイヴとの婚約を発表する予定なんだから、絶対にこればかりは譲らない」

ジェイドはそう言うが、私たちの婚約はここ何年かのうちに解消するはずである。それにサラはどうするのだろうか。しかし、それを面と向かっては言えない。

「ジェイ様、私は義父が張り切っておりますので、エスコート役に困ることはありませんが、ジェイ様の身近の方でお困りの方はいらっしゃいませんか？　それに、婚約の発表ももう少し日をおいても良いのではないかと……」

「僕の身近？　婚約者たる君を放ってまでエスコートしないといけない相手はいないね。婚約の発表も譲る気はないよ。変な虫が湧いても困るしね。珍しく粘るけど、何かあった？　それとも、以前君が僕とした約束を忘れたのかな？」

最終的には、彼のその言葉に従うしかなく、私はジェイドにエスコートをしてもらうことになってしまった。

これでは、本当に私が、『サラとジェイドを引き裂く悪役令嬢』のようで、好きな相手にエスコートしてもらう嬉しさよりも怖さが先に立った。

……なので、私の恋心は、きっと無事葬られたに違いない。

デビュタントの前日にジェイドからドレスが届いた。それを開けて驚く。デビュタントの時のドレスは白が通例にもかかわらず、贈られてきたドレスはジェイドの瞳を淡く染め抜いたような、白に近い、けれどもしっかりと青いドレスに金の刺繍がしてあったからである。

婚約者がいる場合でも白に相手の髪色や瞳で刺繍を入れるのが常であるのに対し、これはかなり目立つ。というか掟破りではないかとすら思うのだが。これを着ろとジェイドは本気で言っているのだろうか。

急いで彼に手違いではないかとの手紙を送ったが、間違いないとの返事が返ってきた。こうなってしまえば、私に着ないという選択肢はない。揃いのアクセサリーも身につけると、明らかに豪奢すぎて浮くだろうが、仕方ない。

こんな衣装でデビューした令嬢はゲームではいなかったと思うのだが――サラですら白だった――明日はどうなることやら、と頭を抱えたくなった。

当日、子爵家では手が足りないことがあるだろうと、ジェイドは王宮の侍女――珍しく私に悪感情を持っていない人を選んでくれていた――を派遣してくれていた。彼女たちは大変腕が良く、とても美しく仕上がっている。

「うん、実に綺麗だ、とっても似合っている。まるで女神のようだ。こんな綺麗な君を今から他の男に見せなきゃいけないかと思うと嫉妬で気が狂いそうになるくらい綺麗だよ、イヴ」

わざわざ迎えに来たジェイドは私を見て大変機嫌良くそう言った。ジェイドはいかにも王子様！と言う礼服を着ており、実にかっこいい。

しかし、ジェイドはいつも私のことを『綺麗』とか『美しい』と言うが、正直私はあまりモテないのだ。エヴァンジェリンは私の目から見ると、輝くような黄金の髪にアメジストのような瞳を持つ、けっこうな美少女に見えるが、婚約者たちは私を傷つけるだけで大切にしてくれない。サラというヒロインがいるからかもしれないが、それにしてもあんまりだ。

そして、私に声をかけてくるような異性もいない。男女ともに招かれるお茶会に行っても、ひそひそと陰口を叩かれるだけで、ひとり、ぽつんとしていることがほとんどだった。外見がどれだけ良くても内面が悪ければ（喪女の私であれば）モテないのだろう。こんなところまで悪役令嬢仕様で泣けてくる。

義父は長年の夢だった私のデビュタントのエスコートを殿下に取られてとても残念そうだ。こんなに綺麗な娘を自慢したかった、とは義父の言である。親バカ万歳なセリフをありがとう、お義父様。私もお義父様と白いドレスでデビューしたかったですとも。

純粋な賞賛のつもりかもしれないが、ジェイドの言葉に少し、いや、かなりイラっとする。こちらは初めてのデビュタントの上、こんな掟破りの服で何を言われるかハラハラしているというのに、呑気なこと言いやがって、この野郎、と思わないでもない。

はっきり言うとむかつくの一言であるが、それを顔に出さずににっこりと微笑む。もしかしたら、ジェイドの黒い微笑みに匹敵するかもしれないほど、モノを含ませた笑みである。

「ジェイ様、ドレスをありがとうございます。けれども、通常は白が慣例と思うのですが……」

「問題ないよ。だって夜会で婚約者の色を身に纏うのは当然のことだし。デビュタントだって婚約者の色を皆使っているだろう？」

「ええ、皆様、白地に刺繍で婚約者の色を使いますけれど」

「いやだな、イヴ。慣例通り君に白いドレスを身に纏わせた日には、どんな馬鹿が湧いて出るかわからないじゃないか。もし、君がこのドレス以外を身に纏うなら、誰の目にも触れないようにイヴを僕の部屋に閉じ込めなくてはいけなくなるね」

相変わらず、サイコパスなセリフをジェイドはサラリと吐く。私は本当にこんな奴が好きだったのだろうか。なんだか、だんだん冷静になってきたら、あのとき流した涙が勿体無いとすら思える。

仕方なく青いドレスのまま、ジェイドのエスコートで王宮へ向かった。ジェイドはとても機嫌が良さそうに、にこにこしている。

「ふふっ、君のエスコートは絶対に僕がするって決めていたんだ。だから今日はすごくうれしい。想像以上に君は綺麗だし……見せびらかした後は僕の部屋に連れて行きたいくらいだよ」

「ご冗談を」

私はにっこりと笑う。今日のデビュタントは、服装に加え、ジェイドのエスコート、サラとの初顔合わせ、異母妹との再会とイベントが目白押しである。正直もう帰りたい……。

デビュタントを迎える令嬢は通常の入り口とは違い、内宮の二階から紹介の後に、階段を下りる。今回のデビュタントは、公爵令嬢一人、侯爵令嬢一人、伯爵令嬢三人、子爵令嬢六人、男爵令嬢十五人の計二十六人である。

通常であれば位の高い令嬢、つまりイリアから入場するものなのだが、今回は私からの入場となるそうだ。本来、デビュタントではたとえエスコート役が誰でも主役たる令嬢の爵位順にお披露目となるのだが、今回は私が未来の王妃になるから、一番でないといけないらしい。

しかし、私たちの婚約は、まだ正式に発表されてないのだ――王宮などの一部では有名らしいが、公には未発表なのだ。今夜発表予定なので、それまでは公には私はジェイドの婚約者ではない。

きっとジェイドが何か手を回したのだろうが、もう何も言うまい。どうせ私が何を言っても聞き届けられやしないのだ。

「まぁ、わたくしよりも先にお披露目されるなんて、ずいぶんとご立派な方かと思いきやデビュタントのルールも知らない田舎者なんて、驚きですわね。どこの誰だか存じませんけど、礼儀もご存じないのね」

急に掛けられた声に驚いて振り返るとそこには異母妹がいた。驚いて何も言えない私をイリアは蔑んだような目で私を見てきた。隣に実父も立っているがイリアを窘めるような素振りも見せない。ジェイドの婚約者が私になったからシナリオからずれた可能性もあるが、あまり社交に出ない私でも聞いたことがあるくらい、イリアのふしだらな噂は有名だ。そのせいで、公爵令嬢と雖も婚約者が決まっていないのだろう。

ゲームとは違うが、イリアの奔放すぎる行動と性格ではジェイドと婚約は元から無理だったに違いない。

そもそもイリアの言葉は貴族令嬢としては失格である。婉曲に褒め言葉じゃないか、と思わせるような言葉でちくちくするのが貴族のやり口である。

なので、今回文句を言いたいなら『まぁ、貴女が一番にご入場なされるの？　お召しのドレスもとても似合っていらっしゃる上、お美しくてこの場の誰よりも輝いていますから当然ですわね？　あぁ、申し遅れました。私はクラン公爵家のイリアと申しますわ。これからは仲良くしてくださると嬉しゅうございます。失礼ですが、貴女さまのお名前を伺ってもよろしいでしょうか？』とでも言うべきである。

上記の台詞の中には『掟破りだから悪目立ちしている』『デビュタントなのに無駄に着飾りやがって、ルールも知らないのかよ』『公爵家の私よりも先に行くつもりなんてあんた何様よ』が集約されている。

ちなみに面と向かって挨拶をするか、紹介されない限り相手の名を呼んではいけないとのルールが貴族社会にはあるので、たとえ相手の名前を知っていても私のことを名前で呼んではいけないのだ。特に公爵家の面々と私は初対面のはずなのだから。

だからこそ、イリアのように文句としかとれない言葉を口にしてしまうと足を引っ張られる羽目になる。

「やあ、クラン公爵令嬢。私がエスコートしている時点で彼女がどんな立場の人間か、分かるだろう？　それならこのドレスを誰が用意したのかも分からないはずがないよね？　つまりルールを知らない田舎者とは私に対する言葉と捉えさせていただこう。どうやら、クラン公爵家は私に対して含むところがあるようだね」

そう言ってジェイドはイリアと実父に微笑みかける。

「そのようなことはございませんとも、殿下。お綺麗な方ですから、殿下が大事にしまっておきたいお気持ちもわかります。ただ、私どもにも事前に一言仰っていただけたら、お互いにスムーズにことが進んだのではございませんかな？」

「ははは、もともとあなたが望んでいた縁だろう、クラン公爵。あなたが望む通りになったんだ。何も問題はなかろう。しかし、私の婚約者とわかっておきながら、クラン嬢は暴言を吐いたのかな？」

イリアはツンとそっぽを向いている。馬鹿なの？　早く謝っておきなさいよ、と他人事ながら思う。ジェイドは敵に回してはいけないタイプの人間である。いや、そもそもデビュタントで王家に刃向かうなど阿呆としか言いようがない。ジェイドの相手が馬鹿にしていた異母姉だとわかっているのか、いないのかわからないが、一向に謝る気配のないイリアにジェイドはため息をこぼす。

「実に残念だね、クラン公爵。君は今まで王家の忠臣たる方だと思っていたけど、御令嬢を見る限りでは城の中と外では全く違う考えをお持ちのようだ。後日色々と話をさせていただこう」

そう言って実父に微笑みかけるとジェイドは私をエスコートしたまま、扉の一番前に立つ。

後ろから実父が、「殿下、お待ちください。イリア、謝罪なさい」などなど宣っているが、ジェイドはいっそ清々しいほど、無視している。

私の中では実父は恐ろしく冷徹で、有能なイメージがあった。しかし、これではただのその辺の雑魚である。こんなのでよく公爵家当主としてやってきたな。昔から義母（リンデル）と、彼女との間の子供であるサトゥナーとイリアを溺愛していたので、三人に関することだけは例外かもしれないが、それでも今の実父は情けないとしか思えなかった。

「ジェイ様、本来であれば私が対処しなければならないところを申し訳ありません」

そう、本来令嬢同士の争いに殿方が入ってくるのは掟破りである。侮辱されたなら、侮辱された本人が相手をやり込めないといけないのだ。特に私のように子爵家から王太子の婚約者になる場合は、舐められないようにきちんと振る舞う必要がある。

「いいや、これは私の仕事だよ」

そう言ってジェイドは微笑（わら）う。色々なものを含んだ物言いに問い詰めたくもなるが、ここにはエスコートの方を含め五十人以上の人間がいる。下手なことは口にしない方が良いだろう。

なんとなく後ろの方で何かが動いた気配がしたので振り向いたら、サラが四番目におり――伯爵令嬢の中では一番前だ――こちらに向かって手を振っていた。ジェイドの手を少し引っ張り、サラが手を振っているのを教えるが、彼は一瞥すると興味なさそうに前を向いた。

「エヴァンジェリン・クラン・デリア・ノースウェル・リザム子爵令嬢」

「さぁ、出番だよ、イヴ」

会場に足を踏み入れると一斉に皆がこちらを見る。一瞬シーンと静まり返った後に拍手に紛れて、「子爵令嬢、ですって?」「何故、殿下がエスコートを?」「まぁ、あの青いドレス、デビュタントなのに?」「サラ様がお可哀想……」などなど想像した通りの言葉が飛び交っている。

表面上はにっこりと微笑んでジェイドの隣にいるが、この後がとても怖い。だから言ったじゃないか、とついつい隣で澄ました顔で立つジェイドを非難の籠った目で見つめる。

いつもはすぐにこちらの意図を気づいてくれて、なんらかの反応を返してくれるジェイドが何も返さないことを不思議に思いつつ、彼の視線の先を追うと、サラが私の一つ前の婚約者であるグラムハルトにエスコートされながら入場していた。

それを真摯に見つめるジェイドを見て、やっぱり、サラのエスコートをしたかったんじゃない。不満に思ったが、そんなことを口に出せるはずもなく、なんだかモヤモヤしたものが心に残ったままとなった。

全員が入場し終えた後、陛下が入場された。この後、陛下にそれぞれお言葉をいただき、ダンスの開始となる。普段であれば女性からダンスを申し込むのは礼儀違反だが、デビュタントしたばかりの令嬢だけは特別で誰にでも申し込むことができる。そして申し込まれた相手は基本的に断れない。

なので、ジェイドは今日、二十人近くと踊ることになるから、忙しいだろう。その間はお義父様とお義母様にひっついていようと心に決めている。

強い視線を感じて振り向くとそこには正装したセオドアが居た。目が合った瞬間、セオドアは優しく微笑み、ひらひらと手を振った。私に向かって手を振ってくれていることに少し驚く。初対面の時、私に良い印象を持っていないようだったのに。

けれど、微笑みかけてくれるのは少しだけ嬉しいかもしれない。微笑み返そうとして、視界の端でサラが手を振りかえしていることに気づく。危ない危ない、私に手を振ったと勘違いするところだった。私はセオドアから目を逸らすと、何事もなかったかのようにジェイドの隣で笑顔を維持した。

「さて、本日デビューした諸君、まずはおめでとうと言わせてもらおう。これからの君たちの活躍を期待している。そしてこの場を借りて皆に発表しよう。長いこと空席であった王太子の婚約者が決まった。今宵のことでわかっただろうが、エヴァンジェリン・クラン・デリア・ノースウェル・リザム嬢だ。皆が見ての通り、慣例である白いドレスを着せることも厭うほどの溺愛ぶりだ。皆、その辺りを考慮してダンスに誘うといいぞ」

陛下のお言葉に周囲がわっと沸き、大きな拍手が送られる。おめでとうございます、などと声が聞こえるが、見たところ納得していない貴族が大半のようである。デビュタントの席で発表すると言われていたが、やはりもっと根回しをした後に発表した方が良かったのでは、と思ってしまう。いや、ジェイドにとってはこれでよいのかもしれないが……。

その言葉を皮切りに陛下がそれぞれ入場順に声をかけてくださることになっている。

「エヴァンジェリン・クラン・デリア・ノースウェル・リザム嬢。成人おめでとう。全身でジェイドが所有権を主張しているようなドレスだな。それにもかかわらず、とても似合っている。美人は何を着ても似合うと言うことかな。君が嫁いで来る日を心待ちにしているよ」

「勿体ないお言葉にございます」

そう言ってカーテシーをする。次はイリアの番であるにもかかわらず、陛下はイリアの前を素通りして、三番目に控えている侯爵令嬢のシモンヌ様のところに行って祝辞を述べている。

明らかにクラン家に対して含むところがあるという行動である。恐らく元よりよく思われていないにもかかわらず、控えの間での話も伝わっているのだろう。実父の顔色はあからさまと言うほどではないが悪く、イリアに至っては憎らしげに私を睨んでいる。

イリアは婚約者がまだいないようなので、これから婚活しなくてはならないだろうに、その顔を見られるとマイナスにしかならないわよ、と思いつつも知らん顔をして微笑み続ける。

最後の男爵令嬢に声をかけた後も陛下がイリアに声をかけることはなかった。陛下が右手を上げると、音楽が流れ出した。結局クラン公爵家はいなかったものとして扱われているが、それに対して誰も何も言わない。周りも当然のことと流している。このことから、今の公爵家の立ち位置がよくわかった。

「さて、踊っていただけますか、婚約者殿？」

「喜んで」

私たちが踊り出さないと他の方が踊り出せない。ジェイドの手を取って、フロアに向かう。

「こうして君と踊れて嬉しいよ、イヴ。もちろん、他の男にこの役を譲る気なんてなかったけど」

よく言うものだとため息をつきたくなるが、今は注目の的。下手な行動をすると何をどう難癖つけられるかわからない。微笑みながらジェイドのリードに身を任せる。私はあまりダンスが上手な方ではないが、ジェイドのそつのないリードのおかげでなんとか踊れた。

ジェイドのリードで踊るダンスは楽しい。それは、リードが上手だからなのか、場の空気に呑まれているからなのか……それともジェイドを憎からず思っているからなのか。

シンデレラの気持ちが少しだけわかった。あともうちょっと、少しだけでもこの時間を長引かせたい。しかし、私の気持ちと裏腹に無常にも音楽は終わりを迎える。

「もう一曲お願いしても？」

「いいえ、殿下。今日はデビュタントの日、この日でないと貴方と踊れない方がたくさんおります。どうぞその方々と踊って遊ばしてくださいませ」

「そう言われてしまうと仕方ないね。せっかく婚約者になったんだから、その特権を使ってみたかったんだけどな」

そう、ダンスは通常は一曲きり。婚約したら続けて二曲踊れて、三曲以上は夫婦になってからが慣例である。

「でも、そういった気遣いのできる君がこれから僕のそばにいてくれると思うと、心強い。婚約者の特権は次の機会にでも使わせてもらうことにしよう。さて、イヴ。子爵のところまでエスコートするけど、今日は一人にならないように注意してね。華やかな夜会の裏では毒虫が跋扈することがある」

そう言ってジェイドはお義父様のところへエスコートしてくれて、私のそばを離れた。順番から行くとイリアの番なのに、やはり彼もイリアの手を取らずにシモンヌ様の手を取り踊り始めた。

私もお義父様と踊り始める。お義父様もリードが上手く、とても気持ちよく踊れた。

さて、気が進まないが、社交をしなくてはなるまい。何を言われることかと思うと、今から気が重いが、ジェイドの婚約者と発表されたからには逃げてばかりはいられまい。

お義父様とフロアを離れかけたところに横からさっと手が差し出される。何事かと驚いてそちらを見ると、そこにはひとつ前の婚約者、グラムハルト・フォン・ルーク・ベネディがいた。

「ごめんなさい、少し疲れてしまいましたの」

体よく断ろうとしたが、グラムハルトは引いてくれなかった。

「元婚約者の誼として一曲でも踊っていただきたいのです。リザム嬢。どうか」

彼は宰相であるベネディィ侯爵の嫡男であり、最近落ち目気味のクラン家に代わり、興盛を誇っているルーク公爵家の一門のかなり高い地位にいる人物である。あまり無下に扱うのは得策ではない。ジェイドをチラリと見るとヒロインのサラの手を取ったところだったので、助けには来ないだろう。心配する義父に心配しないよう、微笑みかけた後に彼の手を取り、フロアへ戻る。

お互い沈黙したまま、しばらく踊ったところで、ぽつりとグラムハルトが溢す。

「やはり貴女は殿下の下にお戻りになったのですね」

「私は子爵家の娘ですので、ベネディィ様がやはりと仰る意味が分かりかねますわ」

ジェイドとグラムハルトとルアード、そして私は所謂幼馴染だった。ジェイドとグラムハルトとは五歳から八歳まで、ルアードは十二歳までの付き合いだったが。

十二歳から十五歳の間はグラムハルトとは書類上では婚約者であったが、一切交流がなかったので、やはり八歳までのお付き合いとしか思えない。

なので、ジェイド、グラムハルト、ルアードは私が元公爵令嬢であったことを知っているのだ。昔のことは口にするな、と私はグラムハルトに暗に告げる。

「殿下が貴女のことを諦めるはずがないと思っていたのに、あっさりとルアードに譲るから、私もつい夢を見てしまいました。……貴女には申し訳ないことをしてしまったと思っています。きっとお怒りであろうかと思いますが……」

「昔の話ですわ」

グラムハルトのリードは少し硬い。真面目な彼の性格がよく出ている。しかし、彼の言っていることがよくわからない。公爵令嬢としての私は、ジェイドとは八歳までの間のお付き合いだったが、特に仲が良かった覚えも悪かった覚えもない。むしろ、ジェイドはあの本性を隠していたので、あまり仲が良くなかったのではないだろうか。

「お怒りだったから、私の手紙にお返事をくださらなかった？」

「手紙……？　あなたからは手紙なんて一通も……。何の交流もなかったかと」

「まさか！　手紙を何度もお出ししたし、お会いしたいとお願いもしました。誕生日のプレゼントですら、受け取ってくださらなかったのは貴女ではないですか!?」

「そちらこそ、どなたかとお間違えでは……？　我が家の家令に聞いていただいても構いません。手紙の一通、花の一輪もあなたからは頂戴しておりません」

そういうことか、殿下……と呟くと彼は私の目を覗き込む。

「貴女は私にお怒りではなかったのですか？　……私のことはどのように思っておいでしょう？」

「なぜ、あんなことをされたのかと疑問に思ったことは、ございました。けれどリオネル様との婚約は苦痛を伴うものだったので、あなたに代わってよかった、と思ったことはありましたわ」

「では、貴女は私のことをお嫌いではないと？　私が婚約者になって喜んでくださった時期があったと、そう仰ってくださるのですね？」

彼の目に仄暗い光が灯る。最近よく見る目だ。ジェイドやセオドア――つまり攻略対象者たち――が、よくこの目で私を見つめる。つまり、彼らが私を見極めようとする目だろうと認識している。

「そうですね、嫌いではありません。よく存じ上げないので好意もありませんが」

「あぁ、神に感謝したい気持ちです。それであればこれから知っていただけば良いのでしょうか？」

正直に言って攻略対象者たちは過保護が過ぎると思うのだ。サラのために、火の粉どころか、炎すら出ていないのに周り中から燃えるようなものを取り除いて行っているのだから。

そんな思わせぶりな態度を取って誤解させようとせずともサラに何かするつもりはこれっぽっちもない。

むしろ、私のことは捨て置いてほしい。私はシナリオにかかわらず、物語の端っこで、幸せに暮らしていきたいのだから。

精神的苦痛な時間が終わり、一礼する。去り際にグラムハルトに断りを入れる。

「……一応、私は殿下の婚約者ですので、ベネディ様とは過度な接触は致しかねます。それでは失礼いたします」

「エヴァ！　私は……」

そう言ってグラムハルトは私の手を再度取ろうと手を伸ばしたところで、その手が誰かに弾かれる。

ジェイドが来てくれた、と見上げたそこにはセオドアが笑みを湛えて立っていた。セオドアはグラムハルトから私を隠すように立ち位置を変えた。権勢を誇っている宰相の子息といえども、神殿の治癒術師には逆らえないのだろう。グラムハルトは何か言いたげに口を開こうとしたが、諦めたように口を噤むと頭を下げた。

「はい、そこまで。婚約者以外とはダンスは一度きりと決まっているでしょう」

セオドアはそんなグラムハルトから目を逸らした後に、私に向かって微笑みかけた。まるでゲームのスチルのような奇麗な微笑みだった。私が呆然とセオドアに見惚れていたら、また次の曲が流れ始める。

「どうやらダンスが始まるらしい。踊らないのにここに立っているのは無粋だね。もちろん踊ってくれるよね、エヴァちゃん？」

そう言ってセオドアは私に手を差し出した。

手を取るべきか否か一瞬迷い、ジェイドをつい捜した私の目に、サラと二曲目を踊り始めた彼の姿が映った。

どうしてサラと二曲目を踊っているのだろうか。二曲目を踊れるのは婚約者だけだ。

周り中が私に注目し、嘲笑っているような気になる。

なんて惨めなんだろう。思わず俯いた私の手を優しく取ってくれたのはセオドアだった。前回手を握られた時は、痛いほどだったが、今私の手を握る手はとても優しい。それに比例するかのように、セオドアの眼差しもあの時とは打って変わって別人のように優しかった。

「エヴァちゃん、お相手願えるよね？」

本来ならばマナー違反というべき行為なのだが、今の私にはそれを指摘する気になれなかった。いや、はっきり言っても許されるなら、何故か救われた気すらした。

セオドアにエスコートされたまま、フロアに戻ると、セオドアは壊れ物に触れるような優しさで私の背に手を回した。

曲が流れ始めると、セオドアは優しく微笑みながら私に声をかける。

「この夜一番の美姫に踊ってもらえるなんて光栄だね。ドレスは気に食わないけれど、今夜の君の美しさには天上の女神すら敵わないだろう」

セオドアの言葉に私は笑いをかみ殺した。彼は一神教であるハーヴェー神殿の神官なのだ。そんな彼が女神の存在を口にしたことがおかしかったのだ。

そんな私に向かってセオドアはどこまでも優しく微笑み、気遣わし気に口を開いた。

「エヴァちゃん、大丈夫？」

「何に対してのお言葉でしょうか？　疲れているかどうか、と言うことでしたら、とても疲れてい

るとだけお答えしておきます」

「ベネディ侯爵子息とのことも、殿下とサラちゃんのことも……。今日婚約発表したばかりなのに、他の子と続けて二曲踊るなんて、正直なところ、サラちゃんも殿下もどんなものかな、と私なんかは思うけどね。これも不敬罪かな？」

セオドアは暗に先程の控えの間のことを言っているのだろう。本当に耳聡い男である。ゲームの彼はこんなに情報通ではなかった気もするが、ジェイドもイリアもそして私もゲームと違っている部分が少なからずあるので、あまりゲームの設定を信用し過ぎると危険かもしれない。

「何かご事情がおありなのでしょう」

「全くもって寛大な婚約者だね、エヴァちゃんは。世の女性にも見習ってほしいものだよ」

「あら、あなたが浮名を流しているのはよく耳にしましてよ、セオドア様。まずはご自身の行いを改められてから仰っては？」

セオドアの言葉に今度こそ笑いを堪えきれず、つい、くすりと笑ってしまう。こんな時でも笑えるんだ、と思ったことに少し驚く。そうか、私、ものすごくショックだったんだ。

セオドアが少しホッとしたような顔で笑う。どうやら心配してくれていたようだ。だから、今日はこんなに優しいのだろうか？

そういえばゲームでの彼は面倒見のいいお兄さんでもあった。

「浮名ね～。相手が勝手に勘違いしちゃうところあるから、私だけの過失とは思えないけど。そういや、エヴァちゃん、さっき手を振ったのに無視したでしょう。あれ割と傷ついたんだけど」

「先程の合図はあの方になさったのかと思ったのですが？」

ちらりとジェイドと踊るサラに目を遣る。私は彼女と挨拶もしていなければ紹介もされてないのでまだ名前を呼べないのだ。

「サラちゃんに？　私が？　なんで？」

セオドアは心底不思議そうに訊ねる。本当に私に手を振ってくれていたのかと驚く。驚きはしたが、何故かその言葉が信じられた。

「だって、気にされているでしょう、あの方のこと」

「あぁ、馬鹿な子だなって思ってさ。あんな子の方を選ぶなら正直殿下の目は曇っているとしか言いようがないね。……さっさと婚約破棄して神殿においでよ」

踊りながら耳元でセオドアは呟く。大好きな顔と声で耳元に囁かれるのだ。腰が砕けそうになってしまう。つい顔が赤くなり、身体のバランスを崩しかけるものの、セオドアのリードは実に巧みで上手く支えてくれた。正直ジェイドよりも上手く、一番踊りやすい。さすが乙女ゲーの攻略対象者、クオリティーが高い。

「私が今気になっている子は今踊っている子なんだけどね」

「今日は随分とお優しいのですね」

「今日は？　君にはいつでも優しくしたいと思っているんだけど？」

「どうでしょう？　初めてお会いした時は随分と意地悪だった気がしますが……？」

思わず私が反論すると、セオドアは目を見張った後に少しだけ不機嫌そうに答えた。

「それに関しては私だけの問題じゃないよ。思い当たることが無いとは言わせないからね」

まず間違いなく、私がサラの恋路の障害になっているからだと思うのだが、誰に聞かれるか分からないこの状況では、さすがにそんなことは言えない。

「多分、君の想像は間違ってると思うよ。何度も言っているけど、あの子のことは関係ない。私がそばにいてほしいと思う子も、優しくしたいと思う子も別の子だよ。ねえ、わかっているでしょう、エヴァちゃん？」

そう言ってセオドアはウインクした。ウインクの似合う男性なんて信用ならないと常々思っていたけれど、セオドアのウインクは、何故か私の目には魅力的に映った。

「もう、思わせぶりなことばっかり。そんなことだからプレイボーイなんて言われるんです！」

「そうそう、エヴァちゃんは元気が一番。正直あの二人のこと、動揺していたでしょ。だって私がエヴァちゃんって呼んでも今日は素直に反応しているからね」

そこまで言われてはっと気づく。そう、彼にはリザムと家名で呼ぶように言っていたのだ。

本来なら家族や親しいもの以外に愛称を呼ばせることはあまりよろしくないのだが、私はセオドアに救われたような気がしていたので、まぁいいかと思った。

「ここまできたら今更、ですね。もうその呼び方で構いませんわ、セオドア様」

「セオ」

踊りながら自然にだが、彼の顔が近づいてくる。何を言われたかと、思って首を捻ると、彼はもう一度言った。

「セオ、と呼んで。サラちゃんにも、他の誰にもこんな呼び方許してない。君だけだよ、エヴァちゃん」

曲が終わりに近づく。何となく名残惜しい気もしたが、気のせいだと思うことにした。

「忘れないでね、エヴァちゃん。君は私にとって特別な子だから。何かあったらいつでも呼んでね、すぐに駆け付けるから」

ダンスが終わると同時に彼はそう言った。聞き返す間もなく、同じくデビューした子がすかさずセオドアにダンスを申し込んだので彼は苦笑した。そしてこちらにひらひらと手を振って申し込んできた子の手を取ってダンスを始めた。

傷物令嬢は傷つく

さて、一人になるなとは言われたので、義父母と合流したいのだが、こうも人が多いとなかなか難しい。しかも一人でいるので、ひっきりなしに手を差し出される。今まで私を無視していた男性たちが急に声をかけてくることを不思議に思ったが、なんのことはない、私が王太子の婚約者と紹介されたから誼を結んでおきたいのだろう。ご苦労なことだ。

ふとダンスフロアを見るとジェイドがいまだにサラと踊っているのが目に映る。まだ踊っていたのか、と思わないでもないが、先ほどまであったショックのようなものは感じなかった。慣れたのだろうか。

踊っているサラと目があったような気がして、つい二人の方を見ると周りからくすくすと笑われる。まぁ、笑いたくなる気持ちもわからないでもないが、はしたないことだ。

しかし、何よりジェイドの気持ちがわからない。続けて三曲も踊るほどサラが好きなら私に婚約など申し込まなければよかったものを。それとも今日デビュタントで美しく飾り立てられたサラを今更好きになったのだろうか。

なんでもいい、早くこの夜が過ぎ去ってしまわないだろうかと思っていたら、小休止の時間になった。

この国では五曲、曲が流れたら十五分ほどの小休止を挟むのだ。その間に楽団の方も休んだり水分補給したりする。腕がいいと、この時間に他の貴族の引き抜きが来たり、次の依頼が入ったりする。

また、この時間は踊っている人がいないので、より多くの人と話そうと貴族も躍起になる時間である。

ジェイドが目敏く私を見つけて、サラをエスコートしたまま、こちらに向かってくる。しっかりと目があったので今更逃げるのはわざとらし過ぎる。放っておいてくれればいいものを何故わざわざこちらに来るのか、と思いながらにっこりと微笑んで彼らの到着を待つ。

「イヴ。お疲れ様、楽しんでいるかい？　そうそう、紹介したい子がいるんだ。サラ、こちらは私の婚約者のエヴァンジェリン・クラン・デリア・ノースウェル・リザム嬢。イヴ、この子は私の乳兄弟のサラスティーナ・ルーク・サウス・クラフト伯爵令嬢だ。仲良くしてやってくれ」

到着するなりジェイドはサラを紹介する。こちらを見るサラの目が何か面白そうなものを見る目に思えて仕方がなく、少しイラッとしたが顔に出さないようにして微笑む。

「はじめまして、クラフト様」

「いやだ、イヴ様。クラフトだなんて、サラって呼んでください」

なんだ、こいつ、と笑顔で思う。たしかに爵位は私の方が下だが、一応私はジェイドの婚約者で彼女より上の立場になるのだ。勝手に愛称を呼ばれる筋合いはない。

前世では身分というものがない国で生きていたが、今世ではばっちりある。今世では、身分制は社会の基盤としてあるもので、軽視して良いものではない。

「サラ様、それでは私のことはイヴでなく、エヴァとお呼びいただけますか？」

後でジェイドが怖いので、と思いながらちらりと横目でジェイドを見るとすごく不愉快そうな顔でこちらを見ている。私がサラに『イヴと呼ぶな』と言ったのが不服なんだろう。なんでよ、ジェイドが他の人間にはそう呼ばせるなって言ったんじゃない、と思うもののそれを口に出せるはずもない。

「いやだ、イヴ様ったら。どちらでも一緒じゃないですか。それにジェイがイヴって呼ぶから私もイヴ様って呼びたいです。もう慣れちゃったんですよね。私、よくジェイと一緒にいるから」

「かしこまりました。ではどうぞ、そのように」

サラの隣のジェイドを見ると心なしか満足そうにしている。それなら最初から他の人には呼ばせるなとか言わなければ良かったものを。しかもサラにも自分のことをジェイと呼ばせているんだ、と色々とモヤモヤしたが、もういいやと思うことにした。

結局、ジェイドはサラが可愛いのだ。ふっと先程セオドアが自分のことをセオと呼んでほしい、と言っていたのを思い出す。彼はこの状況を見越していたのだろうか？

「イヴ様、いつもジェイがお世話になっています。これからもよろしくしてあげてくださいね？」

なんでそれを貴女が私に言うかな？　貴女はジェイドのなんなのよ？　と思うが、それを口にして同じレベルで戦いたくない。

もうさっさとどこかへ行きたいと思いながら、義父母を捜す。その間もサラの仲良し自慢なのかなんなのかよくわからない話は続くので、はいはいと相槌を打ちながら離脱を図ろうとしていたら、小休止が終わり、再度曲が流れ出す。

「あっ、ジェイ。再開したね、踊ろう」

なんとサラは再度ジェイドをダンスに誘ったのだ。すでに三曲踊っているので手遅れかもしれないが、ここはきっと言わねばならないのだ。多分。

これがこの世界の常識なのだから。

先人たちに惜しみない拍手を送りたい。こんなこと、絶対に言いたくなかっただろうに、皆様言ってきたのだ。この、禁断の台詞を！

「お待ちください、サラ様。本来婚約者でない方とのダンスは一曲きり。婚約者でも二曲までです。これ以上はなりませんわ。それに兄妹同然に育ったとは言え、公の場で殿下のことを愛称で呼んではなりません」

「やーだ、イヴ様ったら、ふっるーい！　お城で古くさいことばっかり言っている教育係の方々みたいなことを言うんですね。そんな嫉妬しなくっても私とジェイは兄妹みたいなものだから、大丈夫ですよ。まぁ、イヴ様は一度きりしか踊ってもらえなかったからそう言いたくなる気持ちはわからなくもないですけど」

どうしよう。むかつく。そしてそれに対して何も言わないジェイドにも頭にくる。ジェイドをちらりと見ると満足そうに笑っていた。あー、そうですか、余計なことを言いましたね。けれど、これが常識なんですよ。

「左様でございますか、けれどもサラ様。貴女さまはいつでも殿下と踊っていただけるかもしれませんが、子爵令嬢や男爵令嬢の方々は恐らく人生で一度きりのチャンスです。譲ってあげていただけませんか」

「ふーん、そうくるんですか。どうする、ジェイ？」

「そうだな。じゃ最後にもう一回踊ってから」

そう言って二人はフロアに戻っていった。振り返ったサラの目にはこちらを馬鹿にするような眼差しが見て取れた。

周りの貴族達も私を嘲笑するように、くすくすと笑っている。正直悪役令嬢と呼ばれていた先輩方を尊敬する。よくもまあこんな針の筵に座り続けられたものである。

ため息を扇で隠し、壁際に向かう。正直外の空気を吸いにバルコニーに出たいが、人目がないところは危ないのでやめておこう。夜会の裏では毒虫が跋扈すると先程ジェイドに言われたばかりである。

出来るだけ、人目のあるところでおとなしくしておこうと思ったのに、またもや私は面倒ごとに巻き込まれてしまうのだ。

壁際に下がってちびりちびりとワインを舐めるように飲んでいると――ワインを手に持つのは『疲れている』のサインなので、ダンスの申し込みをされないで済むのだ――ぱしゃりと音がした。

顔を上げるとそこにはイリアが嫌らしい顔でにたにたしており、目の前で空のグラスをこちらに向けている。

こう言うと意味がわからないだろうが、簡単に言うと、ワインをかけられたのだ。よりによって赤ワインを、青いドレスに！

「あぁら、ごめんなさい。手が滑ったようだわ。身の程知らずの子爵令嬢さま」

イリアの周りには三人ほどの少女がおり、イリアと同じような表情でこちらを笑っている。

「なーにが『ダンスを続けて踊ってはなりません、愛称で呼んではなりません』よ。それなら、自分だってデビュタントに白以外着てくるべきじゃないし、入場の順番だって守るべきじゃないのかしら。どちらも殿下がお許しになっていることなんだから」

「そうですわね、ご意見ごもっともですわ。今後は控えさせていただきます。ご指摘ありがとうございました」

そう言ってカーテシーをしてさっさとその場を後にする。あの子たちの言う通り正直お前が言うなって言われたら確かにその通りだ。

一応言っておかなきゃいけないと思ったから言っておいたけど、もう二度と言うつもりはない。馬耳東風、馬の耳に念仏、言っても響かない相手に何を言っても無駄であるし、こちらのメンタルが削れるだけである。

むしろ婚約解消してくれないだろうか。あれで婚約者とか言われても、何これ罰ゲーム？　としか思えない。

夜会に出るたびに、サラのお遊戯会のような話と周囲の嘲笑、イリアの嫌がらせに付き合わなければならないなんてごめんだ。

しかし、デビュー時には私の名前が呼ばれたのだ。幼かったイリアが忘れてしまっていても仕方がないが、実父は私が誰かを気づいたはずだ。それなのに実父はイリアに私のことを教えなかったのだろうか？　いや、教えたとしてもイリアのことだ。これくらいの嫌がらせはするかもしれない。

青いドレスに赤いワインはとても目立つ。見苦しく思われないうちにさっさと帰るべきであろう。

入口近くの給仕に、ワインを溢したので帰る旨、ジェイドと義父母に伝言を依頼して会場を後にする。

本来であれば馬車止めまで誰かにエスコートしてもらうべきなのだろうが、私に知り合いは少なく、義父母を捜す間ぼんやりと待っているのも見苦しい。

騎士たちが廊下を見回っているので、まあ大丈夫だろうと歩を進めた。

考えが甘かった、と思ったのは口を塞がれて部屋に引きずり込まれてからである。

廊下は騎士たちが見回っているが、騎士にも派閥があり、その派閥の一族には配慮することがあるから、決して安全ではなかった、と言うことを私は後から知った。

その派閥の一族――つまり、サトゥナー異母兄さんは口を押さえたまま、私を荷物のように抱えて、ベッドまで連れて行く。

ばたばたと足を動かして、抵抗するも男の力に敵うはずもなく、ベッドへ荷物でも放るように投げられる。そのままサトゥナーは私に近づいてくると顎を掴み、自らの方を向かせた。

「へぇ、遠目から見ても美しいと思ったが、近くで見るとますます美しいな。子爵令嬢だったか？　正室にはできないが妾として囲ってやってもいいぜ」

「何を言っているの、お兄様。薄汚い雌猫よ、そんなのを構わないでよね。散々ひどくして、殿下に嫁げないようにするだけでいいのよ！　そもそもお兄様が手を出さなくても下男にでもさせれば良いのよ！」

「何を言っているイリア、これだけの女を下男などに渡すなんて勿体無いだろうが。俺が存分に可愛がってやるさ」

いつきたのか、部屋にはイリアもおり、いやらしい笑顔でこちらを蔑むように見ていた。

そして二人のやりとりに一気に血の気が引く。どうやら実父はイリアに私のことを教えていないようだ。しかもイリアのみならず、サトゥナーまで、私が誰だか気づいてないようだ。

「クラン公爵令息とお見受けします。私を誰かわかった上でのことですか？　このまま解放してくだされば何もなかったことにいたしますので、その手をお離しくださいませ」

「はっ、自分は王太子の婚約者だから、とでも言うつもりか？　残念だったな、王太子は他の女に夢中のようだぜ？」

いや、王太子の婚約者相手にこんなことをするのは大問題だが異母妹にしたとしても、たいへんな問題だ。親子、兄妹間での性交は道義的にも、宗教的にも禁じられているのだから。この部屋にサトゥナーとイリアだけならまだしも、他にも五人の男性がいるから、異母妹だとも言い出せない。内四人は服装から判断するに使用人のようだったが、一人だけ貴族らしき服装の男がいた。国内の貴族の顔は把握しているはずなのに、混乱していた為か、その男がどこの誰かまでは分からなかった。

「あいつは痛い目を見せてやれと言うが、俺は従順な女には優しい男だ。お前ぐらい美しい女に傷を残すのは憚られる。手酷く扱われたくないなら、大人しくしていろ。良い子にしていたら、可愛がってやる」

そう言ってサトゥナーはこちらに手を伸ばしてくる。冗談ではない。後ろに下がろうとするもうまく下がれず、そのまま押し倒される。

「顔だけでなく体付きも良いな。おい、イリア、そろそろ良いだろう。お前出ていけよ」

「いいえ、この身の程知らずの雌猫が泣き叫ぶ様が見たいんですの。このままここにいますわ」

逃げなくてはと思い、二人の会話の隙をついて、舌なめずりをするサトゥナーの股間を思い切り蹴り上げ、さっとベッドから下りる。ベッドの隣の文机の上には先ほどまで飲んでいたのか、ワイングラスがあったので、それを仕返しとばかりにイリアに投げつけて——もちろん牽制の意味もある——出口に向かって走る。

扉を開こうとするも、外から固定されているのか、開かない。扉をどんどん叩きながら、大声で助けを呼ぶが、誰かが駆けつけてくる気配はない。

誰も助けに来ないまま、室内にいたそば仕えの男に口を押さえられ、再度ベッドへ引き戻される。今度は猿轡をされた上、両手をベッドボードに縛りつけられてしまったので、事態は悪化している。

もちろん急所を蹴り上げられたサトゥナーは怒りに満ちた目を私に向けており、回復するなり、私の頬を思い切り叩いた。あまりの痛みに頭がくらくらする。

ワイングラスを投げつけたイリアも頭にきているようで、「お兄様、もうさっさとやっちゃってよ」とか叫んでいる。

「きさま、よくも！　せっかく可愛がってやろうとしたものを！　よほど手酷く扱われたいらしいな！」

言うなり、サトゥナーは私のドレスを上から引き下ろすような形で力任せに引き裂いた。そして手慣れた様子でコルセットや下着を次々と外していく。このままではいけないと思うが、手を縛られている上、震える身体は言うことを聞いてくれない。

サトゥナーはあらわになった私の胸を掴むように触ってきた。力任せに掴まれたので生理的な涙が目に浮かぶ。私の涙が嬉しかったのか、サトゥナーは狂気的な笑い声を上げると、私の涙を舐めた。そのまま、身体を良いように撫でられ、思いついたように噛みつかれた。

私の太ももには、グラムハルトがつけた傷痕が結構派手に残っているのだが、それに気づいているのかいないのかわからないが、サトゥナーの手は止まらない。

気持ちが悪い、気持ちが悪い、気持ちが悪い！　こんなことになるなら、誰が居ようとも、異母妹だと言えばよかったかもしれない。イリアの楽しむような目つきも耐えられない。身体がカタカタ震える。私が抵抗できないことを悟ったのか、サトゥナーは私の泣き声が聞きたいと言って猿轡を外した。大声を出すなら今だが、喉が詰まったように声が出なかった。

これ以上辱めを受けるくらいなら舌を噛もうかと思った時に、扉が静かに開かれた。

「静かに取り押さえろ」

部屋に入ってきたのはジェイドと騎士達だった。

まずい、逃げるぞ、とサトゥナーたちが服を抱えて窓から外に出るより、ジェイドと騎士が部屋に雪崩れ込んでくる方が早かった。瞬く間に部屋に入ってきた騎士達にサトゥナーとイリア、そして男達は捕縛されていく。

部屋は薄暗く、幸か不幸かベッドは奥まった位置にあり、天蓋もついていたので、すぐには私の状況はわからないだろう。

「無事か？」

そう言ってジェイドが私の方へ向かって来ようとした時に、「あら、イリア様もここにいるの？どうして？」とサラの声も聞こえた。

「いや、来ないで！」

こんな惨めな姿を、しかもこんな醜い傷痕がある身体をジェイドとサラに見られるのはごめんである。なぜ、こんな場所に、サラを連れてきたのだろうか、悔しさで目が眩みそうになる。

「いや、痛ーい！　なにか刺さった！」

サラはイリアに近づこうとして、運が悪く、私がイリアに向かって投げつけたせいで、割れたワイングラスのかけらを踏んだようだ。

少し離れた場所にいる私まで血の臭いがしたので、割と深く切ったのかもしれない。

「サラ！　誰かサラを治癒術師の元へ！」

「いや！　ジェイドが連れていって！」

騒ぐ二人を尻目に誰かが近づいてくる。

「やだ、見ないで！」

そう叫ぶ私に、ばさりとシーツがかけられる。

「落ち着いて、エヴァちゃん。俺だ、セオだよ。もう、見えてないから大丈夫。まず、その手の縄を外すから、安心して。大丈夫だからね」

そう言ってセオドアはそっとベッドに座るとナイフで手首の縄を切ってくれた。そして私を起こすと、自らの着ていた衣服を肩にそっとかけてくれた。

「もう、大丈夫。頑張ったね」

よしよしと頭を撫でてくれる手が温かくて涙が滲む。セオ、と呼ぶと「どうしたの？」と顔を覗き込んでくる。

「私は、大丈夫だから。サラ様の怪我を……」

「大丈夫じゃない、大丈夫じゃないだろう。こんなエヴァちゃんを差し置いて彼女を治す必要なんて感じられないし、それにサラちゃんならもう殿下が連れて行ったよ」

そう言ってセオドアは私の肩を抱き寄せると、胸を貸してくれた。

「大丈夫だよ、見てないから」

そう言ってセオドアはハンカチを差し出してくれた。そこで初めて私はぼろぼろと泣いていたことに気づいたのだ。

セオドアは胸を貸してくれたまま、私が落ち着くまで待ってくれた。こんなに優しくしてくれるセオドアに申し訳ないことだが、この手がジェイドであれば良かったのに、とつい思ってしまう。なんて醜い、酷い女だと自分でも思う。それでも、今は、他の誰でもないジェイドに抱きしめてほしかった。しかし、ジェイドの両手は私のためにはなかった。彼の手はサラのためのものなのだ。

「セオ、ごめんなさい」

「何を謝っているのかよくわからないけど、大丈夫。私は君の味方だから。助けに来るのが遅れてごめんね」

傷物令嬢とセオドア

その後、用意されたドレスを着せられた私は城内の医師のところまで連れて行かれ、サトゥナーに純潔を奪われていないか確認された。

純潔は守られていることを医師が証明した後、女性騎士から事件について話を聞かれた。恐ろしくて心細くて震える私についていてくれたのは婚約者のジェイドではなく、遊び人と名高いセオドアだった。

私についてくれていた間、セオは震える私の手をずっと握ってくれていた。そして、目が合うと優しく微笑んでくれた。彼だって疲れているだろうに、それを感じさせない微笑みだった。結局、事情聴収が終わったのは夜も更けてからだった。遅くなったから城に部屋を用意すると言われたが、どうしても城にいたくなかった私は帰りたいと駄々をこねた。

ジェイドとサラのことも、サトゥナーとイリアのことも、もう何も考えたくないし、それらを思い出させる城にとてもではないが泊まる気がしない。

私の駄々に付き合ってくれたのはやはりジェイドではなく、セオドアだった。

義父母は、何事も無かったように見せるためにすでに帰っていた——今日のことを他の貴族に感づかれた場合、たとえ純潔を失ってなくとも私は処女ではない、はしたない女とレッテルを貼られることになる——ので、セオドアは夜遅くというのに、今日のデビュタントで、私が疲れたので治癒しに行くという名目で、わざわざ馬車を出してくれた。

馬車に乗るとセオドアは隣に座った。本来なら対面に座ってもらうべきなのだろうが、今は誰かに隣にいてほしかったので有難かった。馬車が城門を出て、ようやく息がつけた。正直、これ以上王城にいるのは辛かった。

「疲れただろう？　私にもたれかかると良い」

そう言ってセオドアが私の肩を抱いてくれていた。その手はどこまでも優しく、労わってくれていることが感じられた。

セオドアの手が優しくて、気遣いが有難くてセオドアに身体を預けようとして、ふと我に返った。甘えすぎではないだろうか？　心細くて仕方がなくて、つい、差し伸べられた手に縋ってしまったが、私とセオドアは何の関係もないのだ。

それに今思えばどうしてあの場にセオドアが居合わせたのだろうか？　その後もこうしてついていてくれるのは何故だろうか？　思えば思うほど、今の状況が不思議に思えてくる。考え込んでしまった私に気づいたのか、セオドアはくすりと笑った。

「心配しなくても、この件で君に何かを要求するつもりはないし、誰にも話したりしないから安心して」

そう言ってセオドアは私を抱き寄せた。離れたほうがいいことは分かっていたけれど、セオドアが温かくて、もういいかと思った。私はセオドアの言葉に甘えて体重をかけさせてもらうことにした。そうしたら、セオドアの心音が聞こえてきた。心地良くて瞳を閉じる。

「そのまま眠ってしまっても良いよ」

セオドアの声が降ってくる。その声はどこまでも優しくて、とても気持ちが良い。このまま眠ってしまえたら、とは思ったけれど寝顔まで見られるのは抵抗がある。今日随分と恥ずかしいところを見せてしまったので、今更だとは思うけれども。

「屋敷までそんなに遠くありませんし、屋敷についても起きなかったら困りますから……」

「構わないよ、もし君が起きなかったら運んであげるよ」

思わずセオドアの顔を見上げたら、目が合った。セオドアは私の顔をしばらく見つめた後に微笑んだ。彼の笑顔はなんだか安心できた。さすがは神官だ。

居心地が良いような悪いような不思議な雰囲気のまま、馬車は屋敷についた。

セオドアは丁寧にも私を邸までエスコートし、別れ際に私の額の左上に優しく唇を落とした。

「よく眠れるおまじないだよ。おやすみ、エヴァちゃん」

セオドアはウインクをひとつして、義父母に挨拶をすると、部屋を用意するという義父母の言葉をやんわりと断って、王宮神殿へ帰っていった。

もう何も考えられないほど疲れていたので、化粧を落としてもらった後にドレスを脱ぐとそのままベッドに倒れ込むようにして寝てしまった。

翌日は昼間近に目が覚めたが、何もする気も起こらず、ベッドにぼんやりと座っていた。義父母も昨日何が起きたか知っているのだろう、私をそっとしてくれるつもりのようだった。

ぼんやりとしていたが、やはり思い出されるのは、ジェイドとサラ、イリアにサトゥナーのことだった。そしてようやく、セオドアに色々と世話になったことを思いだした。お礼をしなければならない。とりあえず手紙を書こうかとペンを握ったところで気づいた。私の右手の傷痕がないことに。

驚いて、スカートをめくって大腿部を見ると、そこにもここ四年ほど気にしていた傷がない。急いで部屋の鏡を覗き、額の左上を確認したが、そこにも傷はなかった。

「エリス、エリス！　来て」

「お嬢様？　どうかなさいましたか？」

エリスも昨日のことを聞いていたのだろう。あまり部屋に顔を出さないようにしていたようだったが、私が急に大声で呼ぶから何事かと走ってやってきた。

「着替えるわ、手伝って。王宮に行くつもりだから、馬車も手配してもらえるかしら？」

「あ、はい。殿下のところですか？　先触れを出しておきましょうか？」

「いいえ、訪ねるのは治癒術師様のいらっしゃる王宮神殿よ」

着替えを手伝ってもらいながら身体を見る。昨日サトゥナーに無理やり掴まれて痕が残っていたはずの胸元にも叩かれた後の頬にも、身体のどこにも傷痕がなく、縛られた痕すら残っていなかった。傷がないことでようやく気づいたけれど、身体のどこにも痛みがない。

つまり、昨日のうちに誰かが、私に治癒魔法をかけてくれたのだ。誰か、なんて言うまでもない。セオドアである。おそらく別れ際、契約も無しにかけてくれたのだ。

突然、私が動き出したことに義父母もエリスも驚いていたが、気にせず王城へ向かった。

馭者には、王宮神殿へ行くようにお願いして、着いたと同時に馬車から飛び降りた。その後は淑女にあるまじきことではあるが、王宮神殿まで走って向かった。

受付にはどこか人の良さそうな、二十代半ばくらいの男性が一人で座っていた。淑女が走って駆け込んできて、息すら整わないうちに近づいてくるのが珍しいのか、目を丸くしている。

「ごきげんよう、私エヴァンジェリン・クラン・デリア・ノースウェル・リザムと申します。いきなりで申し訳ありませんが、セオドア・ハルト様にお会いしたいのですが……」

「あぁ、はい。はじめまして。リーバイと申します。あの、申し上げ辛いのですが……」

リーバイと名乗った受付の男性はどこか憐れむような目をして私を見た。王宮神殿に息せききって入ってくるのであれば、危急の用だろうが、子爵家では支払いができないだろうと、哀れに思っているのかもしれない。

「セオドアは申し訳ありませんが、本日はお休みをいただいておりまして……」

「お部屋にいらっしゃいますか？　もちろんいらっしゃいますよね？」

セオドアが休みなのは想定内である。そして恐らく部屋にいることも。だって彼はゲーム同様、契約なしで治癒魔法を使ってしまったのだ。ならば恐らく今は神殿の制約に反したことで刻印が暴れているに違いないのだから。

「えぇ、まぁ。あの、お会いになるのは止めておいた方がいいと思いますよ？」

「いいえ、何としてもお会いしたいのです、彼の部屋まで案内してくださいませんか？」

私の鼻息に負けたのか、リーバイは大人しくセオドアの部屋まで案内してくれた。

「セオドア、リーバイだ。入るぞ」

セオドアの部屋をノックすると返事を待つことなくリーバイは扉を開けた。思った通り、セオドアはベッドに横になっており、身体をくの字に曲げて苦痛に耐えていた。

「セオ！」

私は部屋に飛び込んで、セオの顔を覗き込む。声をかけたことで、私の存在に気づいたセオは今まで苦しんでいたことを隠したいようで、すぐに起き上がった。思わず駆け寄った私がセオの顔を覗き込んだ時にはうっすらとだが笑みすら浮かべていた。しかし、その顔には脂汗が浮かんでおり、顔色だって悪い。

私を案内してくれたリーバイが「じゃ俺はここで」と部屋を出て行ってからセオに向かって口を開く。

「貴方、馬鹿ね。何てことしたの！　私は死ぬような怪我じゃなかったのに」

「何のことかな、エヴァちゃん。昨日ちょっと食べ過ぎてお腹を壊しただけだよ」

あくまで体調不良のせいだと言うセオを私は睨みつける。そんな私にセオはへらりと笑った。それどころではないはずなのに。

伯爵令嬢のサラと違い、今の私には彼に払う対価を持ち合わせていない。けれどだからと言って彼の刻印が暴れるのを黙って見過ごせるわけがない。ゲームの辛抱強いはずのセオドアですら、耐えられなかった痛みなのだ。今、目の前で苦しんでいるセオはどのくらいの痛みなのだろうか、想像もつかない。

「じゃあ、見せて。左胸！　腹痛なら見せられるはずでしょう」

「いや、婿入り前の清い身体なのでちょっとそれは無理かな〜。と言うか、エヴァちゃん的にもまずいでしょう」

刻印は左胸の下に直径十五センチほどの大きさで現れる。胸を見たら一目瞭然なのだ。

「何言っているのよ、名うてのプレイボーイが！　いいから、見せて」

「きゃー、無理無理無理。エヴァちゃん積極的過ぎ！　殿下の婚約者でしょう！　ばれたらまずいって。

お互いに」

「もう、いいから、見せなさい！」

頑なに見せようとしないセオにいらっとして、横になったままの彼の上に馬乗りになり、上着を思い切りはぐろうとした。

「わわわっ、ちょっ、ちょっと」

珍しく焦った声をあげるセオは私の手を止めようとするが、私の手を掴む手に全く力が入っていない。恐らく痛みで力が入らないのだ。

無理やりはぐった上着の下の彼の左胸には、思った通り、赤黒い十五センチほどの刻印が刻まれており、それは脈打つように蠢いて彼の身体を苛んでいた。

「なんで隠そうとするのよ、馬鹿」

そっとその刻印に触れるとすごく熱かった。痛いだろうに、平気な顔をしようとするセオに涙が零れた。馬鹿だ、と責めながら泣く私を困った顔で見つめた後、セオはそっと私を抱きしめた。その手はとても優しくて、温かかった。彼は私が泣き止むまでずっと抱きしめていてくれた。

「セオ、ありがとう。足りないと思うけど、これを受け取って」

そう言って私は母の形見のピアスを耳から外して彼の手に渡した。

「ごめんね、私が自由にできる財産はこれしかないの。あとは出世払いってことにして、事後契約にならないかしら……。その、返せるかどうかわからないけど、私頑張るから」

セオは私が渡したピアスを光に翳しながら聞いてくる。

「大切なものじゃないの？　このピアス。結構な値打ち物だと思うけど」

「母の形見よ。公爵家から唯一持ち出せた物だから、ものはいいと思うの。でも治療代としては全然足りないでしょう？」

「そんな大切な物受け取れるわけないでしょ。お代なんていらないよ、君の身体に傷痕があるのが、私が嫌だっただけだから」

セオはそう言いながら、ピアスを私に返そうとするが、受け取るわけにはいかない。彼らは無償で治癒魔法を使うことを神殿から禁止されているのだから。

「だめ、絶対に受け取って。セオ、貴方今の自分の状況がわかっているの？　すごく痛いでしょう。事後契約を早くしないとその痛いのが続くんだから。そんなことを言っても、私が払える目処が立ってないから、そんなに好転しないかもしれないけど」

「何を言っているの、未来の王妃様でしょう。殿下は君と結婚したらすぐに傷を癒してほしいって王宮神殿に依頼しているから、大丈夫」

へらりとセオは笑う。ここ数日で彼の色々な顔を見ているような気がする。その表情はゲームで見た彼とは全く違うが、だからこそ、彼は生きた人間であると思えた。

「それまで我慢する、なんて馬鹿なことを言わないでしょうね？　それがいつになるかわかっているの？　年単位かかる話よ。何年我慢するつもりなのよ！　それに、前にも言ったけど殿下はサラ様のことを想ってらっしゃるんだもの、私なんかと結婚なんてするわけないじゃない。もう間も無く婚約も破棄されるはずよ」

私が彼を叱り飛ばすとセオは驚いた顔をした。そう言えばあまりのことに、令嬢風に喋るのを忘れていた、と思ったけどもうすでに今更である。彼はそっと私の手を取ると、驚いた顔のまま話しかけてくる。

「婚約解消の話、進んでいるの？」

「いいえ、まだよ。でもサラ様と三曲どころか四曲以上も続けて踊るのよ。殿下はサラ様を伴侶に迎えたいはずだわ。それに、貴方のおかげで傷痕は無くなったから、もう殿下に責任を取ってもらう必要はないわ。何より、私は別の意味で傷物になったんだもの。もう王家に嫁げる身体ではないわね」

そう、もうゲームは開始されている。そして昨日のダンスの一件で明白だが、ジェイドはサラに惹かれているに違いない。

だから、婚約なんてしたくなかったのに。下手するとこのまま悪役令嬢の道まっしぐらである。そうなる前になんとかジェイドとの婚約を円満に解消する必要がある。

なんとなく、ジェイドが私と婚約した理由は分かっている。おそらく、サラのためであろう。最近になって気づいたのだが、ジェイドは『ドアインザフェイス』というよくある交渉術を使おうとしているのではないだろうか。

最初に無理な条件を提示し、それを断られた後、罪悪感に付け込んで、先ほどより簡単に乗り越えられそうな次の条件を相手に呑ませやすくする、というテクニックだ。

こういうとわかりにくいが、つまり『五十万円の指輪を薦められて断った後、五千円の指輪を薦められたらつい買ってしまう』心理である。恐らく子爵令嬢を王妃にするくらいなら伯爵令嬢を王妃にした方がいいよね？　的な効果を狙っているのではないだろうか。

それに、昨日私はサトゥナーに手込めにされかけている。幸い純潔は守られたが、人の口に戸は立てられないもの。私が襲われたことはいずれ社交界に広まるはずである。そして見えた足は引っ張るのが貴族のお約束。ならば、何もなかったとしても、誰がそれを信用するのだろうか。医者の診察なんてどのようにでも改竄できる。つまり、昨日のことは私の瑕疵となる。社交界では、私は穢された存在とみなされるのだ。つまり、私は一昨日までとは、また異なった意味で傷物となってしまったのだ。

傷物令嬢は神官と契約をする

「いや、殿下は君を手放さないんじゃないかな？」

「セオ、あなただってわかっているでしょ？」

「じゃあ、君はフリーになるんだ？　その後のことは何か考えている？」

「両親はどなたか婿養子を迎えてほしいって以前は言ってくれていたけど、多分昨日の件で私をもらってくれる奇特な人なんていないと思うから、今のところは……」

「じゃあ、神殿に所属すればいい。神殿は実力主義で、過去のことは問わないからね。社交界の面々だって神殿を敵に回したくないから昨夜の件もすぐに話題にならなくなるさ」

「それはとても魅力的な案にも聞こえるけど、私が神殿に所属できるほどの魔導師になれるかどうかもわからないのよ？　魔力が高いって昔言われたことがあるけど、魔導師の実力って魔力の高さだけじゃないんじゃないの？」

「魅力的な案に聞こえるなら、大丈夫。それを事後契約にしよう」

セオは嬉しそうに笑う。なんとなくジェイドを思い起こさせるような笑みにも思えたが、私が何かにつけて、ジェイドを思い出しているだけなのかもしれない。

「エヴァちゃん、君が婚約破棄した後、神殿に所属して私の弟子になるなら、治癒魔法はお手本を見せたことになるから、お代は不要になるよ？」

「つまり、今回の代金も払えて、今後の生計の目処も立つかもしれないってことね。けれど私の実力がなかったら、結局食べていけなくなるんじゃないかしら……。セオにだって迷惑かけることになるわ」

正直に言って魔法など生まれてこの方一度も使ったことがない。この国では貴族の女性は魔力の高さこそ尊ばれるが、魔法については一切教育されていない。

なぜなら、下手に光属性の持ち主と判定されては困るからである。貴族の子女は政略結婚の駒である。下手に属性鑑定などして光属性の持ち主とわかった日には、強制的に神殿所属とされてしまうのだ。食い詰めた貧乏貴族の子女であれば、身を立てる為に属性鑑定をする場合もあるが——実際セオドアルートのバーバラはそうだ——高位貴族になればなるほど属性鑑定を受けさせないようになっている。

もちろん、私も魔力が高いことは分かっていたが、そんな事情から鑑定も教育も受けていない。だから今から神殿に所属できるほどの魔導師になれるか？　と聞かれると自信がない。

「君なら大丈夫だと思うよ。でも、もし君がうまく魔法を使えなくて困ったら、その時は私がお嫁さんに貰おう。それなら安心だろう？」

『お嫁さんにする』その言葉は昔、誰かに言ってもらったような気がする……。懐かしいような、切ないようなその言葉に思わず私は微笑んだ。

「セオ、そこまで面倒見てもらわなくても大丈夫よ。あなただって好きな人と結婚……できない可能性もあるのか。あなたは魔力も高いだろうし、神殿のハルト様だものね」

それにおそらくサラはジェイドルートに入っていると思われるので、彼の恋は実らないだろう。

「いやいや、君次第では、そうでもないかもね？」

そう言ってセオは私に向かってニヤリと不敵に笑った。

少し不安は残るが、破格の話である。今後の見通しも立つし、自信がないとは言え、まだ私にも努力すればなんとかなる余地が残されている。セオの言う通り、私さえ頑張って一流の魔導師になればいいのだ。何より私のせいで苦しむセオを放置することはできない。

「わかったわ、セオ。私が婚約解消した場合、あなたの弟子になるわ。それであなたに迷惑をかけないように、早く一流の魔導師になれるよう頑張る！」

「うん、交渉成立だね。待ってね、契約書を作るから」

そう言ってセオは起き出すと机から羊皮紙を取り出して、契約書を作成した。その内容をよく読んで問題ないと判断した後に、セオの名前の下に私の名前を書き入れた。その瞬間、契約書が光る。その光は二つに分かれ、ひとつはセオの胸元に、もうひとつは私の右手の薬指に吸い込まれるようにして消えた。

「セオ、ちょっと左胸、見せて」

いやいやいや、と先程と同じく嫌がるセオを無理やりベッドに押し倒して上着を捲り、左胸を確認する。刻印から伸びた禍々しい触手のような腫れは引いており、通常通りの、薄い赤色に戻った刻印があった。

よかった、と呟いた瞬間視界が反転する。反転した視界の先には真剣な面差しのセオの顔があった。つまり、今度は私がセオにひっくり返されている状態だ。

「あのね、エヴァちゃん。君って本当に無防備だよね？　こっちだって理性を保とうと頑張っているのに、さっきから君は……」

不服そうに文句を言うセオの言葉でようやく自分がはしたない真似をしたことに気づいたが、もう今更な気もする。セオには思いっきり地を出したたし、何よりセオの想い人だって知っているから、身の危険がないことも知っている。

「ごめんなさい、でも素直に見せてくれないセオだって悪いと思うのよ？」

「あのね、密室に男女二人きり。しかもベッドの上で、この状況。手を出さない男なんていると思う？」

「？　いるじゃない、目の前に」

私の言葉にセオは大きくため息をつくと手を差し伸べて私を起こしてくれた。攻略対象者は皆サラを愛しているので、破滅フラグ的には危険人物だが、異性としては安全牌である。だって彼らはサラしか眼中にないのだから。

「今回は君の信頼に免じて何もしないけど、次はないからね。あと、男性の部屋に無闇に入らないこと、ベッドにだけは腰掛けないこと、いいね？」

セオはなんだか不愉快そうに続けるが、顔色は先ほどに比べて格段に良くなっている気がする。確認のためセオの顔を覗き込み、声をかける。

「ねぇ、もう痛くない？　どこか痛いところはない？」

「君は、本当に……今までよく無事だったね？」

そんなセオの言葉に首を傾げる。

「無事ではなかったから、傷物令嬢って呼ばれていたんじゃないかしら？」

はいはい、とげんなりとした顔で頷くセオを見ていたらおかしくなってきた。昨日あんなことがあったのに、私はまだ笑えるのかと思うと嬉しくなる。

ふふふ、と声を出して笑うとセオも苦笑してくれた。右手を口元に当てた瞬間、硬いものが顔に当たる。右手の薬指を見ると、先程契約書の光が当たったところに、セオの瞳と同じ色をした藍晶石の指輪がはまっていた。

「え？　これ、なに？」

びっくりして呟いた私にセオは答える。

「契約の証しだね。私と契約した証拠みたいなものかな？」

「ちょっと待って。指輪は困るわ。それに、この指に嵌っているのは問題じゃない？」

そう、右手の薬指の指輪は恋人の存在を意味するのだ。リラックス効果を得ることができると聞いたこともあるが、今の私の立場ではあまりに微妙である。しかも、この指輪の藍晶石はジェイドでなく、セオの瞳の色なのだから。

「うーん、まぁ、問題ないんじゃないかな？　殿下も案外気づかないかもよ？　昨日の様子なら」

セオの言葉にそうかもしれない、と思った。確かに昨日の様子を見るだに、今後、ジェイドは私にあまり構ってこないのではないだろうか。

「確かに、そう言われるとそうかもしれないけど……、でも変な噂が立つのは良くないわ。セオ、私たちあんまり接触しないようにしましょうね？」

「神殿に所属する前から少しでも魔法が使えた方が良いんじゃないの？　魔法の修行を出来るだけ進めていた方が良いと思うけど？」

「でも、この指輪の石、あなたの瞳の色そのものなんだもの。見る人が見たら、すぐにわかるわ。でも、確かに魔法は早く習得したいわね。じゃあ、今日私の属性を教えてくれたら、自主練するってどうかしら？」

セオはどことなく嬉しそうに笑う。そんなに私がやる気に溢れているのが嬉しいのだろうか。確か、優秀な人材を神殿に帰属させることができたらご褒美が貰えるはずなので、それを狙っているのだろうか？　ならば一日でも早く魔法を使えるようにならなければならない。昨日からセオには世話になりっぱなしなので、少しでも恩を返したい。

「わかったよ、じゃあ出来るだけ自主練にしよう。とりあえず属性を見てみようか」

そう言うと、セオは机の引き出しから水晶玉を取り出した。手のひら大の水晶は無色透明だ。

「これに手を置いて、私の言った言葉と同じ言葉を繰り返してくれる？」

私は頷いて、水晶に手を乗せる。

「火よ」

「火よ」

私がセオの言葉を鸚鵡返しに呟くと、水晶がほんのり赤く染まる。

「……火属性か？　いや、でも複数属性を持っている可能性もあるから、続けるよ？」

どうやら、キーワードを唱えると持っている属性に合わせて水晶が反応する仕組みになっている様だ。セオは不満げな様子で水晶を見つめていたが、すぐに気を取り直したようで顔を上げた。

「水よ」

「水よ」

その言葉に反応して、水晶が今度は青く、強い光を発する。

「やっぱり複数属性持ちか。火属性の光り方は弱かったから、他の属性もあるだろうとは思っていたけど……。じゃあ、次は土よ」

「土よ」

水晶が今度は黄色に染まる。火よりは強いが、水よりは弱い光り方だった。セオが難しい顔をしている。水晶の光り方が思ったほど強くないのかもしれないと不安になるが、なんとなく聞きにくい。全て終わった後に聞くことにしよう。

「風よ」

「風よ」

今度は水晶が緑色に光る。水属性と同じくらいの強さの光り方だった。どうやら四属性を持っているらしい。しかし、光り方がいまひとつの様子なので、セオの思惑が少し外れたのかもしれない。

「光よ」

「光よ」

その言葉を紡いだ瞬間、凄まじい光が水晶から発されると同時に、パンッと音がして水晶玉が壊れた。

「セ、セオ。水晶玉が！」

あまりのことに驚いてセオを見ると、彼は驚いた顔をしたまま、固まっていた。

「エヴァちゃん、面倒な事態になったよ……」

口を開いた彼はやや顔色が悪くなっていた。少し待っていてとセオは出て行くと、両手に飲み物を持って現れた。そして私をソファーに座らせると、持ってきた果実水を渡してくれた。そして、私の対面に座ると長いため息をついて、「長い話になるけど、よく聞いて」と話の口火を切った。

傷物令嬢の決断

「君には、三つの道がある。ひとつ目、自分が光属性の持ち主と隠したまま、婚約解消をして、私の弟子になる道。ふたつ目、王家に自分が光属性の持ち主であることを告げてこのまま、殿下と結婚する道。みっつ目、大変希少なサンプルとして大神殿に行って、お偉いさん達のおもちゃになる道」

「そのみっつ目の選択肢が何かわからないけど、それは絶対にいやね。私が望むのはひとつ目の道かしら」

とんでもない選択肢をあげられたが、もともと子爵家に迷惑をかけないうちに、ジェイドと円満に婚約解消をしたいと言うのが私の望みだったのだ。

「じゃあ、よく聞いて。たぶん、エヴァちゃんもわかっているだろうけど、君は今確認しただけでも火水地風光の五属性を持っている。光属性を持っている可能性は考えてはいたけど、想定外な事態だ。はっきり言うと異常だと思う。歴史的に見ても、三属性以上を持っている人間はいない。そして光属性を持っていた場合、それ以外の属性は顕現しない」

よくわからないとばかりに、首を捻る私にセオが噛み砕いて話してくれる。

「光属性は他の属性に比べて魔力を食うんだ。持っているだけでかなりの魔力を使うから、他の属性に割り振る魔力が残らない、とされている。つまり、光属性を持つ魔導師は、本来治癒魔法と防御魔法以外は使えないはずなんだ」

「本来なら水晶は光属性にしか反応しないってこと？」

「そう、それなのに君は他の四属性についても水晶を反応させた。つまり君の存在は今までの通説を覆す存在だってこと」

まさかの転生チート、俺つぇーが発動したらしい。正直驚いたが、それなら一番役立ちそうな光属性以外の魔法を隠していれば良いだけではなかろうか。

「えーと、それって光属性以外を隠して生きていくってことできないの？」

「そう、そしてそれも問題なんだ。原則光属性持ちの魔導師は神殿に所属する。なぜ、原則かと言うと、王族だけは、除外されるからだ。昔神殿が欲をかいて、全ての光属性の持ち主を全て神殿の所有にしようとした結果、そこに王族の人間が少なからず含まれることになった。結構強い魔力の持ち主は光属性を所持している可能性が実に高い。いや、むしろ魔力が高くないと光属性を持てないのかもしれない。まぁ、ともかく王族を何人も神殿に無理やり連れてきたせいで、国家対神殿の戦争に発展したことがあったそうだ。王族は強い魔力の持ち主とじゃなければ子供ができない。下手をすると、王族の血が途絶える可能性がある。王族も引くに引けない戦いだった。そうでないと、王家はハリボテとなり、神殿が権力を握りすぎることになる。その戦争は長引き、国家も神殿も疲弊した結果、『王族に関しては、いくら光属性の持ち主だとしても、神殿への所属は必須では無い』という協定を結んだんだ。もちろん、王族でも望めば神殿に入ることもできなくはないけど、王家も魔力の高い人間を手放したくない。それが光属性持ちなら尚更だ」

「つまり、私はこのままだったら王家に引き留められる可能性が高いってことね。じゃ、反対に光属性を隠して、適性がありそうだった水と風に絞ってみたらどうかしら」

「希少な光属性持ちを隠すのはとても勿体ないことだよ、特に君の力は強すぎる。今まで救えなかった人間も救うことができるかもしれない。君は光属性の治癒術師として生きていくのが正しいと私は思う。それに、これは褒められた話ではないが、神殿の中にも貴族制度とは違った階級制度がある。光属性の持ち主であれば間違いなく一位だろうが、それ以外の術師は二位となる。その場合、君の身の安全は保証できない。私がそばにいる間はもちろん守るけど、いつもそばにいられるとは、限らない」

八方塞がりな気がしてきたわ、とぽつりと呟くと、セオも重々しく頷く。そして、思い切ったように顔を上げて質問してきた。

「エヴァちゃん、君は殿下に惹かれているよね？」

いきなりのことに驚いて返事が返せない。正直顔も赤くなっていると思う。今、地を出しているせいかポーカーフェースがうまくできなかった。

「殿下と過ごしている時の君の顔を見たら、それくらいわかるから今更隠さないでいいからね。その上で言おう。今はすごくぎりぎりなところだと思う。本来なら婚約破棄をした後に私の弟子になって、魔力の判定をすれば問題がなかった。どころか大手を振って光属性の持ち主として神殿に所属できた。でも、今はまだ殿下の婚約者だから準王族とみなされる君が光属性の持ち主とわかった場合、王家の許しがなければ君は神殿に入れない」

「つまり、婚約解消されるまで光属性の持ち主と気づかれてはいけないのね？」

「そう、それなら先に私との契約もあるし、神殿と王家の協定にも抵触しないと思う。契約した時には君の属性なんて知らなかったからね。それで、先程の問いに戻るんだ。君が殿下を愛していて、彼の伴侶となりたいなら『光属性の持ち主だ』と言うだけで喜んで王家に迎え入れられる。昨日の醜聞なんか全く問題にならないレベルで」

いきなりの選択肢に驚く。つまり傷物だろうとなんだろうと強い魔力の持ち主が喉から手が出るほど欲しい王家にとって、私は魅力的な存在だということだろう。

私が望めば、サラを押しのけてジェイドの妻になれる、とセオは語っているのだ。

「だから、選択は君に任せる。どちらを選ぶにせよ、君は光属性の治癒術師として生きていくべきだと思う。その上で、君がその恋を貫いて王妃になるか、私の手を取って神殿に所属するか、今なら好きな方を選べる……いや、今しか選べないと思う。後悔のしない道を君には選んでほしい」

あまりのことに呆然としながらも、私は帰途に就いた。もちろん帰りもセオが送ってくれた。正直言って彼がもてる理由がよくわかる。なんというか、とてもスマートにこちらを尊重してくれるのだ。今日だって押しかけた私を休みの日にもかかわらず、対応してくれて家まで送ってくれた。顔、金、力、地位、高身長と、ジェイドに負けず劣らずの好物件で、しかも優しい。これでもてないはずがない。

しかし、サラがジェイドルートにいる今、彼とサラのストーリーは進まないと思う。ゲームでは逆ハーレムルートはあったが、現実ではそんなことができるはずはないからである。

今日のセオの話を聞いたところ、現在、神殿と王家は表面上、友好な関係を保っているが、根っこのところでは確執が残っているようである。

そんな状況で神殿の所属者が王族の婚約者に手を出そうものなら何が起こるか火を見るよりも明らかである。そして、プレイボーイと囁かれているセオだが、王宮の噂話で聞いた感じではきちんと線引きして問題が起こらない程度に遊んでいるようではある。

それならば、サラとセオがどうにかなる可能性はとても低いと思うのだ。

もちろんグラムハルトに関しても王家を敵に回すつもりはないだろう。デビュタントではサラをエスコートしていたが、あくまでジェイドからの依頼だと思われる。なぜなら、サラをエスコートしていたにもかかわらず、彼とサラは一曲しか踊らなかったそうだからだ。たとえ今どれだけの勢いがあろうとも、結局のところ、グラムハルトは王家の臣下なのだから、王太子の婚約者(サラ)に手を出すはずがない。いや、ゲームの彼はジェイドの想い人であるサラに手を出していたが、あくまでサラがグラムハルトを選んだ場合だけだ。昨日のサラの様子を見るだに、サラがグラムハルトを選ぶことはなさそうだ。

ルアードに関しては十二歳の頃に縁を切ったままなので、あとは知らない。まぁ浅はかな人のようだったので、サラにちょっかいを出す可能性も否定はできない。しかし、あの単細胞生物に暗黒腹黒王子のジェイドが遅れを取る姿なんて想像もつかない。

やはりジェイドルートに入った後は他の攻略対象者がサラにちょっかいを出すことはまずないだろう。

つまり、サラとジェイドの仲を合法的に引き裂けるのは現在私だけである、ということだ。ジェイドのことは、好きだと思う。正直言って彼に抱きしめられるのも、キスをされるのも、嫌じゃない――いや、嬉しいと思っている。

けれど、ジェイドは私ではなく、サラを愛している。もし、彼と結婚しても彼の身体と王妃の地位は手にできるだろうが、きっと彼の心は一生私の手には入らないだろう。

そして悪役令嬢として断罪されることも、恐らくない。なぜなら私は王家が喉から手が出るほど欲しがっている光属性を持っているのだから。ジェイドにこのことを告げたら、恐らく私との婚約解消はしないだろう。

そして、ジェイドが私と結婚した場合、うまくいけばサラはセオドアルートに入る可能性がある。セオも私も喜ぶなら、それでも良いかもしれない……と思った瞬間ぞっとした。

私の恋心を正当化させるためにセオを引き合いに出すのはとても卑怯なことだ。彼や他の人間の感情は関係なく、私がどうしたいかを考えるべきなのだ。

私が持っているのはとてつもなく強い切り札だ。これを使うか使わないか、それは誰かのせいではなく、自分のために、決めないといけない。

ジェイドと婚約を続けたいなら、そんなに時間は残されていない。この切り札は早めに開示しないといけない。そうでないとサラが今後の嫁入り先に困ることになるだろう。

もちろん婚約解消を望む場合は静観していれば良いだけなのだが。

ジェイドのことは、おそらく高校生くらいの甘酸っぱい感覚で、想っていると思う。

けれど、これは突き進んで良い道なのだろうか？　私の前世の死因になったあの女の行動も愛ゆえ、というなら私のジェイドに対する思いはとても愛ではない。おままごとのようなささやかなものだ。

あの女の行動が、誰かを愛したため、仕方がないというなら、そんなもの、私はいらない。自分を律せなくなるような感情は私には不要なものだ。たとえ、どれだけ心が痛んでも、それは淡い初恋の残滓だ。

昔よく読んだ物語のヒロインのように『彼のためを想って』ではなく、私が私の判断で彼から身を引くのだ。だから、きっと後悔なんてない。

傷物令嬢は裁判に召喚される

ジェイドと決別を選び、一晩泣き明かしたものの、未だに心の整理はついていなかった。なんだか最近は泣いてばかりだ。感情に振り回されている今の自分はほとほと嫌になる。

一睡もできなかったため、重だるい頭を上げたら、ベッドサイドに置かれた花瓶が目に入った。ここ最近色々とあったせいか、皆それどころではなかったのだろう。活けてあった花はしおれている。花弁が散った花は今の私のようで何故かおかしくなった。

のろのろとベッドから起き上がって身支度を整える。外出するわけではないので、一人で着られる、シンプルなドレスを選ぶ。最後に手袋をつけようとして、もう不要だということを思い出した。手袋をチェストの上に置いて、傷口が消えた手の甲を眺めていたら、藍晶石の指輪が目に入った。

不思議なことに、どれだけ力を入れてもこの指輪は外れなかった。石鹸液で泡立てても無駄だった。

昨日、王宮神殿を訪れた時は手袋をしていなかったが、もしいつものように手袋をしていたら手袋の上に指輪が嵌まっていたのだろうか。そうしたら指輪は簡単に抜けただろうか。それとも手袋ごと脱げなくなったのだろうか。そんなどうでも良いことをぼんやりと考えてながら身支度を整えていたら。扉がノックされた。返事をすると、リンゴのように頬を真っ赤にしたエリスが部屋に転がり込んできた。

「お、お嬢様。お、お、お客様がいらっひゃって……」

いつも冷静なエリスの常にない姿に首を傾げるも、エリスはそれどころではないようで慌てている。しかし、なぜ私に来客を告げにきたのか。不思議に思ったが、お義父様はお仕事だし、お義母様も所用で出かけると仰っていたことを思い出した。今は誰にも会いたくないのだが、エリスがここまで慌てる相手なのだ。対応しないという選択肢はないだろう。

ため息をつく私の背中をエリスは半ば無理やりエントランスまで押して行った。渋々エントランスまでいった私の目に飛び込んできたのは、困惑をする家令を前に「やあ」と手を振るセオの姿だった。

私の背中で「きゃあ……」とエリスが小さな声を上げる。そんなエリスに胡散くささを覚えるほど爽やかな笑顔を浮かべたセオがウインクをした。

「君、取次をありがとう」

なぜだろう、一昨日はこの上なく魅力的に見えたセオのウインクは、今日は全く魅力的に感じない。それにしても忠実なエリスをこうも簡単に魅了するとはさすがはセオドア、名うてのプレイボーイと言われるわけだ。

後ろできゃあきゃあ騒ぐエリスにお茶の用意を頼み、セオを応接室に案内する。

「今日はどうしたの？　セオ」

「もちろん君に会いに来たに決まっているだろう？」

へえ？　と思わず呟いた私にセオは艶やかに笑うと私の頬を指の背で撫でた。驚いて身を引いた私にセオはクスリと笑う。どこまでも色っぽい仕草に胸がどきりと鳴る。

「今日はお冠かな？　どうかしたの？」

「別に……。ただ、私の侍女を誑し込むのはやめてほしいと思っただけよ」

「誑し込むなんて人聞きが悪いな。私は君に取り次いでほしいとお願いしただけだよ」

平気な顔で嘯くセオの顔を軽く睨んでやるが、特に気にした様子もなく、先ほど空けた距離を詰めてきた。

「それで？　……どうするか決めた？」

なんの前触れもなく、いきなり本題に入ったことに一瞬驚いたが、考えてみればセオは貴族ではないので、直接的な話法をすることは不思議ではない。そう思って初めて自分が貴族の流儀に染まっていることに驚く。

「昨日の今日で決断を迫るのは申し訳ないとは思うけれど……」

「ううん、もう決心はついているの。迷惑でなければ貴方を師と仰ぎたいわ」

答えた次の瞬間、私はセオの腕の中にいた。いきなりのことに驚いて固まる私の耳元でセオがかすれた声で囁いた。

「迷惑なはず、ないだろう」

背中に電流が走ったようにぞわぞわして、頭がクラクラした。なんだか今日のセオは距離が近い。これが彼の通常仕様なのだろうか？　喪女には刺激が強すぎるので勘弁していただきたい。もう、無理。少しでも距離を空けようとして、セオの胸を押すが、びくともしない。どうしたら良いか、分からず、困っていたら、程なくしてセオから手を離してくれた。

「ごめん、つい……感極まって」

「もう……大袈裟じゃないかしら？　お願いだから、今後はこういうことは……」

謝りながらも、嬉しそうな様子を隠さないセオを軽く睨んでやる。これだから軟派(チャラい)な男は信用できないのだ。誰にでもこんなことをしているに違いない。抗議しながら顔を上げたら、またもや至近距離にセオの顔があった。しかも、先ほどまで上機嫌だったはずなのに、何故か不機嫌そうだ。セオは機嫌の悪さを隠そうともせず、距離を詰めて来た。

思わず一歩下がったら、セオも歩を進める。それが続いて、気づくと私は壁際に追い詰められていた。後ろに下がれなくなったので、右か左に避けようとしたところで、セオの腕に囲われた。所謂、壁ドン状態だ。どうしてこんな状態になったのか、よく分からない。

「大袈裟……？　私がどんな気持ちで君に選択肢を与えたと思っているの？　エヴァちゃん」

そう言いながら顔を近づけて来るセオの瞳には仄暗い光が灯っていて、それが例えようもないほどの色香を放っている。何故か、声が出せず、目も離せない。それなのに、先ほどとは違ってセオから退いてくれる気配もなく、じっと私を見つめている。

どう対処すれば良いか分からない。世のお嬢さん方は本当にこの体勢にときめくのだろうか？実際に自分がされたら怖いとしか思えない。

正しい壁ドンの対処法、対処法……そう考えていたら、ふと女子力の高い前世の友人を思い出した。『キラキラした目で見上げると良いよ』と彼女は言っていたけれど、キラキラした目って何？どうしたらそんな目になれるの？　ぐるぐる考えるが、この状況を打開できるような案は何も思いつかない。

どのくらいそんな状態でいたのか分からない。ほんの数秒だった気も、数十分だったような気もする。

そんな危うい均衡を破ったのは、お茶を運んでくれた、エリスだった。私とセオの距離が近いことに驚いたのか、エリスはキャーッと大きな声を出して、持っていたお茶をひっくり返した。

セオは小さくため息をつくと、「大丈夫かな？」と聞きながら、エリスの方へ向かった。もうその時は、いつものセオだった。ホッとした半面、何か大切なことを見逃しているような気がしたが、それが何かは分からなかった。

それから程なくしてお義母様がお帰りになったので、三人で話すことになった。そのため、その後は妙な雰囲気になることはなかった。それどころか、王都で流行の菓子の話や、困った同僚の話などを面白おかしく話してくれたので、楽しい時間を過ごせた。

帰りにセオが「属性がバレたらいけないから、魔法の勉強はお預けにしておこう」と耳打ちしてきた。正直、残念に思ったが、セオの言うことは尤もなので、頷いた。

恐らく、程なく王家から婚約破棄の通達が来るだろうから、魔法の勉強ができるようになるのは、そう遠い未来ではないだろう。多分、私を訪ねて来る人間なんていないだろうから、王家から通達が来るまではゆっくりと過ごすことにしよう。

そう思っていたのに、何故か次の日もセオは来てくれた。魔法の勉強ができないのだから、彼がこの家にやって来る理由はないと思っていたが、すぐにふさぎ込みがちな私を気遣ってくれていることに気づいた。

その証拠にセオはどこまでも優しくて、昨日のような、どこか危うい雰囲気を醸し出すことはなかった。最初こそ少し身構えたが、セオと過ごす時間はとても楽しかった。手土産のお菓子はものすごく美味しかったし、セオの話は面白くて、声を出して笑うことも少なくなかった。

そうして気づいたら、いつの間にかお義母様はセオ贔屓になっていて、お義父様もセオに好印象を持っているようだった。うん、セオは女たらしなだけではなく、人たらしでもあるのかもしれない。

「明日もまた会いに来ても良いかな？」

そう言って笑ったセオに否と言えない私も、多分きっと誑し込まれているに違いない。恐るべし、攻略対象者（前世の推し）。

翌朝、馬鹿だと思うけれど、私はホール近くの部屋でそわそわとセオを待っていた。いや、セオの美味しい手土産を期待しているわけではない。いや、それはそれで楽しみだけど。

セオと過ごす時間は楽しい。あっという間に時間が過ぎるから、何も考えずに済んだ。あの日以降、ジェイドからの接触が何もないこと、とか。

ジェイドの心が私にないことは知っているし、彼とは決別するつもりだ。その決心は変わらない。それでも……それなのに、寂しくて、悲しくて仕方がなかった。少しだけでも、心を傾けてほしかった。ほんの少しでも、私がいなくなって寂しいと思ってほしかった。ジェイドが私に対してそんなことを想うはず、ないだろうけれど……。

ジェイドは今、私との婚約破棄の手続きをしているに違いない。だから、毎朝届けられていた手紙も贈り物も無くなったのだろう。

セオに師事すると決めたのだから、ジェイドと婚約破棄をしなければならない。それは理解している。けれども、実際にその時が来るのは、少しだけ怖かった。未練がましいとは思うけれど、ジェイドに婚約破棄を言い渡されると思うと——その後、ちっとも私を顧みないと思ったら——眠れない日が続いた。

けれど、セオと話している時だけは、そんな気持ちを忘れられた。だから、セオには多大な負担をかけているとは知っているのに、「もう来なくていい」と言えなかった。

弱い自分が嫌になる。こんなことでこの先、一人で生きていけるのか、不安になる。けれど、どうしたら強くなれるかもわからなくて……益々自分が嫌いになっていく。

ため息をついた時、誰かが訪ねてきた。こんな自分が嫌になると思っているというのに、セオが来てくれたことが純粋に嬉しかった。ホールに向かったが、すぐに異変に気付いた。ホールにいたのは軟派で優しい神官（セオ）ではなく、しかつめらしい顔をした王宮からの使者だった。男は仰々しいほど頭を下げると、私に一通の手紙を渡してきた。私が手紙を受け取ったのを確認次第、使者はもう用はないとばかりに帰っていった。

とうとうこの時が来た……。まず間違いなく、婚約破棄の通達だろう。

手が震えて仕方がない。封を切るのは怖いが、放置するわけにはいかない。ペーパーナイフを取りに行こうと踵を返したが、足が縺れて転びかけた。

「危ない」

転びそうな私を支えてくれたのは、セオだった。

「あ、ありがとう。いつ来たの？」

「ついさっきだよ。声をかけたけど、聞こえてなかったみたいだね。今日はいつにもまして顔色が悪いけど、どうしたの？」

『大丈夫、何でもない』そう言おうとしたけれど、私が答えるよりもいち早くセオは私の手の中の手紙に気づいたようだった。

「王宮からだね。さっき届いたの？」

私が頷くと、セオは懐から細身のナイフを取り出すと、私に手を差し出した。少し迷ったが、一人で、この手紙を開ける自信がなかったので、セオに手紙を渡した。セオは封を切ると手紙を取り出し、私に渡してくれた。震える手で怖々開いたその手紙は、婚約破棄の通達ではなく、裁判の召喚状だった。

『クラン公爵家に王家に対する不敬罪を問う為、王宮で裁判を行うので私に出席してほしい』

要約すると召喚状にはそう書いてあった。

眩暈がする。王宮に行くと考えただけで吐きそうだ。

どうして、出席しろ、なんて言うのだろうか……。私を晒しものにして、そこで婚約破棄をするつもりなんだろうか？　どこまで、私を惨めにするつもりなのか。どれだけ堪えようとしても涙が滲む。情けない。どうして私はこんなことぐらいと笑って流せないのだろう。

「何だって？」

今口を開いたら泣いてしまいそうだった。この件で、これ以上セオの前で泣きたくない。私は何も答えられなくて、ただ首を振った。けれど、がくがくと足が震えて、今にも座り込みそうだった。

セオは眉を顰めると、私を抱き上げた。

「エヴァちゃんの部屋は……やっぱまずいか。応接室で良いかな？」

どうやら運んでくれるみたいだけど、先日の一件で、応接室は少し抵抗があった。どこが良いか迷ったが、庭にベンチがあったことを思い出した。ここから庭まですぐだし、今日は天気も良い。それに庭であれば、壁ドンはできないだろう。

「庭にベンチがあるから……」

そう言ったら、セオは頷いて私を庭のベンチまで運んでくれた。まだ九月半ばだというのに、外はもうだいぶ涼しくなっていた。風は少し冷たいが、日が出ているからか、日向は気持ち良かった。すっかり秋めいた庭園には秋の花が咲き乱れていて、優しい香りがした。

「手紙、見せてくれる？」

私が落ち着いたのを確認したセオは私に向かって、再度手を差し出した。少し逡巡したが、結局、セオに召喚状を渡した。セオは召喚状に目を通すと、ハッと鼻で笑った。

「全く馬鹿らしいね。……来なくても良いとは書いてあるけれど、どうしたい？」

行かなくても良いなら、行きたくない。けれども、欠席したら、サトゥナーやイリアが何を言い出すか分からない。彼らが襲ったのではなく、私が誘ったなんてとんでもないことを言われたらたまったものではない。彼らが無罪になるなんて絶対に許せない。彼らの罪を問うためには被害者である私が出席すべきだ。

それは分かってはいる。分かってはいるけれど、出席するのはどうしても怖かった。

セカンドレイプという言葉が頭に浮かぶ。あの事件のことはどこまで広まっているのだろうか。いや、広まっていないとしても、裁判にかけられるのだから、すぐに知られてしまうだろう。王宮で、不特定多数の人間から好奇や侮蔑の目で見られる。私にそれが耐えられるだろうか？なんとか、周囲の好奇の目に耐えられたとしても、ジェイドに軽蔑のまなざしを向けられることにはきっと耐えられない。

行くのは、怖い……行きたくない。けれど、行かなければならないだろう。ジェイドとの婚約破棄だって先延ばしにするわけにはいかない。けれど……、けれど。

行く、たったひと言、そう言えばいいだけなのに、まるで張り付いたように私の口は開かなかった。俯く私の視線に合わせる為だろう。セオがベンチに座る私の前で跪くと、私の手を両手で優しく包んだ。

「エヴァちゃん、私は君の力になりたいんだ。世界中の人間が敵に回ったとしても、私だけは、何があっても、ずっと君の味方だよ。絶対に守るから、君のしたいことを教えて？」

セオの真摯な瞳と優しい言葉に、とうとう耐え切れなくなった涙が零れた。

「本当は行きたくないの……、でも、ここで逃げたくないの。あの人たちの罪を明らかにしたい。……私が欠席したことであの人たちが無罪になってしまったら、私は私を許せない」

ぽつりぽつりと漏らす私の言葉にセオは『うん、うん』と優しく相槌を打ってくれる。

「でも、怖いの。傷物なんて呼ばれることになんて慣れているはずなのに……どうしても、怖いの。『一人になるな』って言われていたのに、私、頭にきて、もうあれ以上あの場に居たくなくて……。馬車止めまですぐなんて思って、油断したの。自業自得だってわかっているわ……。多分、裁判の時に公衆の面前で婚約破棄を言い渡されると思うの。殿下との婚約を継続するつもりなんてないのよ？　でも……」

「被害者が悪いなんてあるわけがない。それにあの日も言っただろう？　あんな非常識なことを平気でする男なんて捨てた方が良いって。婚約破棄なんて願ったり叶ったりじゃないかな？」

そう言うとセオは私を抱きしめてくれた。先日とは違って今日のセオは温かくて心地良かった。

「怖かったね。大丈夫。これからはずっと私がそばにいるよ。君の願いは私が全て叶える。だから、何でも言ってほしいんだ」

「ずっと貴方に迷惑をかけ通しなのにこれ以上は……」

「違うよ、エヴァちゃん。私は自分のしたいことをしているだけだよ。迷惑なんて思うはずないだろう？　ねぇ、エヴァちゃん。私は自分の意思で君の隣にいるんだ。お願いだから、私に君の望みを叶えさせてくれないかい？」

どこまでも優しいセオの言葉が有難すぎて、これ以上意地を張ることができなかった。申し訳ないとは思ったけれど、甘えることにした。

「セオ、私、裁判に出席するわ。でも……本当は怖くて仕方が無いの。だから、お願い。隣で私を支えて」

「そんなこと？　お安い御用だよ。むしろ、私からお願いしたいくらいだよ。……ねぇ、エヴァちゃん。君さえよければ裁判の後、婚約破棄ができたらすぐにでも大神殿に行かないかい？　気晴らしにもなるだろうし、何よりうるさい外野を黙らせることができるよ」

背中を優しく撫でるセオの手が温かくて、セオの落ち着いた声音が気持ちよくて、なんだかすごく安心できた。ここ最近眠れていなかったせいか、急激に眠気が襲ってくる。ふるふると頭を振って眠気を払おうとしたことまで、覚えている。

ふと気づいたら、日が高いところまで昇っていて、私の肩にはセオのローブがかけられていた。

「おはよう、エヴァちゃん。うん、少しは顔色が戻ったかな？」

そう言ってセオは優しく笑った。今まで見た中で一番優しい笑顔だった。

しっかりと寝たせいか、それともセオの言葉のおかげか、先ほどまで怖くて仕方が無かった裁判も、ジェイドも、婚約破棄も、逃げ出したいとは思えなくなっていた。

確かに未だ怖いけれど、それでも立ち向かおうと思えた。

「ありがとう」

そう言ったら、セオは嬉しそうに笑ってくれた。

裁判の日、セオは私を気遣ってだろう、随分と早い時間に来てくれた。

しかも、裁判に臨むためのドレスまで用意してくれた。ジェイドからもらったドレスを着る気には、なれなかったから、本当に有難かった。深い紺色のドレスは、落ち着いたデザインで、仕立ても手触りも良かった。きっと高価な品なんだろう。今は無理だけれど、セオにはいつか絶対に恩返しをしたい。

セオは王宮に行く馬車の中でもずっと手を握ってくれていた。だからだろう、私は逃げることなく、王宮に来ることができた。そして、俯くことなく、顔をしっかり上げたまま、王宮を歩けた。

セオの存在が、温かい手がこの上なく心強かった。絶対に負けない、そう思えた。

裁判が行われる部屋に入ろうとした時に、感じの悪い門番に一人で入廷するように言われたが、セオは門番を軽くあしらって、約束通り私の隣から離れないでいてくれた。

案内された場所は案の定、ジェイドの隣ではなかった。ジェイドとの席は遠く、一段低い場所で待機するように言われた。席が離れているということは、やはり、醜聞のある娘は王太子妃として相応しくないということだろう。想像通り、裁判の途中か、もしくはその後に婚約破棄を言い渡されるに違いない。

私の予想を裏付けるように、ジェイドの隣には当然のようにサラが控えていた。サラは先日足を怪我したはずなのに、まっすぐ美しく立っていた。

あぁ、やはりそうなのか。

ジェイドは私の傷は治さないが、サラの傷は治すのだ。きっと愛情の差だろう。想定の範囲内だったので、今更傷ついたりはしなかった。

あの日以降今日までジェイドとは会っていない。毎朝届いていた、彼からの手紙も贈り物もあの事件以降途絶えた。

今日久々にジェイドと同じ空間に居合わせたが、彼とは今日会ってから一度も目が合っていない。ジェイドも私も合わせようとしないから、当然だろう。

議題は、『イリアとサトゥナーの不敬罪と実父の監督不行き届き』である。

牢に入れられていたイリアとサトゥナー、そしてあの時部屋にいた男が数人この場に連れてこられていたが、逃亡防止のためか、しっかりと縄をうたれていた。イリアは薄汚れてはいるものの、ほぼ無傷だったがサトゥナーと男たちは殴られたのだろうか、着ている服もぼろぼろで、顔も見る影もなく膨れ上がっていた。しかし、男たちを見て私は違和感を覚えた。おかしい、ここにはサトゥナーを含めて五人しかいない。あの時、サトゥナー以外に五人いた気がしたのだが……。逃げられたのだろうか？　それとも私の勘違いだろうか？　あの時は混乱していたし、ことの顛末を確認していないから、よくわからない。

私が首を傾げている間に陛下がお越しになった。私を含め、室内の人間は全員頭を下げる。陛下はゆっくり歩くと、玉座に掛けられた。「面を上げよ」との陛下の声で顔を上げる。陛下は満足そうに周囲の人間の顔を見回すと、「さあ、審議を始めるとしよう」と重々しく宣告した。

その言葉によって査問会が開始された。

挙げられた罪状は以下の三つだった。
一、王太子の前で婚約者を馬鹿にし、それが結果的に王太子を侮辱した言葉になったこと。それが判明した後も謝罪がなかったこと。
二、王太子の婚約者にワインをかけ、王家が下賜した物を傷つけたこと。
三、最後に、王太子の婚約者をクラン公爵家の子息が襲ったこと。
私は被害者のため、この場に召喚されたが、正直苦痛しか感じられない。仄かな恋心を抱いていた相手はこちらを見向きもしないし、居合わせる貴族の多くは好奇の目でこちらを見ている。

まだ、現時点の罪状での『襲った』は、暴力を振るったとも捉えられる言い方ではあるが、相手は王太子の婚約者である。そのような意味に捉える貴族は恐らくいまい。

実家とは縁を切ったつもりだったが、縁を切った後も暴行に及ぼうとするなどとは考えてなかった。実父の顔もサトゥナーやイリアの顔も正直見ていたくない。ここに来ることを決めたのは私だが、やはり気分の良いものではなく、すぐにでも逃げ出したかった。

私がこうして平気な顔をして立っていられるのは隣で支えてくれるセオのおかげである。感情を顔に出さないようにはしているが、内心恐ろしくて仕方がない私の手をずっとセオは握ってくれている。

初めて会った時も、同じように握られた。その時は不快としか思えなかったが、今はただただ心強いばかりだった。

多くの貴族はこのスキャンダルを興味津々に見守っている。クラン家の力を削ぐ絶好のチャンスだからだ。もともとクラン公爵は四つある公爵のうち、筆頭公爵と呼ばれたほど力のある家だったが、今は、東のルーク家が力をつけてきており、斜陽傾向にある。

そもそも本来の直系は、実父ではなく、亡母のサリナだ。実父のファウストは傍系のサイテル伯爵家から婿養子の形でクラン家に入り、爵位についたにすぎない。それにもかかわらず、サリナの死後、厚顔無恥にも、愛人のリンデルを第二夫人として屋敷に招き入れたあげく、血統であるアスラン兄様を他国に留学と言う名目で追い出し、私は死亡という形で養子に出した。

あまりの暴挙に、一族の人間ですらファウストを非難した。しかも、直系の息子と娘をさしおき、愛人との間にできた息子のサトゥナーを次期後継者、娘のイリアを王太子妃として擁立しようとしたのだ。

リンデルは男爵家の出で、ファウストは傍系とは言え、伯爵家の次男である。つまるところ、公爵家が伯爵家に乗っ取られた形になってしまったのだ。もちろん内部争いに発展した。まだアスラン兄様を次期後継者に定めていれば、そこまで熾烈な争いにならなかったかもしれない。けれど実父は譲らなかった。

実父が内部争いに勝てたのは単に力を持っていたからである。それは己の力ではなく、私をリオネル家に売り渡した代償として手に入れた『いつでも騎士団を一度だけ私的に使える』という権利のことだ。逆らったら騎士団を出動させる、それが実父の切り札だった。

なんとか内部争いに勝利した実父は自らの地盤固めを必要とした。そのためにイリアをジェイドの婚約者にしようとしたのだろう。実際にゲームではイリアはジェイドの婚約者となっている。

しかし、今考えると実質伯爵令嬢でしかないイリアとサラは何も変わらないと思うのだが、ゲームと現世ではやはり設定が違うのだろうか。

しかし、実父は自らが公爵家を手に入れたと思っているかもしれないが、クラン家がまだ公爵家であることを保っているのは、アスラン兄様の存在があるからである。もし、次代を父の予定通りサトゥナーが継いだ場合、王家も馬鹿ではないので、まず間違いなく伯爵家に降格される。そしてどこか功績をあげた貴族が新たに公爵位を王家から授かることになるだろう。

実父は狡猾な人間だと思っていたが、どうも私の思った通りの人物ではないらしい。どちらかと言うと浅はかな人物のようだ。どうやら過大評価しすぎていたみたいだ。

このような場に引き出されてもイリアはこちらを憎々しげに睨んでいる。全くもって反省の色が見られない。さすがあの父の娘、異母妹とは思えないほどの危機管理能力の無さ。まさに絵に描いたような悪役令嬢である。

「さて、私と私の婚約者に対する不敬と傷害の疑いについて、何か申し開きがあれば口にせよ」

実父も異母兄妹も口を開かないことに焦れたのか、陛下の隣に立つジェイドが三人を睨みながら口を開いた。さすが王太子と言うべきか、ジェイドは堂々としている。

前世で『悪役令嬢もの』を、書籍やネット等でよく読んだが、断罪する側に立つ場合、逆に返り討ちにされることも珍しくないので、断罪劇は緊張する。

しかし、ジェイドであれば問題なかろう。あの腹黒サイコパスがつけ入れられる隙をつくるはずがない。

「たかが、子爵令嬢がわたくしの前にデビューするなんて間違っているから身の程を教えて差し上げたまでですわ」

「ほう、まだそれを言うか。彼女がそなたの兄の子を孕んだ場合、それは王家を乗っ取ることになるな。つまり、王家簒奪の罪を犯しかけた言い訳がそれか?」

ジェイドがイリアを睨みながら、低い声を出す。その言葉に貴族達の視線が私に注がれた。思わずビクリと揺らした手をセオがギュッと握ってくれた。セオの手の温かさに救われたような気がした。そう、彼は私が傷物になったと今貴族たちの前で発言したのだ。つまり、私と婚約を継続するつもりがないという意思表示である。

ジェイドの言葉に私が決めた覚悟は間違いではなかった。きちんと決断しておいて良かったと思った。

冷たく言い放つジェイドの背中をサラがそっと支える。どう見ても仲睦まじい恋人同士のような二人を見ても私の心は痛まなかった。

「殿下がそのような女を婚約者に選ぶから悪いのです。そもそも王家の婚約者は侯爵家以上の人間しか許されておりません。それを破ろうとなさる殿下の責任かと思います。子爵家の娘である上、処女でなければ、殿下に嫁げませんでしょう？」

それにもめげずに言い返すイリア。ここまでアホの子だったとは！　実父は何をしていたんだ。ジェイドから静かな怒りのオーラが溢れる。正直に言ってここまで怒ったジェイドは見たことがない。馬鹿にされて余程頭にきたのだろう。

「この婚約は陛下も認めた上、王家から打診したもの。陛下についても思うところがある、と。つまり私だけでなく、陛下にも不満があると言うのだな、クラン公爵令嬢」

「ひぃ、そう言うわけでは……」

ようやくジェイドの怒り具合がわかったのか、震えながら涙を溢すイリア。だがすでにもう手遅れである。実父も異母兄妹にも、もう未来はないだろう。

万一何かあった時のために、私も実父や異母兄妹を訴える準備をしていたが無駄になったかな、と思ったところで、急に実父が笑い出す。とうとう気が触れたかと思ったが、そうではないようで、何かに急かされたように話し出した。

「ははは、まさか、サトゥナーがエヴァンジェリンを襲うはずがありますまい。なんせ二人は兄妹ですぞ、殿下。サトゥナーもイリアもわかっていて少しふざけただけでございます。家族の中のちょっとした諍い、いたずらでございましたが、少し度が過ぎたようでございますな。王宮を騒がせた罪で、サトゥナーとイリアはひと月ほど謹慎させます。それでお許しを……」

「ほう、兄妹と？」

「えぇ、そうですとも、殿下。エヴァンジェリンは幼少のみぎり、殿下の期待を裏切るような過ちを犯しましたので、子爵家へ反省を込めて養子へ出したのです」

「それでは、今お前の娘が愚かにも『子爵家の娘が』と言ったのはなぜだ」

「子爵家に養子に行った以上は子爵家の人間と考えたのでしょう。エヴァンジェリンが養子に行ったことを知っているものは数えるほどしかおりません。つまり対外的にはエヴァンジェリンは子爵家の娘なので、このような目に遭う危険性があると教えたかったのでしょうなぁ」

「ほぅ、そうか。では、公爵は私の婚約者がお前の娘であるエヴァンジェリンと認めるのか？」

「えぇ、もちろんでございます。殿下がお望みならば我が家へ復籍させ、殿下と娘の後ろ盾となりましょう」

実父はつまらない話を続ける。どう考えてもイリアとサトゥナーは今の今まで私を兄妹と気づいていなかったことは明白だ。苦しい言い訳である。しかもこの期に及んで、家族内の諍いと言うなど。ぎゅっと口の中で噛み締める。あまりに強く噛みすぎたのか、血の味がした。

手を強く握りしめているとふわりと温かいものが私の手に触れた。気がつくとセオの手が私の手を優しく包むように握っており、私の甲をぽんぽんと宥めるように二回叩いた。なんとなくほっとした気分になり、強張っていた体から力が抜ける。

セオにもう大丈夫だと笑いかけた後に、前を見ると、実父の答えにジェイドが満足そうに笑っていた。

「そうか。娘と認めるのであれば、公爵が八年前にした、リオネル家との約束も反故になるな。

『娘が傷ついた賠償』でなく『娘が王太子に嫁げなくなった賠償』だからな」

「……左様でございますね。殿下がエヴァンジェリンをお望みならば、反故になりますな」

「もちろん、望んでいるから彼女を見つけ、婚約者に据えたのだ。それでは王家の名の下に八年前のリオネル家との約束は解消したものとする。良いな？」

「御意」

「リオネル騎士団長、これへ」

ジェイドがそう呼ぶと、すぐに騎士団長が走り寄り、ジェイドの前に跪いた。

ジェイドは実父と騎士団長に契約を解消する証書にサインするように迫った。リオネル団長は安心したように、実父は渋々と契約書にサインした。

その光景を満足そうに見つめる国王夫妻とジェイドを見て、ようやく、私がジェイドの婚約者になった理由がわかった。このためだったのだ。

『騎士団をいつでも好きな時に一度だけ出動させる権利を公爵家から取り上げる』ことが王家の狙いであり、私はそのための手駒でしかなかったのだ。

とはいえ、本来ならもう少し穏便に婚約を解消してくれるつもりだったと思いたい。今回は愚兄妹のせいで大事になったが、彼らが私を襲うところまで計画だったと思いたくない。

結局王家の思惑よりやや過激になったが、サトゥナーとイリアの暴走のせい――つまり、公爵家の過失――で私とジェイドの婚約は解消になるだろう。きっとジェイドは渡りに船と思っているに違いない。

実父は兄妹同士のちょっとした諍いだ、と言っていたが、それが嘘であることはすぐに証明されるだろう。なぜなら、私はデビュタントの日に事情聴取を受けているし、身体の傷も全て記録に残されているのだから。

今回の件にリオネル家は関係ないので、この約束が復活する謂れはない。無事、クラン家とリオネル家の約束は破棄される。このために、ジェイドはサラという想い人がいたのにもかかわらず私と婚約したのだろう。やっと、王家の意向に気付いた。

気づかなかった方が幸せだったかもしれないが、それでも今まで不明瞭だった理由が理解できたのだ。なんだかスッキリした気分になる。

「よし、じゃあエヴァンジェリン、帰るぞ。陛下、殿下もサトゥナーとイリアは冤罪だったので、連れ帰っても宜しいですな？　さあ、エヴァンジェリン、今後はサトゥナーの良き妹、イリアの良き姉としてわしたちを支えてくれるな？」

調子の良いことを言う実父に私は優雅にカーテシーをして、告げる。

「先日も本日も、ご挨拶もご紹介もしていただけませんでしたので、私から話しかけるのは失礼かとは存じますが……。はじめまして。エヴァンジェリン・クラン・デリア・ノースウェル・リザムと申します」

「何を馬鹿なことを言っている、さっさと帰るぞ！」

いらいらする口調の父ににっこりと私は微笑む。『何を馬鹿なことを言っている』はこちらが言いたいことである。今更家族になれるはずなどない。

「まぁ、公爵閣下ともあろう方が初対面の人間にご挨拶もしてくださいませんの？　私は子爵家の出ですものね、仕方がないかもしれませんが……」

私は悲しい顔をしてみせる。

「親子なのに初対面のはずがあるか！」

「まぁ、親子ですか？　私はリザム子爵家の娘でございます。申し訳ありませんが、公爵とは初対面でございますわね。公爵には八年前に私と同じ名前のお嬢様がいらしたけど、病で亡くされたと伺っておりますが。それを認識してらっしゃらないなんて、どこかお身体をお壊しでいらっしゃるのでしょうか？」

「何を馬鹿な！　親が娘を間違えるはずがないだろう！　お前はわしの娘のエヴァンジェリンだ」

「そうですか。では私を、貴方の娘と認めるのですね？」

今まで娘とすら思ってなかっただろうに。八年前に捨てたくせに、都合のいい時にだけ父親面をする男に吐き気がする。

「当たり前だ！」

「その上で今回のことは家族なら行う当然のことだと仰るのですね？」

「少し注意しただけだろう。家族なら当然行うことをしただけだ。愚かなことを言って騒ぎ立てるな」

実父の言葉に私は微笑う。実に愉快な気分だ。そう、実父もイリアもサトゥナーも逃がさない。決して無罪になどさせない。

「愚かなこと。せっかく逃げ道をつくってあげたのに……、地獄の淵に自分から足を踏み入れるとは」

そして私は隣で私を支えてくれているセオを仰ぎ見る。この時のために、私は彼に同席を頼んだのだ。

「セオドア・ハルト様、クラン家は家族同士で姦淫を行う、罪深い一族のようでございます。私が、どのような状況にあったかは保護してくださった貴方様ならよくご存じでしょう。クラン家の方々は『兄妹ならあのような行為をするのは当然』だそうです。兄妹で当然ならば、恐らく親子でも行っていたに違いありません。とてもではありませんが、私には理解できかねますわ。ハーヴェー様の教義にも反した考えでございます」

「えぇ、そうですねリザム嬢。貴女の告発をしかと聞きました。さて、国王陛下、このような訴えがあった以上、これは国王と貴族の不敬罪云々の話でなく、宗教裁判にかけるべき案件となりました。ファウスト・フォン・クラン並びにサトゥナー・フォン・クラン、イリア・フォン・クランを背教者として神殿預かりといたします」

セオの晴れやかな笑顔に安堵する。きっと彼は私の意を酌んでくれて、彼らを正当に処罰してくれるだろう。

「馬鹿な！　クラン家はどうなる！　わしがいなくなったら、おしまいだぞ！」

どこからやって来たのか、王宮神殿の職員のローブを着た人間に取り押さえられながら騒ぐ父にセオはやはり晴れやかに笑う。

「さあ？　貴族ではない私にはよくわかりませんが、あなたには、実にまともな考えをお持ちの娘さんがいらっしゃるでしょう？　先ほどまであなたが大声で認めていらしたお嬢様が。それなら、その方が跡を継がれるのでは？　そうそう、確かご令嬢には兄上もおいでいでしたね。まあ、もうあなたにはなんの関係もないことですよ」

　連れて行け、とセオは神殿職員に命令をすると、引きずられながら、三人は神殿に連行された。恐らく、もう二度と彼らに会うことはないだろう。最後に残った義母もクラン家に関係ないので、叩き出してしまえばお終いだ。

　セオは私のエスコートを続けてくれるつもりなのだろう、三人の姿が消えた後も私の隣から動かないでいてくれた。

　さて、最後にこの舞台の幕を下ろさなければならない。私はクラン家に戻るつもりはない。貴族籍を捨てて神殿に入殿するつもりだ。

　けれども、クラン家をこのまま取り潰させるわけにはいかない。なぜなら、クラン家にはアスラン兄様という方がまだいるのだから。

　アスラン兄様は留学と称して国外に出された後、接触はないが、幼い頃、優しくしてくれていた記憶がある。それに何よりいきなり家族から切り捨てられる辛さはわかるつもりだ。

「恐れながら、陛下。発言をお許しいただけますでしょうか？」

　陛下は階下の私をチラリと見ると「許す」と答えた。

「ありがとうございます。クラン家のことですが、今まではサイテル伯爵家の者が勝手をしたままでのこと、聡明なる陛下であればご存じでしょう」

　陛下と周りの貴族に向かって、クラン家を表立って罰するなよ、と釘を刺す。そもそもお母様が亡くなった時、兄は十歳、私は六歳。それなのにクラン家を掌握するなど不可能だ。

何より、実父が増長したのはリオネル家との契約を締結したせいで、王家はその契約の締結を阻止できなかったのだ。そちらにも瑕疵があるのだから、クラン家を取り潰すことは許さない。

「私はかの家に戻るつもりはございません。我が家には幼い頃に、留学という名の下に他国へ追いやられた直系の兄がおります。幸い、あの愚かなサイテル伯爵家の者とは幼い頃からあまり接触をしていなかったので、きっと立派な公爵家の後継としてお育ちでしょう。どうぞ兄を呼び戻し、クラン家を継がせていただけますでしょうか？」

「それはもちろん、そうなさるおつもりでしたよね、殿下」

私の願いに答えたのは陛下ではなく、わたしを隣で支えてくれているセオだった。ジェイドは一瞬驚いた顔をしたものの、憎らしげにセオを睨みつける。

「なぜなら、殿下はもうすでに、クラン家の御子息を秘密裏に帰国させ、ご自身の側近としてお手元に置いていらっしゃる。もちろん陛下もご承知の上でしょう？　そうでしょう、アッシュ殿……いいえ、アスラン殿？」

そう言いながら、セオはジェイドの護衛騎士のアッシュ様を見た。

アッシュ様は、麗しい顔立ちの方で、金色の髪と紫の瞳を持つ。どこか品があるので、おそらく高位貴族の令息であろうと思っていた。留学をしていた経験があり、高位貴族には関わり合いになりたくない私ですら、仲良くなりたいと思っていた。

幼い頃に別れたからか気づかなかったのが不思議なくらい、言われてみるとアッシュ様はアスラン兄様そのものだ。私に対しては情報が制御されてなかったのだろうにもかかわらず、まったく気づいてなかった。

道理で彼もゲームには登場しないはずだ。だってゲームではクラン家は取り潰されてしまうのだから。

「ははは、ハルト殿。たしかにその通り、これは思い上がって公爵家を乗っ取ろうとしたサイテル家を取り除くための茶番だ。しかし、思ったより奴らが愚かだったせいで、クラン家にも咎めが必要かと思ったが、賢明なエヴァンジェリン嬢のおかげで、それもことなきを得た。彼らに処罰を言い渡す前に背教者として神殿預かりになったのだから」

そう言って陛下はひとしきり笑うと、アスラン兄様を隣に立たせ、貴族たちに宣言した。

「さて、身の程を知らない、愚かな者どもは取り除かれた。一度異端審問会に呼ばれた者は、たとえ無罪だとしてもその名誉は戻らない。しかし、ここにはクラン家の直系の嫡男がいる。今日よりこの者が当主としてクラン家を継ぐことを許す。そもそも、サイテル家の増長には我が王家と貴族院も少なからず責任がある。これ以上この件については異論を認めぬ」

陛下の下命に貴族たちは頭を下げる。そもそもリオネル家との契約を王家と貴族院が止められなかったことが問題だったと王家が過ちを認めたので、とりあえず公爵家として存続はできるようだ。

しかし、これはクラン家にとって大きな瑕疵になることは間違いない。あとは兄がどのように立て直していくかだが、もう私には関係のない話になるだろう。

「リザム嬢。この度の働き、見事であった。増長した愚か者共をなんとかせねばならんとは思っていたが、そなたにここまで働いてもらうことは想定していなかった。さすがジェイドの選んだ娘というところか」

ほっと一息をつく私に向かって陛下は声をかけた。その顔に笑みは浮かんでいるが、私の今立っている場所からもわかるように、王家が私をジェイドの婚約者のままにしておきたくないことは理解している。

「勿体ないお言葉でございます」

「何か望むものがないか。なんなりと褒美として与えよう」

「それでは、陛下。ひとつお願いしたいことがございます」

私がそう言うと、陛下はふむと興味深げに私を見た。何を言い出すか楽しんでいる雰囲気がする。

私は深く息を吐くと、一息に言葉を紡いだ。

「どうぞ、私と王太子殿下との婚約解消をお許しくださいませ」

そう、あの契約を反故にするのが目的なら私はジェイドの婚約者である必要は無くなったのだ。下手に婚約期間を長引かせて訳のわからない冤罪を押し付けられるのはごめんだし、何よりジェイドに別れを告げられるくらいなら、私から告げたいのだ。彼の口から婚約破棄の言葉は聞きたくない。

陛下に向かって、私は深く深く頭を下げた。

父親は後悔する

そもそも公爵家の直系は妻のサリナだった。気位の高い、貴婦人然としたサリナはわしのことを馬鹿にしていて、わしとは必要以上の関わりを持たなかった。正直一緒にいるのも気詰まりだった。

クラン公爵家はルーク公爵家と異なり、ここ何代か生まれる子供の数が少ない。今代のクラン公爵にもサリナしか生まれなかった。公爵には弟が一人いたが、若いころに平民であるメイドと家を飛び出しており、現在は生死不明だ。

だから、クラン公爵家の直系はサリナだけだった。この国は女が爵位を継ぐことはできない。だから、サリナと結婚した男は公爵家の次代の当主になれる。しかもサリナは人目を引く、とんでもない美女だった。

そんな破格の条件にもかかわらず、彼女の気位が高すぎたためか、サリナが十六の時に婚約は白紙に戻されたらしい。婚約破棄ではなく、白紙に戻された為、そこまでの醜聞にはならなかった。それなのに、サリナとの結婚を望む者はいなかったようで、次の婚約者は中々決まらなかった。

結果、貧乏な伯爵家の次男であるわしにお鉢が回ってきた。優秀な兄がいたわしは元々気楽な次男だった。成人後は恋人のリンデルと共に、領地で兄の補佐をして暮らそうと思っていたわしにとっては降って湧いたような災難だった。

わしが伯爵家の次男の割には仕事ができることと、前年の嵐のせいで領地が多大な被害を受けており、このままでは貴族籍を返上するしかない状況のせいでもあった。

中々次の婚約者が決まらなかったのも頷けるほど、サリナは扱い辛い妻だった。サリナはいつもわしを蔑んだような目で見ていた。息が詰まる毎日を送らざるをえなかったわしは十キロも痩せた。

唯一気を休めることができるのは、元恋人のリンデルの前でだけだった。わしが結婚する際にリンデルには、別れ話を切り出したが、彼女は別れを拒んだ。そして誰とも結婚せずわしだけを想っていてくれた。もちろん愛するリンデルとの間に何もないわけはなく、愛の結晶が二人も生まれた。

先代が亡くなって何年もしないうちに、サリナも早々に死を迎えた。これでリンデルを呼び寄せることができるとわしは喜んだ。十年近く辛い生活を送ったが、サリナが早々に死んでくれたおかげで、公爵家当主になれ、リンデルにも贅沢をさせてやることができるのだ。紆余曲折はあったが、これはこれで良かったのではないだろうか。結果的にわしは勝ったのだ。

わしには四人の子供がいた。サリナの子供である長男のアスランと長女のエヴァンジェリン。愛しいリンデルとの子供である次男のサトゥナーと次女のイリアである。

しかし、アスランもエヴァンジェリンもわしにはとてもではないが、可愛いとは思えなかった。雰囲気といい、外見といい、二人はあまりにもサリナに似ていて、わしに似ているところは全くなかった。

サリナはクライオス王国の至宝と謳われた彼女の祖母であるエリゼ王女に瓜二つだった――未だにエリゼ王女といえば、王国一の美姫と謳われる存在だ。もちろん王女に瓜二つであるサリナも陰では王国の至宝と呼ばれていた。

アスランとエヴァンジェリンはその血を引いたのだろう。美しい容姿をしていたが、わしにとってはサリナを思い出させるものでしかなく、評価するどころか疎ましいとしか思えなかった。

それに引き換え、サトゥナーとイリアはリンデルとわしによく似ていた。そんな二人はわしにとってはアスランとエヴァンジェリンよりも愛らしく、価値のある存在だった。いつまでも見ていたいほど、可愛かった。わしの持てるものは全てこの二人に残してやりたかった。だから、アスランとエヴァンジェリンを排斥するつもりだったし、王太子妃の座もエヴァンジェリンでなく、イリアに与えてやりたかった。

エヴァンジェリンは五歳のころから殿下の筆頭婚約者候補だったが、誰の目から見ても殿下はエヴァンジェリンを気に入っていた。

だからだろう、もうすでに未来の王太子妃はエヴァンジェリンで間違いないとまことしやかに囁かれていた。

エヴァンジェリンと殿下の婚約は生前のサリナがわしに命じて結んだものだが、サリナ亡き今、排斥したい子供に王太子妃の名誉は不要だ。

殿下は真に可愛い娘を知らないせいで、エヴァンジェリンを気に入っているに違いない。

エヴァンジェリンは子供のくせに、あまり表情を変えない、いかにも貴族の令嬢然とした娘でわしから見たら全く好ましくなかった。それよりもころころと表情がかわり、感情豊かなイリアの方が可愛かった。

王国の至宝といわれたサリナよりも美貌の面では、きっと劣るだろうリンデルの方がわしには美しく見えたように、真に可愛いものを知れば殿下もエヴァンジェリンよりイリアを気に入るだろう、そう思っていた。

しかしいざ蓋を開けてみるとイリアは殿下のお眼鏡にかなわなかった。

「幼いから、無邪気なのは良いけれども彼女は王宮のマナーもまだ拙いようだし、もう少し勉強してから、遊びに来させるといい。今のままでは、公爵の元へ顔を出すだけでも彼女のためにはならないよ」

『自分から慎みがないイリアを望むことはない、王宮にも連れてくるな』という意味の言葉を殿下はわしにはっきりと告げた。

王太子妃としての名誉をイリアが得られなくなり、外戚としての権力を手に入れられなくなった、二重の意味での手痛い失敗であった。もう少しイリアを厳しく躾けるべきだったかとも思ったが、可愛いイリアがエヴァンジェリンのようになっては元も子もない。あの子はあの子のままで十分に可愛いのだ。

悔しいが、殿下が殊の外、エヴァンジェリンを気に入っていることはよくわかった。また、エヴァンジェリンのみならずアスランも殿下の側近として地位を確立しつつあった。

可愛いサトゥナーとイリアよりもこの二人の方が正統な後継者だ。このままでは疎ましい子供たちによって愛する子供たちが公爵家から追放されてしまうことになりそうだった。そんなことをさせるわけにはいかない。二人が力をつけないうちに排斥せねばなるまい。

頭を悩ませていたわしに良い提案をしてくれたのは、よく行く貴族の交流場である『妖精の休憩所』という名のバーで出会ったヨハネスと名乗る初老の貴族だった。賭けポーカーが好きなようだが、ポーカーフェースが下手な男で、わしをはじめとした様々な人間に鴨にされていた。負け続けなのに激昂することなく、いつもニコニコ笑っているその男は会って間もないというのに、妙に親しみやすく、気が付くと色々なことを話してしまっていた。

「人目につかない所でこっそり消してしまうのはどうですかな。ご子息（サトウナー様）が跡を継ぐにはどうしてもその二人は邪魔になるでしょう。なぁに、貴族の世界ではよくあることですぞ」

「消すと言われても……。そんな伝手はないし、何よりも自らの手を汚す趣味もない」

「ほほほ、今更何を仰っておいでです。貴族など、大なり小なり悪事に手を染めているものではありませんか。何よりも跡目争いですぞ。弱いものが淘汰されるのは当然のことでしょう。残った強いものが家を守っていく、それは当然のことではありませんかな。かく言う私も母が兄を排除してくれたから、この地位におります」

ヨハネスは当然という顔で、ニコニコ笑いながら言葉を綴る。自分は兄をどうこうしようと思ったことはなかったので思いつかなかったが、確かに歴史書を繙けば、跡目争いで死人が出ることは珍しいことではない。言われてみるとその通りだ。弱いものに家を守っていけるはずなどない。弱いものは淘汰されるべきだ。

「……それに公爵家ほどのお家であれば闇に生きるものを飼ってらっしゃるのでは？　奴らに任せれば、すぐではありませんかな？　もちろん直接手を下したものは廃棄せねばならないでしょうが」

「影はいるが、人数も少ない上、どうにも信用がならん。面従腹背というのか……、わしに逆らいはしないが、命令を聞いているような気もしない。奴らの元々の気質か、わしが婿養子だからかはわからんがこの件については奴らに関わらせるのはまずい気がする。それに何より、悪事というのは秘密裏に行うものだ。人を介した時点でもうすでに発覚したと同義だ」

「ほほほっ、用心深いものですな。さすがです、上に立つ方はやはりそうでないと務まらないものなのでしょうね。しかし、闇に生きるものを人と勘定なさるのですか？」

「ふん、奴らがどんなものと定義するのかなんぞどうでも良い。問題は奴らに口があるということだ」

「なるほど、なるほど。まあ、それならばどこかに留学にでも出してはいかがですかな？　最近キファク公国には魔獣がよく出るらしいですぞ」

その忠告に従い、横やりが入らないうちにアスランをさっさとキファク公国に留学に出した。留学先はよく魔獣が出ると言われている地域にした。留学後半年は他人の目もあったのできちんと仕送りをし、使用人もつけた。それから少しずつ少しずつ使用人と仕送りを減らしていった。幼い子供がそんな危険な地域で支援もなく、生きていけるはずなどない。これでアスランは片付いた。

エヴァンジェリンはこのままであれば王家に嫁ぐことになるから、サトゥナーが公爵家を継ぐ邪魔にはならないだろうと思ったが、サトゥナーやイリアがエヴァンジェリンの下になるのは我慢ができない。それに将来、エヴァンジェリンが二人の障害となる可能性だって低くない。やはり、この娘も排斥すべきだろう。

王太子の筆頭婚約者候補であり、しかも王太子のお気に入りであるエヴァンジェリンをどうすれば排斥できるか頭を悩ませているころに、渡りに船とばかりにエヴァンジェリンは怪我をした。王宮では治癒術師に依頼しなかった。加害者である伯爵家も騎士団長という役職を拝命しているのにかかわらず、裕福ではないようで依頼ができなかった。もちろんわしも依頼するはずなどない。傷ついて帰って来た娘をわしは放置した。案の定、エヴァンジェリンは王太子の婚約者候補から辞退することになった。どうやら王妃が色々と動いたらしい。

もちろん我が家から貴族院を通じて伯爵家に抗議をした。幸いなことに目撃者がたくさんいた為、わしの訴えをリオネル伯爵家は受け入れるしかなかった。リオネル家は公爵家の娘に怪我をさせたことに対する補償ができないようで「申し訳ない」と謝るばかりだった。「謝られても許せるはずなどない、娘を傷物にされたのだ」そう言ってリオネル家を追い詰めたところ、生真面目な騎士団長自ら『エヴァンジェリン嬢が王家に嫁げなくなった代償として一度だけ騎士団をクラン家の要請で出動させる』ことを申し出てくれた。

そんなことが可能なのか問い合わせたが、王妃が許可したとのことで、貴族院もその条件を受け入れるように勧めてきた。しかも騎士団長の小倅が責任をもってエヴァンジェリンを嫁に迎えてくれるとのことだった。

傷物になり、伯爵家にしか嫁げない娘など、我が家の面汚しだ、そう言ってエヴァンジェリンを養女に出すことに成功した。わしと同じようにエヴァンジェリンを疎ましく思っているだろう王妃に受け入れ先を相談したところ、上機嫌で貧しい下位貴族の家を紹介してくれた。

王家との婚約に失敗した上、直系のアスランとエヴァンジェリンを排斥した結果、一族と軋轢を生じさせることになったが、騎士団の力をバックに親族どもを黙らせることができた。

これでなんとかなる、騎士団の力をちらつかせれば、武力でわしに勝つものはない。生涯親族どもを黙らせられるだろう。そしてわしが死ぬ前に目障りな一族に冤罪をかけて騎士団で粛清すれば、サトゥナーの代も安心だろう。サイテル伯爵より上位の一族のものを片端から殺せば我が子孫が、クラン公爵となるだろう。本物になれるのだ。

可愛くない娘だったが、存外役に立ったではないかとそれだけはエヴァンジェリンを評価した。

しかし、サトゥナーを次期後継者と発表した後、様々な問題が出てきた。まず言うまでもなく一族とは疎遠になったし、他の派閥の人間からも集まりに呼ばれることが一気に少なくなった。また、我が家主催の夜会等に招待しても断られることが多くなった。王宮でも財務大臣の役職を取り上げられることとなった。つまり、王宮に気軽に出入りすらできなくなったのだ。

わしのやることは、サリナが生きていた頃と変わっていない。汚職や収賄に手を出したこともなく真面目に仕事をしていたのにもかかわらず、不要な子供を捨てただけで、何もかもがうまく回らなくなっていた。

困った時、いつも相談に乗ってくれていたヨハネスに相談したかったが、ここ最近彼は『妖精の休憩所』に来ていないらしく、会えなかった。ヨハネスに会うために何度か出入りしたが、今まで仲良くしていた人間に冷たい目で見られることが増えたので、足が遠のいてしまった。

クラン公爵家は緩やかに社交界からはじき出されていくようであった。

そんな頃に、もう二度と会うことはないだろうと思っていた娘に、衝撃的な場所で会うことになる。それは、可愛いイリアのデビュタントの時である。

我が家以外の公爵家にはこの年デビューする令嬢がいなかったので、一番に紹介されるべきはイリアであるはずなのに二番目の紹介になると言う。

そして、一番目に紹介されるのはなんと王太子の婚約者というではないか。婚約者の隣に立つ娘は女神かと思しき、現実離れをした美しさを持っていた。それは顔の美醜だけでなく、立居振る舞いやその態度もだ。どこの高位貴族の娘か、いや他国からの賓客かと思ったが、どこの誰なのかよくわからなかった。

婚約者を迎え、しかもイリアを差し置いて最初に入場するのであれば、落ちぶれたとはいえ、公爵家の当主である自分にも前もって知らせてほしかった。そう遠回しに殿下を非難すると「元々公爵家が望んだ縁」と言われ、首を捻った。

その上、暴言について言及され、叱責されたにもかかわらず、イリアが全く謝罪しなかったため、殿下は立腹され、不興を買ってしまった。急いでイリアを窘めるも、謝らずそのまま入場の時間になったため、しっかりと謝罪ができず仕舞だった。

王宮に出入りができず、他の貴族から話も聞けない状況だった為、殿下の婚約者については一切情報がなかった。入場の際に呼ばれた名前を聞いて初めてあの美しい娘は八年前に捨てた我が子だと気づいた。

王家の不興を買ったイリアは陛下からお言葉もいただけず、殿下とダンスも踊ってもらえなかった。

そのことにさらに憤慨したイリアは、殿下がお贈りしたドレスだ、と聞いていたにもかかわらず、エヴァンジェリンにワインをひっかけ、帰ろうとしたところをサトゥナーに襲わせたと言っても、暴力を振るったくらいだろうと思ったが、どうやら無理やり手込めにしようとしたようだと殿下の言葉から察する。あまりにも愚かな行為に頭が痛くなる。

教育が足りなかったようだが、もうこうなっては仕方がない。エヴァンジェリンをクラン家に呼び戻し、身内同士の諍いであったことで場を治めるしかない。

そしてその上で、王家の外戚として権威を握れば良いのだ。正直エヴァンジェリンを呼び戻したくはなかったが、背に腹は代えられない。

未だに墓穴を掘り続けるイリアはとうとう殿下に威圧され押し黙った。この機を逃してはならないと、エヴァンジェリンは家族であることを主張し続けた。何を思っているのかは知らんがエヴァンジェリンは黙ってわしの話を聞いていたので、この話に同意するつもりがあるのだろう。

そうすると殿下は、リオネル家との契約について言及を始めた。確かにエヴァンジェリンが王家に嫁ぐなら契約は反故になる。しまった！　殿下の言う通り『娘が傷ついた賠償』にしておけば良かったと思ったが、時はすでに遅い。

渋々リオネル家との契約は解消する。しかし、クラン家の直系の娘エヴァンジェリンが、我が家に戻ってくるのだ。これで一族は黙らせられるし、王家の外戚として力も振るえるようになるだろう。ずっと黙っているエヴァンジェリンはきっとおとなしい、御しやすい娘に違いない。

契約が解消となり、エヴァンジェリンを連れて帰ろうとしたところ、いきなり娘は「はじめまして」などと戯言を言い出した。そして、公爵家のエヴァンジェリンは八年前に死んだのだと話し始めた。契約を解消した後にこんな訳のわからない発言をしてくるなどと、と頭にきて、「お前はわしの娘だ！」と怒鳴った。それが間違いの因とは気づかずに。

エヴァンジェリンは我が意を得たりとばかりに艶やかに微笑むと隣の優男——どうやら神官だったらしい——に兄妹で性行為を営む卑しい一族だ、とわしとサトゥナーとイリアを告発した。しまった、と思った。血の繋がった親子兄妹での姦淫はハーヴェー教では禁忌で、異端審問の後火炙りだ。サトゥナー、イリア、どこまで馬鹿なことをしたのか。

しかし、先ほどの言い訳がないとサトゥナーは王太子の婚約者を手込めにしようとした愚かな男で、王家の簒奪を狙っていたと判決が下っただろう。その場合は、斬首刑だ。

なぜサトゥナーもイリアもこんな暴挙に及んだのだろうか。この国では未婚の女性を襲うことはタブー視されている。それにもかかわらずよりによって王太子の婚約者に手を出すなど自殺志願者としか言いようがない。

サトゥナーとイリアがエヴァンジェリンに気づいていたかどうかはわからない。わしだとて名前を聞いて初めて気づいたほどだ。恐らく気づいていなかっただろう。イリアにひと言言っておけば良かったのだろうか。いや、もう今更だ。

王家から神殿に引き渡され、異端審問という名の、拷問がわしらを待っていた。

審問官に、「イリアとサトゥナーがしばしばこのような手段で気に入らない令嬢を陥れてきた」と聞かされた。どうやら騎士団にも協力者が何人かいたと聞いて頭が痛くなった。気づいていたのか、と問われ首を振った。本当に知らなかったのだ。

また、拷問官達は次に「親子間で姦淫したのか」と問うてきた。そんなことは絶対にしなかったのだが、厳しい拷問に堪えかねて、「姦淫した」と言ってしまった。

わしですら耐えられなかったのだ、恐らくイリアもサトゥナーも「異母姉妹と気づいており、親子、兄妹間で姦淫していた」と自供させられるだろう。

あの時エヴァンジェリンの隣にいた神官はこちらを射殺しそうな目で見ていた。あれは我々を許さない瞳だ。わしとサトゥナーは無理だろうがイリアだけでも助からないだろうか、と思ったが、現場にイリアも居合わせていたことも審問官に知らされた。それでは無理だろう。

そしてイリアは処女(おとめ)ではないそうだ。ならば相手はサトゥナーであっただろうと断定されることは想像に難くない。

恐らく長い拷問の後、我々は異端と判決が下るだろう。

どちらにせよ、死ぬことになるのだ。わしが選べたのは死に方だけだったのか、神殿の牢で愕然となった。

あぁ、わしは自分の捨てた子供に捨てられたのだ。

とある騎士団長子息の後悔

初めて彼女に会ったのは、六歳の頃だった。俺が将来お仕えするべきジェイド殿下の筆頭婚約者候補だと、紹介されたのが、エヴァンジェリン・フォン・クラン嬢だった。

隣に立つ殿下は、彼女を愛しそうに見つめており、彼女がこのまま、正式な婚約者となることは間違いないだろうと思った。

美しく輝く黄金色の髪に、神秘的な紫の瞳、顔の作りは整っており、本当に同じ人間なのか、不思議に思うほどだった、実は間違って人の世界に紛れ込んでしまった妖精か、天使だと言われても納得ができた。俺は言葉を忘れて見惚れた。

殿下が誇らしそうに彼女を紹介すると、彼女はにっこりと微笑んで、これがお手本ですと言わんばかりの美しいカーテシーをした。エヴァンジェリン嬢は先日キファク公国に留学したアスランの妹らしい。こんなに可愛い妹がいるなんて聞いていない。もっと早く会いたかった。

エヴァンジェリン嬢は美しく、愛らしいだけでなく、声も可愛かった。話す声は甘く、優しく、いつまでも聴いていたい、と思わせるほどで、彼女は何もかもが完璧だった。

いつもは良識とか礼儀とかガミガミうるさいグラムハルトですら、彼女を凝視しており――レディーを正面から見続けるのは失礼に当たる。それが公爵家の令嬢という高位貴族なら尚更である――俺と同じく彼女に魅了されたのがよくわかった。

実際、俺たちの周りにいる女の子はサラだけだったから、女の子とは皆サラのような恐ろしい生き物なのかと怯えていたが、彼女は良い意味で、サラとは全く異なる『女の子』だった。

なんと言うか、俺が夢見ていた通りの『守るべきお姫様』で、素敵なものが詰まってできたようだった。それに関しては殿下もグラムも同意見で、サラとだけは絶対に接触させないように皆で誓った。彼女に悪影響を与えてはいけない。

なにせ、サラはとんでもない女の子だった。顔立ちはとても可愛い。それは確かだ。だけれど、彼女はとてもお転婆だったのだ。お転婆……そう表現しては普通のお転婆が気の毒になるかもしれない。そう、野猿という方が正しい表現な気もする。

ある時は王宮の屋根の上に登り、またある時は王宮の池に来た渡り鳥を捕まえようと、池に入った。そうして鳥を捕獲し、羽をむしって食べようとしたのだ。弱冠六歳でそのような暴挙をおかし、火まで起こしていたのだから末恐ろしいとしか言いようがない。

王宮の木に登るのなんかお手の物。そこになっている実を、やはり鳥と喧嘩しながら、もいで食べる。厨房に忍び込んでは食料を強奪するという、なんというか規格外すぎる令嬢だった。しかも、かけっこも一番速いし、力比べをしても彼女が一番強かった。腕っぷしも強く、その辺の騎士を負かしたことすらあった。

そんなに規格外な運動能力と破天荒な考えの持ち主のサラだったが、顔は可愛いので、周りの大人は騙されることが多かった。

屋根の上に登ったのは気づかれなかったが、池に入った時は大人が来た瞬間にさっと鳥を隠すなり、泣き出した。その上で「池に落ちたから焚き火を焚いてもらったの」と可愛い顔をして言うので、可哀想に、と侍女たちはサラを着替えさせてやっていた。

彼女が捕った鳥は既に死んでいたし、このままにしてはいけないと思った俺が厨房に持っていたことはつけ加えておく。もちろん後でサラに詰られた。

厨房で食べ物を強奪したのは、俺が命令したせいになっているし——後で俺が料理長にしこたま叱られた——庭の木に登ったのはハンカチが飛んでいってそれを取りに行ったの、怖かったわ、と涙ぐんでみせていた。

騎士との勝負に勝ったことに関しては騎士の名誉のため、無かったことになった。

そんなサラを間近で見続けたので、エヴァンジェリン嬢に会うまで女の子とはこんな恐ろしい生き物なのかと思っていた。童話で王子様がお姫様を助ける物語をいくつか読んだが、お姫様は王子様や騎士の助けなんかいらねぇだろ、と本気で思ったものだ。

しかし、エヴァンジェリン嬢を見ていたら、やはりお姫様には、騎士や王子様の助けが必要だと思うようになった。

なんせ彼女はサラとは違い、殴ってこないし、木にも登らないし、人のおやつを強奪したりもしなかった。いつもにこにこして、大人しくお茶を飲み、庭に花が咲いたことや珍しい鳥が来て巣を作っていることなど、小さなことを大発見のように話していた。外見通りのまるで妖精か天使のような彼女の話ぶりや話題選びは正直好ましく、殿下がとても羨ましかった。

エヴァンジェリン嬢の存在は俺とグラムにとって希望であった。

なぜなら、今まで俺たちの中では『女の子＝サラ』だったのだ。けれど、エヴァンジェリン嬢のおかげで、可愛い女の子もいるとわかったのだ。これから先、俺たちは女の子と婚約して結婚しなければならないが、その相手は野猿でなく、可憐な妖精の可能性だってあるのだ。

その翌年には俺もグラムも婚約者選びをすることになった。俺たちは殿下の側近候補だったので、下手な人間を選べないらしい。そこで俺はまた違う種類の女の子を見ることになった。

香水をかけすぎて臭いのきつい女の子や、白粉をはたきすぎてモンスターのような顔になっている女の子たちが山ほどいたのだ。

彼女たちは俺に擦り寄って来るが、正直恐怖しか覚えない。臭い、顔が怖い、勘弁してくれが本音である。

自分がいかに役立つ家の生まれなのかをアピールするためだろうが、大粒の宝石や目がチカチカするほど派手なドレスを纏って現れ、褒めろ、褒めろとうるさい。気持ち悪いから触るな、と言いたいが、女の子は守るべき存在だから、手荒に扱ってはいけないらしい。

しかも、猿山の猿の喧嘩なのかなんなのか、マウントを取ることに必死になっており、見ていないところではキャットファイトまでしていたらしい。いや、本当にサラやこの手の女の子は守るべき存在なのか疑問に思うところである。

こんな恐ろしいものの中から婚約者など選べるはずがない。エヴァンジェリン嬢はまさに至高の存在だったのだと心の底から思った。

そして、ついつい思ってしまったのだ。彼女が自分の婚約者であればよかったのに、と。

けれど、たとえそう思っていたとしても、エヴァンジェリン嬢に手を出すわけにはいかない。同じ貴族と言っても、彼女は雲の上の存在なのだ。しかも、俺の主君となるジェイド殿下の婚約者でもある。そばにいることができて、話ができるだけで満足しなければならないのだ。

満足しなければと思いながらも、俺の不満は募っていった。仕方のないこととは言え、エヴァンジェリン嬢はジェイド殿下ばかり見詰めていたからだ。俺やグラムとも話はしてくれるが、彼女が専ら話しかけるのは殿下だった。殿下も彼女のことをとても気に入っているので、二人の世界になることがままあった。

この時、俺は少し天狗になっていたのだ。婚約者候補などと言って紹介された女の子たちに俺はとてももてた。剣の稽古をしていたら、女の子たちが応援に来て黄色い悲鳴をあげていた。だから、俺は剣を振るっていれば「かっこいい」のではなかろうか、と自惚れていた。

だから、エヴァンジェリン嬢の前でも剣を振るえば、少しは彼女も俺を意識してくれるかもしれない、殿下ばかりでなく、俺も見てくれるんじゃないかと思ってしまった。

少しでも彼女の視界に映りたかった。かっこいい、と意識されたいと思ったのだ。

彼女が王妃教育で王宮に来たときに、彼女の前で剣を振るつもりが、緊張のあまり失敗して彼女に当たってしまうほど近いところで剣を振ってしまったのだ。あまりの恐ろしさに彼女は両手で頭を抱えるようにして座り込んでしまった。寸止めをするつもりが、加減が分からず、彼女の手に剣が当たってしまった。

ぱっと真っ赤な血の花が咲いた。練習用の剣とは言え、鉄剣である。彼女を傷つけるには十分だった。そのまま彼女は気絶してしまった。彼女の血は止まらず、しかも彼女の侍女も俺もおたおたするだけで、対処が遅れてしまった。

「なぜこんなことをしたのか」と後ほど親父に聞かれたときに、うまく説明できなかった。

かっこいいと思われたくて剣の腕を見せたかった、彼女に当てるつもりはなく目の前で剣を振るつもりだったことをなんとか伝えたが、死ぬほど殴られた。当然であろう、俺でも殴る。危うく我が家は王家への叛逆罪になるところであったのを、王妃様が諫めてくれたらしい。「まだ婚約者候補にすぎないのだから」と。

彼女の手には傷が残ってしまったが、我が家の資産では治癒術師に依頼することができなかったらしい。なので、彼女は婚約者候補を辞退することになったそうだ。そのせいで怒り心頭に発したクラン公爵は貴族院を通じて我が家に抗議してきた。彼女を傷つけた補償として親父が『一度だけ騎士団を公爵の依頼で動かす』約束を取り付け、それを王家と貴族院が了承し、俺の罪は許された。

そして、エヴァンジェリン嬢は傷物になったせいでどこにも嫁げなくなり、なんと俺の婚約者になった。

正直に言って「嬉しい」と「申し訳ない」が半々だった。彼女を伴侶に迎えられるのはとても嬉しいが、あんなにひどい傷を負わせてしまい、身体に傷痕を作ってしまったのだ。どう謝れば良いのだろうか？　彼女は俺のことを嫌いになってしまっただろうか？

久しぶりに会った彼女は一切俺を責めなかった。静かに微笑んで「これから、よろしくお願いします」と一言言っただけだった。

謝らなければいけないと思いながらも喉がひりついたように熱く、何も言葉が出てこなかった。彼女は殿下と仲がよかった。彼女と殿下は俺から見ても想い合っているように見えた。殿下と幸せな結婚するはずだったろうに、と思うとさらに気分が沈んだ。

本来なら廃嫡ものだったのに、彼女のおかげで俺はまだ嫡子であった。彼女を嫁にもらうのに、廃嫡などできるか、と父は言っていた。

俺は彼女の居場所も家族も奪ったのに、彼女は反対に俺に与えてくれた。なんと言っていいか分からず、彼女がせっかく話しかけてくれるのに、何も返せなかった。

ただただ、美しい彼女を凝視するしか俺にはできなかった。何も話せない状況が続けば続くほど、彼女にだんだん話しかけられなくなった。けれど、彼女に会いたいからお茶会はやめられなかった。

何も話せないし、じっと見ているだけの俺に疲れるだろうに、エヴァンジェリン嬢はそれでも招待状を出したらいつでも来てくれた。そして静かにお茶を飲んでは何も話さず帰ってしまう。このままではいけない、と思いつつもどうすればいいか分からず、騎士団の人間に聞いているうちに、グラムが動いた。

彼女が階段から落ちる時にそばにいたのに助けられなかった。彼女が傷を負ったから責任を取る、と言うどこかで聞いたような話だった。

俺は『彼女の傷なんか気にしない、俺が婚約者だ』そう主張したが、その主張は聞いてもらえなかった。どうやら、俺が彼女に対して良い婚約者でないことは有名な話だったらしい。

グラムは反対する家族を説得してほぼ無理矢理と言ってもいいような強引な手で彼女と婚約したらしい。そういや、グラムも彼女に惚れていたな、とぼんやり思った。正直悔しいとも思ったが、罪悪感から逃げられたようでほっともした。

俺は卑怯者だ、とつくづく思った。けれど今度こそ彼女が幸せになるように祈った。

そして、彼女とグラムの婚約が成立した日に、俺は父に後継を弟に譲るように頼んだ。正直に言って俺には相応しくない。エヴァンジェリン嬢を娶る必要がなくなったから、罰として縁を切ってほしいと願ったところ、またもや父に死ぬほど殴られた。

「逃げるな、きちんと向き合え！」

そう言って父は俺を殴り続けた。そうか、エヴァンジェリン嬢に対しても俺は逃げ続けていたんだな、と思った。次、どこかで彼女と会うことがあれば今度こそ謝罪をしたいと心の底から思った。

王太子は傷物令嬢と結婚したい

彼女だ、初めてエヴァンジェリンを見た時、僕は確信した。彼女こそが僕の伴侶、僕の運命、魂の片割れだと。

黄金に光る髪にラベンダー色の瞳、小さな顔は一流の人形師が魂を込めて作ってもここまで麗しく作ることは不可能だろうと思わせるほど、精巧な作りをしていた。

彼女の美貌はあまりにも突出しすぎていて、何に例えればいいかわからないほどだった。それにもかかわらず、彼女の持つ雰囲気は柔らかく優しいもので、彼女が血の通う人間であることを証明していた。

一般に知られてないことだが、強い魔力を持つ人間、特に王族は、自分の伴侶がわかると言われている。父からも「生まれた時にそう決められたに違いないと思えるほど、強烈な衝撃を受けるので、すぐにわかる」と言われていた。半信半疑だったが、実際に彼女を見た瞬間、父の言葉の意味がよく理解できた。こんなに美しい少女が僕の伴侶だと思うとすごく嬉しくなった。

父が言うには一緒にいればいるほど、伴侶も自分を好きになってくれるそうだ。その日がとても待ち遠しい。今の彼女の目に僕はどう映っているだろうか？　気になって仕方がない。

彼女がそばにいるだけでこの上なく、幸せな気分になれた。しかし、見つけてそばにいるだけではダメなのだ。彼女は美しく、愛らしい。誰もがきっと欲しがるだろう。けれど彼女は僕のものなのだ。誰かに取られないうちに早く僕のものにしなくてはならない。

父に彼女が伴侶だと告げると、「もう見つけたのか、早かったな」と笑った。そのままとんとん拍子にエヴァンジェリンが婚約者になるかと思ったが、思わぬ横やりが入った。王妃である母だ。母はクラン公爵家と仲が悪いルーク家一門の家の出だったので、エヴァンジェリンと僕の婚約に反対したのだ。

どうやら母は親友である——僕の乳母でもあった——メラニーの娘のサラと僕を結婚させたいようだった。それは国法に反する行為だと父が諭したところ、養子にするなり陞爵させるなりすれば良いと母は笑った。そんなに簡単に行くはずなどないというのに、我が母ながら、なんて浅はかなんだろう。

正直に言ってサラの魔力は高くない。恐らく彼女と僕の間では子供ができないだろう。何より僕にとってサラは近所の小猿——大猿かもしれない——と言う感覚しかなく、結婚なんてとてもではないが考えられない。

母は元侯爵令嬢で純粋な王族ではない。だから王家の人間の伴侶への飢えるような感情がわからないのだ。エヴァンジェリン以外を伴侶に迎えるつもりはないことを父に話したが、父は困った顔をした。そう、父にとっての母は運命の伴侶だったから、母の反対を押し切るのが嫌だったのだ。父は時折そんなところがあり、僕よりも母を優先させた。

僕たちは運命の伴侶にとても弱い。はっきり言うと嫌われたくない。誰よりも甘やかして自分がいないと生きていけなくなるほど甘やかして、そばに縫いとめたいのだ。その気持ちは今の僕にも十分以上に理解できた。一目見ただけなのに僕もエヴァンジェリンに関して同じことを思ったから。

王族の習性は分かっているが、伴侶である母に嫌われるのも困る父は保留という形をとった。つまり、エヴァンジェリンは筆頭婚約者候補だが、正式な婚約者ではないという立ち位置に納まることになった。

この時に徹底的に反抗してしっかりと婚約者にしておけばよかったと、この後どれほど後悔したかわからない。

彼女を含め婚約者候補の何人かは王妃教育を受けるために登城していた。彼女に毎日会えることは僕にとって喜び以外の何物でもなかったが、一年も経つのにまだ婚約が成立していないことに関して焦ってもいた。

外堀から埋めようと色々な人間に彼女を婚約者として紹介して回ったが――もちろん他にも候補はいたが表面上の付き合いしかしていなかった――それが悪手になるとは思っていなかった。

僕の伴侶となる、全てに優れた彼女は色々な人間を魅了したのだ。そう、僕の側近候補であった、ルアードとグラムハルトの二人も。

実際に事件が起こったのは僕が九歳の頃だった。何を血迷ったのか、ルアードがエヴァンジェリンを練習用の剣――といっても鉄でできている――で切りつけたらしい。その知らせを聞いて慌ててその場に駆けつけたが、もうすでに彼女もルアードもその場におらず、彼女のものと思える血痕だけが残されていた。かなり血を流したのだろう。ぞっとするほどの血が現場に残されていた。急いで治癒術師を手配しようとしたが、それは母によって止められた。

「クラン嬢はあくまで婚約者候補にすぎないのよ、ジェイド。だから、王家から治癒術師を派遣してはだめよ」

「妃殿下、彼女は僕の伴侶です。きっと痛い思いをしています。僕の予算から出します。問題ないでしょう！」

「まだ正式な婚約者ではないでしょう？　だから王家がクラン嬢の怪我を治すことは不平等になるわ。他の候補たちが怪我をしてもあなたは全てを治すつもり？　そんなこととてもできないでしょう？」

つんとそっぽを向く母に苛立ちを覚えながら父を見るが、やはり伴侶の言葉を否定するつもりはなさそうだ。僕とて父や母、そして将来できる子供よりエヴァンジェリンを選ぶだろうから、父が母に何も言えないことに関して文句を言うつもりはない。けれどせめて僕の邪魔だけはしないでほしい。

「妃殿下が反対するから、婚約者候補なだけです。私はクラン嬢以外を妃に迎えるつもりはありません」

「まぁ、落ち着きなさいな、ジェイド。あの子は公爵令嬢だもの。きっと公爵家が治療費を払うわ。それに加害者は騎士団長の御子息だったかしら？　あの家が用意するかもしれないわ。ねぇ、陛下」

そう言って笑う母に父は同意するように頷く。溺愛するだけでは駄目だろう、このくそ親父と思ったが、これ以上ごねても仕方がなかろう。

さっさとこの場を退席して治癒術師をこっそり手配しようとしたが、すでに母の手が回っており、まだ幼い僕には何もできなかった。

結局、公爵家も伯爵家もエヴァンジェリンを治さなかった。その為、身体に傷が残った彼女との婚約は前以上に許されなくなってしまった。

その後彼女は公爵家から子爵家へと養女に出されてしまい、側近候補のルアードが、まんまと彼女を婚約者にしてしまった。

しかも、阿呆なことに生真面目なリオネル騎士団長が言い出した「一度だけ公爵家の命で騎士団を動かす」という言葉を父も貴族院も止めず、おかしな契約が成立してしまっていた。

下手をするとクーデターが起こるかもしれないというのに、父母はのほほんとしている。はっきり言って父母を軽蔑した。ことの重大さが何も分かっていない。父は賢王だと思っていたが、どうやら愚王のようだ、とこの時に確信した。

ルアードと、母をはじめとした反対派の人間と彼女を切り捨てた公爵家の人間全てを陥れてやりたかったが、まだ力が足りない。今は雌伏の時だろう。

正直彼女が自分ではなく他の男のものになると考えるだけで気が狂いそうだったが、努めて冷静に振る舞った。

きっと彼女がルアードと婚約したことで彼らは油断しているだろう。計画を実行するために彼らに僕が危険人物だと気づかれるわけにはいかない。僕は家族の前でも、演技をすることにした。

実際に彼女が結婚するまでに取り戻せばいいのだから、あと八年は余裕がある。時間をかけても確実に彼らを消していくほうが彼女を手に入れる近道だろう。

エヴァンジェリンは僕の伴侶だ。絶対に逃さないし、誰にも渡すつもりはない。僕が彼女を取り戻すまでの間、一時的にルアードに預けるだけだ。彼女の髪一本にですら、ルアードに触れさせる気はない。もちろん他の男にも。彼女の身を守らなければならない。

まず、手駒が必要だ。彼女を守るための者と、情報を手に入れるための者。計画を実行するために動いてもらう者だって必要だ。それに将来王妃となる彼女に教育を施す者も。

色々と考えた末、僕はクラン一族の人間と手を組むことにした。そう、愚かなファウストは直系血族を追い出し、それに不満を持つ者たちを力で無理矢理抑えているのだ。その不満を持つ人間たちを利用する――もとい手を組もう。

その為には旗頭となるアスラン・フォン・クランを手に入れるべきだ。留学前は僕の側近候補として付き合いがあった。面倒見が良く、快活なアスランは僕にとっては兄のような存在だった。

本来なら乳兄弟であるサラは信用していい存在のはずだが、母の息がかかっている可能性が高いため頼れない。まあ、それ以外にも色々と問題があるのだが……。

秘密裏にアスランに接触するためには、人を雇う必要がある。僕が王太子でしかない以上王家の影は使えない。

クラン家の中にもこの事態を不快に思っているものもいるだろう。そんな人間をできればこちらに引き込みたいところだが、傍系の伯爵家から婿入りしたとはいえ、一応ファウストは当主だ。奴に従っている者とそうでない者の見分けがつかない。アスランを手に入れるまではまだ接触しない方が良いだろう。

仕方があるまい、まずは僕自らが動くことにしよう。僕は稀にお忍びで城下に下りることがある。その時の服を引っ張り出すと、夜中にこっそり城を抜け出した。

そして、王都の中でも治安の悪い裏路地に入る。お忍びの服とは言え、王太子が着るものだ。見る人が見れば、平民が着る物ではないことはすぐにわかる。

獲物はすぐに餌に引っかかった。僕を誘拐しようとしたのか、身ぐるみを剥ぐつもりだったのか知らないが、男たちが絡んできた。

幸い僕は火と風という攻撃力の高い魔法を自在に操れた。もちろん剣だってそこらの騎士よりよっぽど上手に扱える自信がある。

彼女が結婚するまで八年以上時間はあるが、だからといって長い間、彼女を他の男の手に預けたままにしておくつもりはない。出来るだけ早く迎えに行くためには手加減や妥協などするつもりは一切ない。

風を操り、襲ってきた男たちを片っ端から切り刻んでやった。そして血まみれで倒れているやつに、情報ギルドの場所を訊ねる。

それを何度か繰り返したところで、ようやく欲しい情報が手に入った。その足ですぐギルドへ向かい、自分の部下になるように誠心誠意、説得した。

もちろん、僕が王になった時に色々と便宜も図ってやることも仄かした。もし彼らが邪魔になれば、処分すればいいのだから、何の問題もない。

こうしてまずは耳を手に入れる。次は手が必要だ。アサシンギルドの位置をギルド長に聞き、次はアサシンギルドに説得に向かった。

彼らの伝を辿り、説得を繰り返し、僕は『僕に服従する部下』を次々と手に入れた。

裏切られてはかなわないし、新しく良い手駒を手に入れるためには、けちくさいことや理不尽なことはしてはいけないので、働きに見合った報酬はきちんと出すようにした。

もちろん僕の部下が住むあたりの下町が潤うように利益を流すことも忘れなかった。王太子の名の下に慈善事業の一環として、下町を整備したし、孤児院や病院の建設もした。また、ある程度の違法な行為も目を瞑った。とはいっても賭博や盗品の売買くらいまでで、人身売買や麻薬などは絶対に許さなかった。

そして僕の部下やその家族が被害に遭ったら、すぐさま救出し、その上で相手に手酷い報復をした。僕の部下ならば僕が庇護すべきなので、当然のことであろう。もちろん見舞金を出し渋るような真似もしなかった。

そのように手を打っているとだんだん僕についた方が良いと考える組織が増えてきた。きちんと見極めながら、僕は着々と手駒を増やしていった。

そのうちに下町のナンバーツーと呼ばれる男が僕に近づいてきた。ザインと名乗ったその男は僕と同じく人身売買や麻薬に嫌悪に近い感情を抱いていた。

この町の首領と呼ばれる男は麻薬も人身売買も、なんでもござれという根っからの悪人で、ザインの家族や恋人が以前この人物がまとめる組織の被害に遭ったらしい。

首領に対抗するうちに彼を慕う人間が集まり、気づくとナンバーツーと言われるようになっていた、と彼は話した。四十近い年の一見みすぼらしい男だが、話してみると正義感が強く、頭も切れた。これは掘り出し物だ。僕はザインに「トップを僕が葬るから、代わりにこの町を仕切ってほしい」と伝えた。最初こそ彼は「自分はその器ではない」と断っていたが、同じ被害者を出さないようにするためだと根気強く説得したら最終的に頷いてくれた。

話が決まれば、後は簡単だ。僕は単身でこの町の首領だと言われる男の屋敷に押し入り、さっさと処分した。その後のトラブルの処理の仕方や残された人間の選別や対処の仕方は僕の満足が行くものだったので、ますますザインが気に入った。

とうとう下町の首領がザインに代わった頃、彼は跪いてこう言った。

「表向き下町の首領を引き受けますが、本来の首領はあなたです、私はあなたに忠誠を誓いましょう、殿下」

こうして僕は王都の下町を手に入れることになった。彼らには陰ながらのエヴァンジェリンの護衛とアスランへの繋ぎを依頼した。

ザインをはじめ、彼らはなかなかいい働きをしてくれた。おかげで十四歳の頃、ようやくアスランを連れ戻すことに成功した。アスランは放逐されたかたちで留学していた。

辛うじて屋敷はあるが、使用人はおらず、着る物はおろか、食べることすら事欠く生活をしていた。それにもかかわらず、いつかエヴァンジェリンを迎えに行く為に努力をしていて、留学先のキファク公国では男爵位ではあるが、爵位を得ていた。

エヴァンジェリンを大切に思うならば彼は同志である。もちろん血の繋がった実の兄でなければ抹殺対象だが。

アスランを連れ戻し、アッシュとして僕の護衛騎士としてそばにおいた。やはり彼は優秀で――さすがエヴァンジェリンの兄だ――僕の執務に関しても手助けをしてくれていた。鳶が鷹を生む、という言葉があるが、よくあのファウストから、アスランとエヴァンジェリンが生まれたものである。

一度、ファウストが彼女の異母妹を連れてきたことがあったが、ひどい有様だった。

王太子の部屋に許可なく入ってきて、べたべたと抱きつく。エヴァンジェリンに免じてお茶を用意させたがマナーがなってなく、喋り方も立居振る舞いも下品だった。美しくも愛らしくもなく、魔力も低い。よくもまあ恥ずかしげもなく公爵令嬢を名乗れるものだ。

しかし、これはなかなか有益な情報でもある。こんな下品な、愚かな娘をクラン家の使用人たちは是としているだろうか。もちろん答えは否であろう。このためにアスランを手元に置いているのだ。こうして僕はクラン家の使用人と公爵家の影も手に入れた。そうして、ゆっくりとファウストの力を削いでいくようにした。

使用人に見捨てられた主人ほど困ることはない。かの家の執事も家政婦長もメイド頭もアスランの味方だったので、ファウストは気づかぬうちに社交界から居場所を少しずつ奪われていった。気づいた時にはもう手遅れだろう。

さて、ここまで準備が整えばそろそろ彼女を返してもらって良いだろう。グラムハルトに、王妃主催の茶会に出席したエヴァンジェリンを僕のところへエスコートするように命令した。この時までグラムハルトは実に忠実な僕の側近の一人だった——もちろん、表面的には、である。アスランのことも、僕の影の手下のことも一切伝えてなかった。奴は生真面目すぎるので、一悶着起きそうだったし、何よりグラムハルトは母の甥にあたるので、板挟みになるかもしれないと心配したからだった。

しかし、ここで「お前もか！」と言いたくなるようなことをグラムハルトは為出かした。エスコート途中のエヴァンジェリンを階段から突き落としたのだ。その上『傷物にした責任を取る』と言ってエヴァンジェリンの婚約者に納まった。

こいつも処分することに決めたが、今奴を処分すると、母に何か感づかれるかもしれない。表面上はいつも通りに振る舞い、遠ざけるようなことはしなかった。もちろん任せる仕事は精査をしたが。

僕と彼女の婚約が反対されたように、グラムハルトとエヴァンジェリンの婚約も反対する者が多かった。だからそこに付け込んで、何も知らない顔をして邪魔をしていくことにする。

後日、僕は『彼女と連絡をとれるように』と僕の意図通りに動く侍従をベネディィ家の息のかかっていない者として、グラムハルトに紹介した。

ルアードの真似をしてエヴァンジェリンを手に入れたのはいいものの、彼女に対して罪悪感があったのだろう。最初のうちは控えめに、だが次第に高頻度で、エヴァンジェリンに手紙や贈り物を渡すように、グラムハルトは侍従に命じた。

もちろん、その侍従には、手紙や贈り物は決して彼女に渡さないように厳命していたので、グラムハルトが彼女に接触することは一切なかった。手紙は燃やさせ、贈り物は受け取ってもらえなかったと突き返すように命令しており、侍従は実に忠実に従ってくれた。

もし、グラムハルトがアポも取らずに単身で子爵家に向かったなら会えたかもしれないが、なにせ相手は生真面目の化身である。そのような不調法な真似はしないだろうと思っていたが、まさにその通りだった。

そうしてエヴァンジェリンとグラムハルトの距離が近づかないように手を回していたが、そろそろ彼女がデビュタントを迎える時期になってきた。デビュタントを終えると成人とみなされる。接触がないことに焦れていたグラムハルトは彼女がデビュー次第、結婚しようとしている、と侍従から報告があった。

冗談ではない、あくまで彼女を一時的に預けているだけで、グラムハルトが彼女に手を出すことを看過できるはずがない。身の程知らずにも程がある。殺すか、とも思うがエヴァンジェリンにうっかり知られた場合、怖がられるかもしれない。それは絶対に避けたい。

だからと言ってこのまま放置することは絶対にできない。彼女がデビュタントを迎える前に、返してもらわなくてはならない。

エヴァンジェリンが素晴らしい女性なのは分かっていたが、その香りに中てられて身の程知らずが、際限なく湧いてくるのは正直堪え難い。結婚したら、他の誰の目にも映らぬように、部屋に閉じ込めてしまいたい。

王太子は傷物令嬢を取り戻す

さて、彼女の取り返し方だが、とてもシンプルだ。とても心が痛む方法だが、前例がある。新たに彼女に僕が傷をつけて責任を取ると言って婚約すれば良いのだ。

何故愛するエヴァンジェリンにいたらぬ傷を作らねばならないのか……考えるだけで吐き気がする。そもそも彼女の身体に他の男が作った傷があるのも気に食わない。けれども時間があまりないのだ。気は進まないが有益な方法であるのなら実行すべきであろう。

エヴァンジェリンと接触する方法は簡単だ。彼女は王宮の財務課で働く義父のために差し入れを持ってくることがあるらしい。基本、王城は関係者以外立ち入り禁止だが、下級貴族が働く役場に家族が差し入れに来ることは認められている。おそらく差し入れは財務課の忙しい月末だろうとあたりをつけ、偶然の散歩を装って通りがかると、何やら職員が浮かれている様子があった。

「なあ、今日白百合の君が、いらっしゃるんだろう?」

「あぁ、リザム子爵が泊まり込み二日目だからな、きっといつも通り差し入れにお越しになるんじゃないかな」

「可愛いよな、美人なのに鼻にかけてなくてさ。気立ても良いし」

「嫁さんに欲しいよな、差し入れもすごく旨いもんな。白百合の君の手作りなんだろう、あれ」

「正直スタイルもいいしさ、グッとくるよな。けど、あれだろ、ベネディィ侯爵家のご子息が、もうすでに唾つけているんだろ」

「正直子爵令嬢が侯爵家に嫁ぐなんてすごい玉の輿だけどさ、なんかわかるよな。彼女なんていうか、こう、品があると言うか……」

どうやら下級役人どもの間でエヴァンジェリンは『白百合の君』と呼ばれ、人気らしい。漏れ聞こえてきた声にイライラする。声は全部覚えた。僕ですらここ七年以上会えてない彼女を見て、更に僕が食べたことのないエヴァンジェリンの手作りの差し入れを食べているなどと万死に値するのではないだろうか。

しかし、彼女のことを良いな、と思うのは男なら当然のことなので、変な手出しをしていないなら、命まではとるまい。今後の人事異動で地方に飛ばすくらいで許してやろう。

そして、待つことしばし、伴侶の気配が近づいてくるのが分かった。どうやら、ある程度近くに来てくれれば感じ取れるようだ。

こちらを誘うような、まるで貴腐ワインのような甘い香りがした。

そうして現れた彼女は、地上に舞い降りた女神かと言わんばかりの美しさだった。七年のうちに彼女は想像以上に美しくなっていた。

しかも、先ほど役人たちが話していた通り、女性らしい体付きをしている。露出の少ない格好であるにもかかわらず、彼女の胸元は大きく膨らんでいることがわかる。そして、それに反比例して腰は折れそうなほど細い。それなのに淫らな感じはなく、清楚で柔らかい雰囲気は昔のままである。

やばい、これは本当に早く手に入れないと鳶に油揚をさらわれることになってしまう。いやこれほど美しい彼女だ、既に誰かが手を出しているのではないだろうか？　エヴァンジェリンには一応陰から護衛するように何人か人をつけているが、彼らは平民だし、表立って守っているわけではない。権力を盾に迫って来られた場合、守りきれない場合も考えられる。グラムハルトの婚約者ということが防波堤になっているらしいが、それでもあれだけ美しければ手を伸ばしたくなるものではないだろうか……。

彼女に対してよからぬ輩が手を出したとの報告はない。報告はないが、取り戻したらきちんと確認をせねばなるまい。とはいうものの、もし、万一彼女が誰かに手を出されたあとだとしても、エヴァンジェリンを手放す気はない。きちんと全て僕のものになるようにしっかりと上書きをするだけだ。

けれど、もちろん手を出した愚か者は生まれてきたことを後悔するような目に遭わせてやるが。

さて、彼女を取り戻すために動かねばなるまい。彼女の周囲の状況を見るだに早ければ早いほど良い。

彼女に王宮の池の近くの花が綺麗であること、今その場所は開放されていることを、侍女を使って知らせる。思惑通り嬉しそうに王宮の池に近づいてきた彼女を、僕は池に突き落とした。

想定外だったのは、彼女を突き落とす際に力を入れきれなかったせいで思ったより彼女が池の縁に落ちてしまったこと。それにより池の縁にある岩で額を切ってしまい、出血がひどかったことだった。すぐさまアスランが助けに飛び込んだ。

僕も続こうとしたが、近くにいた騎士に止められた。僕が飛び込んで怪我をしようものなら、エヴァンジェリンにも迷惑がかかる、と言われては止まらざるを得ない。きちんと彼女を大事に思う兄(アスラン)がすぐに助けたのでなんとか我慢した。

彼女が思った以上に傷ついたことに少し胸が痛んだが、それでもこれでようやく彼女が僕の下に帰ってくると思うと暗い喜びが溢れた。

僕は早速エヴァンジェリンを傷物にしてしまったことを父に告げ、今度こそ婚約者に迎えることを報告した。母はやはり反対していたが、グラムハルトの例をあげると黙った。抹殺してやろうと思っていたが、役に立ったので、彼女の目に触れない所で生きていくのであれば、褒美として処分せずにいてやっても良いかもしれない。

ルアードの後、すぐ僕が彼女を婚約者として迎えたいと言ってもきっと反対されて、またもや邪魔をされたに違いないのだから。

父も伴侶である母が、彼女に対して良い感情を持っていないせいか、婚約することに難色を示した。しかし、『彼女を婚約者として迎えさせてくれるなら、クラン家とリオネル家の約束を反故にさせる』と約束したら二つ返事で了承してくれた。

元々あの契約の危うさは僕が貴族院に報告していたのだ。指摘されて初めて契約の危うさに気づいた父はなんとかあの契約を無効にすべく動いていたが、うまくいってなかったようだ。

リザム家に婚約の申し込みをしたところ、『池に落ちたせいで寝込んでいる、少し待ってほしい』と返事をされた。いくら取り戻すためとは言え申し訳ないことをしたと思い、暇を見つけては見舞いに行った。

三日ほど返事を待ったが、彼女はまだ寝込んでいるようだった。もう、これ以上は待てない。

それを逆手にとってそこまで酷い状況になったのであればもうグラムハルトには嫁げないから僕が責任を取ると半ば無理やり彼女を婚約者に据えることに成功した。

彼女の熱が下がって体力が回復したひと月後に、エヴァンジェリンと婚約式をすることになった。急なことだったので、内々の小さなものだが、正式なものなので問題ない。

前日は楽しみで仕方がなく、眠れなかった。やっとエヴァンジェリンが僕の下に帰って来るのだ。明日は決して失敗しないようにしなければなるまい。

そうして、早く結婚してしまおう。彼女がデビューしたら、すぐにでも結婚ができるようにしておかなければ、またどこで横やりが入るかわからない。

無能な国王夫妻とクラン公爵家はその後にゆっくりと料理すれば良い。

翌日、婚約式は午後からなのに、彼女は午前から王宮に来てくれた。もしかして彼女も僕に会いたがってくれたのだろうか。そうだとすると、嬉しすぎる。

王宮に彼女が近づいて来ることが分かった僕は自ら迎えに行く。僕が贈ったドレスで着飾って現れた彼女はすごく綺麗だった。自分の語彙力のなさが悔やまれるほど、彼女は美しかった。エスコートさせてほしいと伸ばした手に彼女の手が触れる。

彼女をそのまま抱きしめたい衝動に駆られたが、ぐっと我慢した。まだ、彼女に謝っていないし、リザム子爵夫妻もそばにいる。

彼女をエスコートしたが、心臓がどきどき高鳴ってとてもうるさい。身体の熱も上がっているだろう。僕はきちんと笑えているだろうか、顔が赤くなってないだろうか、彼女の前で格好悪いところは見せたくない。

表情筋をフル稼働させて『理想的な王子様』の微笑みを浮かべていたら、彼女から「話がある」と言われた。

彼女から、僕に！

聞かないはずがない。僕だっていっぱい話したいことがある。リザム子爵夫妻に断り、二人きりになれるところ——王族専用の庭へ、彼女を連れ出した。

王宮の庭には色々な花が咲き乱れており、それに目を輝かす彼女は実に可愛かった。花など生まれてこの方美しいなどと思ったことはなかったが、それはともに見る人が悪かったのだとつくづく思い知らされた。僕は輝かんばかりの笑顔を見せる彼女をつれ、庭の奥へ向かった。

そこで僕は思いがけない彼女の話を聞いた。

なんと彼女は『僕と婚約できない』と言い出したのだ。

まず、僕が彼女を池に突き落としたことについて謝ろうとしたが、彼女は遮るように言葉を続けた。どうやら、王家に頭を下げさせるという事態を避けたいらしい。どこまでも配慮ができる女性である。

その上で『自分は傷物で僕に相応しくない。自分は子爵令嬢にすぎないので国法に反する』と彼女は口にする。

なんて謙虚な女性だろうか。彼女が傷物になったのも、子爵令嬢になったのも、身の程知らずの愚か者が暴走したせいだ。そもそも国法で侯爵令嬢以上でないと嫁げないとあるが、彼女は元々公爵令嬢だし、強い魔力を秘めているから、次代の心配もない。むしろ、彼女が嫁いでこなければ次代は絶対に生まれないだろう。僕はエヴァンジェリン以外を寝室に迎えるつもりはないのだから。

エヴァンジェリンに、僕に嫁ぐことはなんの問題もないことを伝えたが、それでも彼女は辞退したいと繰り返す。どうやら、彼女は公爵家に戻りたくないようだ。それはそうだろう、彼女を預けている手前リザム子爵夫妻を調べたところ、とても善良で有能な貴族であることがわかった。

僕の婚約者になれば、そんな彼らと縁を切り、あの愚劣な公爵家に戻らなければならないと思っているのだろう。だから、彼女の心配を打ち消すために、言葉を続ける。そして最後に最も伝えたかった言葉を添える。

「そうだね、国法としては王家の婚約者は侯爵令嬢以上とある。けれど、先ほども言ったように君に関しては子爵令嬢でも問題ないと陛下からすでに許しを得ているから、安心してほしいな。もちろん他の家に養女に行く必要もないよ。それに、僕は君をこの上なく愛している。君以外を伴侶に迎えるつもりなんてこれっぽっちもないし、君を逃してあげるつもりもないんだよ」

振り返った彼女は少し小首を傾げて、何かを口にするが、ジージーとセミがうるさいせいで、よく聞こえない。僕の告白に対する彼女の答えが聞こえないじゃないか。そもそも僕と彼女の仲を、邪魔しようなんて、と思うとふつふつと怒りが湧いてくる。いや、落ち着け、僕。今ここで蝉を殲滅するのは簡単だが、万一飛び火したらどうする。彼女をこれ以上傷つけるわけにはいかない。それに深窓の御令嬢とは、荒々しいことを嫌うらしい。せっかく手に入れた彼女に怖がられるのは絶対に嫌だ。

この庭の奥には東屋がある。とりあえず彼女をそこに連れて行って意思確認をしてから、行動すべきだろう。

「私は最近とても美しい小鳥を手に入れたんだ。ずっとずっと欲しかった、実に美しい小鳥なんだ。その小鳥の囀りが聞こえなくなるほどうるさい蝉は静かになるように全て焼き殺したくなるくらい、最近では憎らしく思える」

愛らしい僕のエヴァンジェリンの声をかき消す蝉なんて消していいか？　と聞くが、彼女は少し青ざめながら、小鳥の話を続けようとする。

どうやら、僕の小鳥が誰のことかわからないふりをするつもりらしい。どうしてそんなことをするのか分からないけど、怯えているのか、少し震えている様は、実に愛らしい。

そう言えば父も「伴侶は同じ時を過ごせば僕のことを好きになってくれる」とかなんとか言っていた気がする。彼女はまだ僕のことをなんとも思っていないのだろう。少し……いや、すごく残念だ。いらない異性は寄って来るのに、よりによって伴侶に好感を持たれないとは、と思うとがっかりする。

けれど、僕のエヴァンジェリンを横取りしようとした人間のことを愚かと言ってくれたので、ルアードやグラムハルトを好いてはいないようだ。しかも、僕の手元に戻ってきてよかったと続けてくれたので、少しは僕に情があるのかもしれない。

もっと彼女のことを知りたい、僕のことを知ってほしい、たくさん話をしたい。それには、やはり少しはマシになったとはいえ、蝉が邪魔だ。再度確認を取ると、彼女は『無益な殺生を好まない』と言ったので我慢することにする。今後は部屋で邪魔の入らないところで彼女の声を堪能しようと思った。

そして話を元に戻したが、エヴァンジェリンは婚約したくない、と再度繰り返した。

「殿下には想う方がおられると小耳に挟みました。前回、私がうっかり足を踏み外した時に居合わせた殿下が責任を感じておられるのは良く分かりましたが、正直心苦しゅうございます」

そして事もあろうに、僕に「想い人」がいる、などと言い出したのだ。僕の想い人なんて君以外の誰がいるというんだろうか。僕には君以外は必要ない。

確かに僕の肩書や外見などを目的とした、くだらない貴族の子女には「心に決めた相手がいるから」と全てお断りしている。それが彼女の耳に入ったのだろうが、とんでもない誤解をされているようだ。

僕の想い人は誰だと思っているのかと聞くと彼女は知らない、と答えた。まさか僕の想い人は自分ではないと思っているのだろうか？　幼い頃に「君をお嫁さんにする、ずっと守るよ」と言った言葉を忘れてしまっているのだろうか？　僕の好意を受け取る気がないのではなく、僕の気持ちが全く伝わってないのか？　先程愛していると告げたばかりなのだが、信用されてないのだろうか？

しかも、彼女は『池に落ちたのは自分の不注意』と言う。やはり僕に謝らせてもくれないつもりのようだ。本格的に婚約を辞退する気なのだろう。冗談ではない。何度でも繰り返すが、僕は彼女と結婚したいのだ。誰が何を言おうとこれだけは譲る気はない。

この婚約は僕の意思であることを伝えるも、彼女は自分の身体の傷を恥じているようで、頑なに婚約を拒む。たしかに彼女の身体の傷など全て消してしまいたいが、今はまだ、彼女は婚約者ではないので、僕の予算からは治療費が出せない。婚約者になれば出せるだろうが、今の彼女の態度を見るだに、傷が癒えれば「身分差」を理由に僕から離れていきそうだ。彼女の傷を治すのは結婚式当日にすることにしなければなるまい。

さて、どう伝えれば彼女に僕の気持ちは伝わるだろうか、と考えていると、黒い蝶が彼女に向かって飛んできた。その動きはそんなに速いものではなかったが、彼女は蝶を見詰めたまま、避ける気配がない。そう言えば、先程彼女は「虫は苦手」と言っていたではないか。もしかして怖くて動けないのかもしれない。急いで立ち上がって彼女と蝶の間に立ち、その蝶を一刀のもとに切り捨てた。

「いつでもこのように……」

守ってみせるから、僕と共に歩んでほしいと、伝えようとしたところ、今まで頑なに婚約を拒んでいた彼女がいきなり「喜んで婚約いたします」と被せるように了承してくれた。

『守る』という僕の意思にこんなに反応するなんて、何か困っていることがあるのかもしれない。

一応彼女には陰ながら身の回りを守らせているが、不安に思うことが何かあるのだろう。彼女の身に危険が迫っているなら、それに対処するのは僕の役目だ。

何か困っていることがあるから、婚約を了承してくれたのであれば、彼女は僕を頼りにしてくれているということだろう。

「エヴァンジェリン嬢。好きだよ」

君のことが好きなんだ、絶対に守ってみせる、という万感の想いを込めて告白すると、彼女は思い詰めたような顔で首を縦に振った。

何か面倒ごとに巻き込まれていて、それに僕を巻き込んで良いかどうか悩んでいるのかもしれないが任せてほしい。今度こそ、君を守ってみせる。

そのあと、彼女は僕と親交を深めようとしてくれたのだろう、今の自分をどう思うか？　と先程僕が話した比喩表現である小鳥を使って聞いてきてくれた。

「あぁ、ようやく手に入れたけれども、私の望まない囀り方を仕込まれたかもしれないんだ。それは我慢ならないから、調教する必要があるかもしれないんだ」

もし君が王家に相応しくないと思っているなら、きちんと教育係をつけるし――といってもエヴァンジェリンには将来困らないように、僕の予算でこっそり王妃教育と遜色ない家庭教師を子爵家に派遣していた――何より他の男の色がついているなら、僕の色に染め直すつもりだから覚悟してね？

暗にそう告げると彼女は少し身震いをした後に顔を上げて、僕に告げてきた。

『婚約にあたって、足手まといになるようだったら切り捨ててくれて構わない。そしてその時は子爵家に迷惑をかけたくないから、自分一人が消える』

そう告げる彼女は実に美しかった。僕や子爵家の迷惑になるのを、憂いて、決心しての言葉だったのだろう。そんな思いやりの心が詰まった言葉を、先ほどまで頼りなげに震えていたのが嘘のように彼女は言い切った。なんて美しい人なんだろう、と何度目かわからないが、彼女にまた魅了される。

こんなに素晴らしい人が僕の伴侶で、ようやくこの手に返ってくるのだ。なんと幸せなことだろう。しかも、「彼女は僕の意に染まないことをするつもりはない」と言ってくれた。僕に逃げ道を残してくれたのだろうが、そんなものは必要ない。

まだ全面的に信じてくれないのが、切なくて彼女を少しからかってみる。

「わかった。君は私の意になんでも従うということだね？」

「えぇ、私の出来る範囲で有れば、なんでも」

僕の意地悪な問いに彼女は、自分の発言の大胆さに気づいたのか、頬を赤らめながら頷いてくる。すごく可愛いが、恐ろしいことにとても無防備である。こんなこと、ルアードやグラムハルトにも言ってないだろうな。彼女の無防備さに思わずヒヤッとする。

「そう、その言葉忘れないでね。それとエヴァンジェリン嬢、そんな言葉は僕以外に言わないように。でないと……わかっているよね？」

こうして婚約者になったのだから、距離を近づけようと僕は被っていた猫を一枚脱いで、一人称を僕へと変えた。その上で、無防備な婚約者に気をつけるように言うと、彼女は真っ赤な顔で頷いた。本当に可愛い。なんだろう、この可愛い生き物は。婚約式が終わったらすぐにでも僕の部屋に連れて行って僕のものにしてはだめだろうか。

いやいや、彼女との結婚は完璧なものにしなければならないと思い返す。後日彼女が中傷に晒されるのは我慢ならない。しかし、このままだと横から掻っ攫われるかもしれないので、彼女をイヴと呼んで良いか、聞くと彼女は頷いた。これで他の人間を牽制できる。もちろん、彼女を伴侶と呼べるのは僕だけなので、他の人間にはそう呼ばせないように言い聞かせた。エヴァンジェリンの愛称としてイヴと呼ばれるのは珍しいことではないが、他の誰にもそう呼ばせてほしくない。

僕のことも愛称で呼んでほしいとお願いしたが、イヴは謙虚なのか、それとも照れ屋なのかなかなか呼んでくれない。なんとか懇願すると、顔を赤らめながら、「ジェイ様」とよんでくれた。もう、無理。いや、なんで我慢しなきゃいけないんだろうか？　我慢する必要なんてないだろう。

僕は万感の想いを込めて彼女を抱きしめる。すっぽりと僕の腕に収まる彼女にやっと取り戻した、と充足感でいっぱいになる。柔らかくて、良い匂いがする。そして彼女の豊満な胸が僕の身体に当たって落ち着かなくなる。きっと僕の今の顔は見られたものではないと思う。

彼女はどんな表情をしているか、見たくて、彼女の顔を覗き込むと額の左上に新しい傷痕を見つけた。僕のつけた傷だ。正直申し訳なくて早く消したいとも思うが、この傷のおかげで彼女を取り戻せたんだと思うと、愛しくもある。

僕は彼女の前髪をかきあげ傷をよく見る。僕の罪の証し、けれど彼女と僕を繋ぐ絆、愛おしいその傷に僕はキスを落とした。

敬称はいらないよ、と彼女の耳元で囁くと、彼女は小さくふるりと震えた。多分このような男女の接触に慣れてないのだろう、どうやら彼女はまだ無垢のようだ。嬉しくなってついつい彼女に口づけをすると、彼女は真っ赤になったあと、ひう、と言って意識を手放した。

可愛い、本当に可愛い。社交界で寄ってくる貴婦人とやらと違い、どこまでも初心で、清らかな彼女に愛しさが募る。このまま連れて帰りたいと思うが、ぐっと我慢する。意識を失っている間、我慢するんだからいいよな、とばかりに彼女の唇に己のそれを重ねる。柔らかくて、とても甘い。世の中にこんなに気持ちいいことがあるのか、と正直驚くばかりだ。まるで麻薬のように中毒性がある。いつまでも何度でもしていたいが、あまり変な噂がたってもいけないので、観念して彼女を休めるところに連れて行った。

午後からの婚約式までに目覚めてくれるかと思ったが、彼女は気絶したままだった。次の機会にしましょうか、と言う文官の言葉に僕は首を振る。前回はそれで彼女との婚約が流れてしまったのだ。手に入れられる機会は逃すべきではない。

幸い父母があまり良い顔をしていない婚約だったし、急なことだったので出席している人間も限られている。だから僕が一人で婚約式を行っても、彼女の醜聞に繋がることはないだろう。

僕が一人で婚約式を済ませる、と言うと、周りは異例なことだと渋ったが、それを説得して、無事に式を終わらせた。あんなに可愛いイヴを人目に晒さず、僕の婚約者にできたのだから結果的にとても良かったと心の底から思った。

あぁ、早く彼女と結婚したい。そして彼女の全てが早く欲しいものだ。

婚約が無事成立した後に彼女のために用意していたドレスを贈るように手配した。もちろん彼女のサイズや好みは影を使って入手済みだ。遠からず『王妃教育』が始まるだろう。その時にドレスや身なりなどで彼女に恥をかかせたくない。

その他にも毎朝花や小さな小物をプレゼントするように手配した。夜寝る前に彼女のことを思いながら、メッセージカードを書くことは毎日の楽しみとなったことは言うまでもない。

そしてイヴとは最低でも三日に一度は親睦目的でお茶会をすることにした。彼女と親しくなるのが一番の目的だが、彼女は何かの危険を感じているようなので、それを告白してもらうつもりでもある。

王太子は傷物令嬢を守りたい

ある日いきなり、イヴが僕にお願いをしてきた。なんでも言ってほしい、どんなことでも叶えてみせると気負ったが、彼女の願いは「木の絵を描いてほしい」だった。

何のために、どのような絵を書けばいいのか、彼女の意図がわかりかねる。その辺にある木を描けばいいのだろうか？　いや、まさか彼女がそんな意味のないことを言うはずはない。だとしたら、何を期待されているのだろうか？

そこまで考えてピンときた。彼女が僕に助けを求めているのだとしたら、ここ最近で何か事件があったか否かを知りたいのかもしれない。恐らく、それに木が関係するのだろう。

ここ最近で木が関係している事件といったら、何者かが王家の直轄地の竜木――直轄地にしか生えない貴重な木で、金色に近い黄色をしているので、竜の名前がついている――を密かに伐採し、密輸している件だ。そういえば、あの場所から港に行くまでの間にリザム邸がある。

あの件なら、僕も昨日視察に行ったから木の特徴などよく覚えている。そう思って切り倒された後、見回りが来たせいで放置された竜木の絵を描いてみた。きちんと竜木の特徴を捉えて描いた。描きながら、そういえば彼女は小動物が好きだと言っていたな、と思ったので、周りにリスや小鳥の絵も描いた。

できた絵を彼女に見せると、彼女は真っ青になって言葉を失った。やはり、この件か！

彼女は何某かを目撃してしまったのだろう。影からは何も報告がなかったが、聡い彼女だけが気づいてしまったことがあるに違いない。何か考えるように俯いた彼女に思考の助けになれば、と絵を渡しておいた。イヴは震えながらも、受け取ってくれた。

そして次の逢瀬からイヴはぽつりぽつりと身の危険を僕に知らせ出した。

「仮定の話ですが、バルコニーに出た時に犯罪の現場を見たとします。その時、犯人と目が合ってしまいました。その後犯人はジェイ様を指さし、一定の動きをしていたとします。……何をしていたと思いますか？」

なんと、彼女は密輸を行っている場に居合せて、しかも犯人と目が合ってしまったらしい。仮定の話などと言って誤魔化しているが大体においてそのような場合は自分のことを話しているものだ。それならば犯人は近いうちにイヴに接触してくるだろう。しかも相手にイヴの居場所も特定されている。きちんと守らねばなるまい。それに相手を捕まえないことには、彼女も気が休まらないだろう。

「そんな行動を取られたということは、君がいる階を数えていた可能性があるね。君はそんな現場を見たのかい？　それはいつ頃？　君の部屋は何階なの？」

僕の言葉に彼女は顔色を悪くさせ、再度仮定の話だと答えるが、彼女の顔色を見ればすぐにわかる。仮定のはずがない。きっと彼女は誰かを庇っているのだ。誰が彼女をこんなに苦しめるのか、見つけ次第罰を与えねばなるまい。

それと、ひとつ気になることがあった。彼女は僕をよく『殿下』と呼ぶのだ。ジェイと呼んでほしい、尊称も不要と言っているにもかかわらず、彼女はすぐに僕のことを『殿下』と呼ぶ。正直不満である。イヴは僕の伴侶なんだから、きちんと僕を僕として認識して呼んでほしい。

殿下と呼ばれると他人行儀な気がするので、今度からそう呼ばれる度に彼女に物理的に近づこうと思った。だから、イヴにこう告げる。

「次からは呼び方を間違えるたびにお仕置きをすることにしようか」

イヴは微笑みながら、頑張りますと返答した。うん、すごく可愛い。殿下と呼ばれるのは寂しいけれど、いっぱい失敗してくれても構わないかもしれない。

また次のお茶会でイヴが問う。

「ジェイ様、仮定の話ですが……。部屋でそばに騎士がおらず、リラックスした状態で、横になっていたため、手元に武器がない状況で不埒者が侵入してきそうな場合、どこにお隠れになりますか？」

僕の部屋に騎士がいない状態はまずない。この国の王子は僕だけなので、非常に大事にされているからだ。ふむ、その上で騎士がいない状況になり、しかも僕がリラックスしているとなれば、間違いなくイヴが僕の部屋にいる時だけだ。

イヴが部屋にいるなら、思い切り可愛がりたいし、可愛いイヴを僕以外の誰にも見せる気はないから、騎士たちには『少し離れた場所で待機しろ』と言うだろう。

では質問の意図はこうだ。僕と彼女が二人きりで仲良くしている時に、慮外者が部屋に入ってきそうだ。どうするか。

彼女は僕の後ろにいてもらって——世の中で一番安全な場所だ——僕は入ってきた人間を制圧する。制圧するなら、死角から攻撃するのが一番だ。それはどこか？　開けてすぐ扉の後ろを見るものはまずいない。だから、答えはこうだ。

「うーん、そうだね。扉の後ろとか先制攻撃が仕掛けられるところかな？」

「では、あの。在室されていられる時に、ノックされて扉をジェイ様自ら開いた時に手に刃物を持っている男がいた場合、どうなさいますか？」

彼女が問いを重ねる。同じ質問ではないだろうかと思ったが、今度は隠れる暇がない場合の状況についての質問だろう。

部屋に誰も護衛や侍従がいないなら、絶対にそこにはイヴがいる。ならば守らないと言う選択肢はない。

「刃物を奪い取って相手を制圧するよ。大丈夫、こう見えて格闘は得意なんだ」

そう告げるとイヴの顔色はまたもや悪くなった。やはり危険が迫っているらしい。僕が守ると言っているのに、身分が釣り合わないなどと言って僕を尊重しすぎる嫌いのあるイヴだ。僕を巻き込んではいけないと思っているのだろうか？

しかし、この設問は守ってほしいというよりも、僕が危険な立場に立った時にどう動くかを考えさせているような気もする。つまり、僕にも危険が迫っているという警告なのか……。

何かを知っている、そして狙われている、ならば全て話してほしいとは思うが、問い詰めて彼女の負担になるのも怖い。ゆっくりと彼女を待とう。ただし、護衛の数は今の倍にすることに決めた。

護衛を倍にし、彼女の行動を調べさせたら、彼女は毎日一定の時間にベランダに出て外を眺める習慣があることがわかった。そのあたりの時間に周りを警戒させると、案の定、密輸犯と遭遇し、捕縛に成功した。イヴをあそこまで怖がらせて、しかも居場所まで特定していたなど度し難い。

もう二度とイヴに怖い思いをさせるつもりはないので、絶対に牢から生きて出すつもりはない。生まれてきたことを後悔させてやる、と思いながら、尋問をしたところ密輸の黒幕はなんと母、ひいてはルーク家だった。

イヴはここまで知っていたのだろうか？　いや、知っていたに違いない。だから、僕にはっきりと言えなかったのだ。彼女は恐怖に怯えながらも僕の心を守ってくれていたのだ！　しかも、僕に危険が及ぶ可能性も考えて忠告までしてくれていた。なんて心優しく思慮深い女性だろう、ますます彼女が愛おしくなった。

また次の逢瀬でおずおずと彼女は問う。

「ジェイ様、仮定の話ですが、執務室に盗聴魔法が仕掛けられたとします。その場合犯人は誰だと思いますか？」

僕の執務室に盗聴魔法を仕掛けることができるのは僕が周りに置いている人間だけだ。一番怪しいのは、グラムハルトだろう。僕にイヴを取り戻されて悔しい思いをしているだろうし、何より、奴は母の派閥に所属している。

この質問は救援依頼に見せかけた僕への警告かもしれないとそこまで考えた時に、僕の唯一の弱点である彼女に対しても、同じことをされている可能性があることに気づく。

「もちろん、僕の側近達かな？　イヴ、君の部屋やプライベートルームに何か仕掛けられたの？」

彼女にやんわりと聞くとやはり彼女は『仮定の話』と返した。彼女の仮定の話は、『表立って言えない告発』のことばかりであった。早急に彼女の家と僕の執務室をチェックさせたところ、やはり盗聴魔法が仕掛けられていた。

魔法にはその人間の特質のようなものが残る。

僕の執務室に付けられたものは、母の手の者のようだった。僕の執務室については気づかなかったふりでそのままにしておく。いずれ偽物の情報を流してやろう。

彼女の家にも見に行ったところ、盗聴魔法が二つ仕掛けられていた。ひとつは母の手のものだったが、もうひとつについては覚えがない人間のものだった。仕掛けた相手は捜すにしても、彼女の家の盗聴魔法をそのままにできない。しかし、この邸は子爵家としては普通だが、僕から見ると盗聴し放題だ。一度外してもまたつけられる可能性が高い。

それに彼女が怖い思いをした邸に留まり続けるのもどうかと思ったので、すぐに盗聴対策をした、城の近くの邸をひとつ購入し、リザム子爵家へ下賜した。もちろん護衛もきちんと雇って渡したことは言うまでもない。これでイヴも少しは安心できるだろうか。

また、別の日に質問される。彼女の問いは表立ってできない告発だから、注意して聞かなければならない。少し緊張する。

「ジェイ様、不敬かもしれませんが、仮定の話をしてもよろしいでしょうか。一緒に食事をする相手に毒を盛って処分しなければなりません。食事はいつものように、前菜からデザートまで順番に運ばれてきます。どのメニューに毒を盛りますか？」

「すべての料理に少量ずつ盛るかな。それも出来るだけ毎日」

僕ならば、一口で死ぬ毒ではなく降り積もったら死ぬものを少量に分けて与える。なぜなら毒を飲まされた場合、王宮に住む治癒術師にすぐに治療してもらえるからだ。それならば少しずつ体力を削っていき、バレないように身体が衰える、病のようにみせた方が確実だろう。

長じてからはハルトの世話になったことが無いので会ったことはないが、王宮神殿には凄腕の治癒術師がいるそうだ。噂の治癒術師は病の治療こそできないが、魔力も高く、解毒に関しては右に出るものが居ないほどの凄腕らしい。

治癒術師は、傷は治せても病の治癒は難しいらしくよほど腕の良いものしかできないと言われている。以前は病の治癒ができる治癒術師がいたのだが、もう何年も前に彼女は王宮神殿から姿を消している。

だから、現在の王宮ならば、毒ではなく、病で生命を落としたように見せかけたほうが成功率が高い。

それに王家の食事には毒味がつく。強い毒なら一発で死ぬが、弱い毒物なら気づかれるリスクも減る。

もしかしたら、僕に毒殺の計画があるのかもしれない。そう思って調べさせたら、僕付きのメイドが毒薬を所持していた。彼女は母の手の者で「殿下に飲ませるつもりはなかった」と泣いたが信じられるはずもない。しかも僕に使うつもりじゃなかったのなら、誰に使うつもりだったんだ！

考えられるのはイヴである。僕に使うよりも許せない。いずれ母を引き摺り下ろすために使う必要があるので、誰にも知られない場所に収監することにした。

「あの、最後の質問です。目の前に殿下ご自身の手で誅しなければならない相手がおり、目の前で崖から落ちそうになっています。相手は棒のような物に掴まっています。崖から落とすためにどうしますか？」

「そうだね、いつまで耐えられるか見ているのも楽しいけど、一本ずつ指を離していくのも面白いかもね？」

最後の質問は、今後母についてどうするか、というものだった。僕がサラを受け入れず、イヴを望んだため、僕と母の間は拗れてしまっている。袂を分かったと言ってもいいだろう。

そもそも現国王夫妻は暗愚な君主なので遠からず排除しなければならなかっただろう。国王は伴侶の言いなりであり、その伴侶は自分が贅沢をする金を捻出するために竜木を密輸している。

竜木はきらきら光る、美しい木というだけではない。あの木は麻薬よりも恐ろしい薬を生み出す。その薬を世に出さぬようにする為に、王家が管理しているのだ。母とて腐っても王妃なので、あの木の危険性は習っただろうに……。下手すると王妃と雖も、徒では済まない。

もし、金に困っているのであれば適切な品の輸出を王妃主導で事業として行えばよかったものを……。

母も父に嫌われたくないのか、もしくは一族にもっと金を落としたいのかは分からないが、父に黙って密輸に手を染めているのだから、救いようがない。

こちらは密輸の証拠も毒殺しようとした証拠もそろえている。正直に言って母の破滅は免れない状況だ。もちろんその時は父も一緒に落ちていってもらわなければなるまい。

どこまで持つか笑いながら見ていてもいいが、あまり時間をかけるとイヴが危険な目に遭う可能性も高くなる。一息に力を奪うのは今の僕には難しいので少しずつ少しずつ力を削っていこう。

彼らが頼りにしている重臣が少しずついなくなれば、どうなるだろう。それを考えたら楽しい気分になれた。

そして、その質問の際に、イヴは僕のことを『殿下』と呼んだ。いまだに僕のことをジェイと呼んでくれないのが残念である。おそらく距離がまだあるのだろう。

つまり、ジェイと呼んでもらうためには、今以上に親しくならないといけない。今以上に親しく、というのであれば、後は身体的接触だろう。いや、下心はない……とはいえなくもないというか、ないはずはない。

お仕置きが必要みたいだね？　と笑うと、彼女はひぃ！　と小さく声を上げる。その声も少し怯えている顔も、すごく可愛い。大丈夫、痛いことはしないとばかりににっこり微笑むとイヴは恐る恐る近づいてきた。

そのまま、彼女を膝の上に乗せて、彼女の唇に俺の唇を重ねる。慣れていないのか、がちがちである。彼女が男なれしていないことに安心しつつも、ただのマウストゥマウスではもう我慢できない自分がいた。

「イヴ、口を開けて。ぎゅっと閉じてはダメだよ」

そう言って彼女を覗き込むと涙目で「許してほしい」と彼女は請うてくる。逆効果だと教えてあげたい。赤い顔をして涙目で上目遣いにお願いなんて止まることができるはずがない。

重ねて口を開けるようにお願いすると、彼女はそっとその唇を開いた。この機を逃してはならないと、すぐ様彼女の唇を僕のそれで塞ぐ。

そして逃げようとする彼女の後頭部を押さえ、彼女の口内に僕の舌を入れて、彼女の舌に絡ませたり、歯列を舐めたりしていると、彼女の口から艶かしい吐息が溢れ出した。

「ん、あ。はぁ」

熱の籠った声に彼女の様子をそっと窺うと、顔を真っ赤に染めながら、僕を受け入れてくれていた。可愛くて仕方がない。しかも、そのうちに、小さくしか開いてなかった口が僕を受け入れるようにおずおずと開かれた。

彼女が僕を自ら受け入れてくれたのは初めてで、とても嬉しい。彼女の口内も吐息もとても甘く、癖になりそうだ。彼女はキスをしながら息をすることは出来なさそうだ、と判断して、ギリギリになったら口を離し、そしてまた塞ぐ、という行為を繰り返す。

唇を離したら、彼女は蕩けきった瞳でこちらを見るが、僕が唇を彼女に寄せるとそっと瞳を閉じてくれる。僕のことを受け入れてくれている、心を許してくれた、と思うと嬉しくて仕方なく、ついついキスにも力がこもる。

次第に彼女の身体から力が抜けていき、僕にしなだれかかってきた。彼女のいい匂いがする。柔らかい肢体が、僕の体に密着するかたちになり、彼女の豊満な胸が押し付けられる。これは持ち帰ってもいいんじゃないか？　というかここで止まれる男っているのか？

このまま彼女の理性を溶かして、何としても部屋に連れ込む！　と息巻いていたところにすこーんと後頭部に石が当たる。

ちらりと後ろを見ると、アスランがこちらに向かっていい笑顔で微笑んでいた。アスランは口パクで、「結婚するまで我慢できないような無責任な男に妹はやらん」と伝えてくる。

くっそ、アスランをこちらの陣営に引き入れた時に「邪魔するな」という制約を付けておけばよかった！　と思うものの、将来彼は僕の側近になるし、イヴの兄だ。今は引いておくのが正解だろう。

名残惜しいが、彼女の唇を解放して、イヴと呼びかけるが返答がない。どうやら気絶してしまったようだ。免疫がないにもほどがあるが、でも安心した。どうやら他の男の手垢など一切ついていないようだ。一から僕好みに教え込むことができるなんて最高である。

アスランに文句を言われながらも、イヴを子爵家へ送ったが、翌日から彼女は熱を出し寝込んでしまったらしい。

熱を出したイヴの見舞いに行かない選択肢などなく、彼女を訪ねたら、イヴの自室に通された。僕が手配して渡した邸だが、こうしてイヴが住むと全く印象が違う。まぁ、人が住む前と住んだ後では違うことは当然なのだが。部屋に一歩足を踏み入れるだけで、彼女の良い匂いがする。

「やりすぎたかな？　ごめんね」

率直に謝ると彼女はその頬を薔薇色に染めた。ここは寝室で、彼女はベッドの上。しかも、先日僕を受け入れてくれている！

使用人たちやアスランがいなければそのまま押し倒したいくらいのシチュエーションだ。

「いいえ、不慣れな私が悪いのです。私ではジェイ様のお相手としては力不足かもしれません。あの、もし物足りないということでしたらこん……」

イヴが何やら謝罪を始めたが、そんなものは不要である。しかし、受け入れてくれたはずなのにまだ婚約解消を狙っているようで、こちらをちらちら見ながら言葉を続けようとする。

婚約解消、などと言わせてたまるか、とにっこり笑って彼女の言葉を僕の言葉で上書きする。

「今回を機に練習をたくさんしてくれるの？」

僕のなんとしても婚約を解消しないと言う強い意思を理解したのか、イヴはその後の言葉を続けなかった。正しい判断だと思う。キスについては善処すると言っていたので、今後も遠慮することはなさそうだ。さすがに熱を出して寝込むならば今後は控えないといけないかな、と思っていたし、アスランにも睨まれていたので我慢する気だったが、彼女がいいと言うなら、誰からも文句が出るまい。

そう思ってちらりとアスランを見ると、彼は深々とため息をついていた。妹の危機感の無さに困っているのだろう。可愛い妹を持つと大変だな、と同情はするが、だからといって僕が遠慮する気はこれっぽっちもない。

そんなふうに思っていたら、彼女からお願いがある、と切り出された。彼女の願いなら、婚約解消以外であればなんでも聞くつもりだ。遠慮せず言ってほしい。

「私の身体には醜い傷痕が額の他に、右手の甲と太股にございます。殿下と成婚時には治してくださると伺いましたが……。お願いです。傷が治るまで私の身体の醜い傷痕を見ないでほしいのです」

心が痛んだ。彼女自身が悪いわけではないのに、心ない人間から『傷物令嬢』や『自分の身体を使って成り上がっている』などなど陰口を叩かれていたのは知っている。

もちろん、そう噂していた人間にはきちんと意趣返しをしていたが、国を運営するにあたって、そんな小さな話で——もちろん僕にとっては、小さいことではない。彼女を馬鹿にしようとするなど、許せることではないが——重い罰を与えることはできない。それに、僕がその全てに気づいていたとも思えない。

彼女はずっとそんな中傷を聞かされ続けていたのだろう。だから自分を恥じていて、僕に見られたくない、と言うのだ。

今すぐにでも彼女の傷を治したいと思ったが、彼女は未だに婚約解消を言い出そうとしていた。あの傷がなければ彼女は僕の下を去っていくのではないだろうか、と思うとなかなかその決心はつかない。

彼女を逃す気はないし、逃げ出したら地の果てまででも追いかけて行って捕まえるつもりではある。けれどだからと言って彼女に婚約解消を言い出されて傷つかないわけではないのだ。いくら僕といえども、やはり悲しい。

「わかった、約束する」

僕に言えたのは、その一言だけだった。

ほどなくして彼女の熱は引き、また王宮へ日参してくれるようになった。お茶会は僕の仕事の都合もあって三日に一度ほどしかできないが、遠目からでも彼女を見られるのは嬉しいことだった。密輸の件もほぼ片付き、僕への心配も無くなったのか、彼女は『表立って言えない忠告』をすることがなくなってきていた。

「最近は何も心配することはない？　少しは事態も落ち着いたかな？」

念のために問うと彼女はにっこり微笑んで問題ないと答えてくれた。母の出方を探るために王妃教育についても質問したが、それについても問題ないとの答えが返ってきた。

もともと八歳まで受けていた王妃教育でも『出来が良い、素晴らしい』と言われていたイヴだ。さらに子爵家には僕自身が厳選した、王妃教育ができる家庭教師を派遣していたので、心配はあまりしていなかった。

それを証明するように、イヴはそこいらの貴族よりよほど立居振る舞いは美しいし、教養もある。気づいていないのは本人ばかりだろう。あぁ、あときちんと物を見ようとしない周りの馬鹿共もそうか。

母は彼女の優秀さに気づいているが、あまり褒めたくないのでどこかしら粗を見つけて文句を言ってやろうとしているようだが、王妃教育には、母以外の教育係が何人か付いている。

実は母は王太后の姪というのに王妃教育があまり上手くいかなかった。今でもあれはダメだろう、と思われることが多々あるので、母に任せきりにできなかったそうだ。その教育係たちが問題ないと言っていることに口を挟むことはできず、ただただ悔しがっているらしい。

彼女の身に危険が迫ってないことや困っていることがないことに、安心したが、その後に気づいてしまった。『表立って言えない忠告』がないと僕らの間にはあまり共通の話題がないことを。

彼女はその辺の令嬢のように誰かの悪口を言うことも、僕にお世辞を言って擦り寄ることも、何か物をねだることもなく、いつも静かにお茶を飲んでいる。

彼女が相手の時は、沈黙が苦痛にならない。一緒にお茶を飲んでいるだけでも幸せだが、彼女の小鳥が囀るような愛らしい声が聞けないのは少し残念でもある。それに気づいてくれたのか、彼女は僕に対して歩み寄りの姿勢を見せてくれた。

「殿下はお暇な時は何をされてらっしゃいますか？　ご趣味などはございますか？」

彼女が僕に興味を持ってくれた。実に嬉しいことである。今一番興味があって時間を割いているのはイヴのことを知るために報告書を読むことだが、流石にそれを言うと彼女も引いてしまうだろう。少しぼやかして口にする。

「そうだね、あまり自由になる時間は少ないけど、時間が空いたら活字を読むことが多いかな。最近、一番楽しい時間はこの時間なんだけどね」

「活字を読む……読書ですか！　とても素敵ですね。私も本を読むのは大好きです。殿下のお薦めの本があったら教えていただけますか」

イヴは自分も僕と同じ趣味を持っている、と教えてくれ、さらに同じ本も読んでみると言ってくれた。可愛い上に気遣いもできるなんて本当に僕の伴侶は最高である。

しかし、本は高価だしなかなか手に入らない物なので、城の図書室に入れるように取り計らう旨を告げると、彼女はとても喜んでくれた。

けれども、困ったことにイヴはすぐに僕のことを殿下と呼ぶのだ。どうやらイヴは結構なうっかりさんのようだ。もちろん心の距離を近づけねばなるまい。

「こっちに来てくれるよね？」

僕が微笑むと彼女は頬を薔薇色に染めながらこちらに来てくれた。何度かお仕置きと称して彼女の唇を味わっているが、ここ最近彼女の態度が以前より軟化してきていた。

どうやら、僕とのキスは彼女にとっても好ましい物になってきたようなのだ。これからはお仕置きとかいう建前がなくてもしてもいいのではないかと思っている。

彼女をいつも通り膝の上に乗せて、唇を寄せると、彼女はそっと瞳を閉じてくれる。ここ最近は頼まずとも、僕を受け入れるために唇を開けてくれている。

可愛い、可愛い、可愛い。その言葉しか考えられなくなってキスをしていると、彼女もそれに応えてくれる。

彼女の柔らかな肢体が僕に預けられたので、ついつい我慢できずに彼女の豊満な胸に手を伸ばしてしまう。服の上からでも柔らかく、僕の手で形を変えるそれは僕を夢中にさせた。

こんなことをしたのは初めてだからか、彼女はびっくりして僕の膝の上から逃げようとしたが、逃すはずがない。左手で彼女の腰をしっかりとホールドし、逃げられないようにした後、さらに深く彼女の口内に侵入すると、彼女の身体から再度力が抜け始めた。

「あ、いゃ。ダメ……です……、あ、ジェイ様……」

彼女の唇からは拒絶の言葉が出ているが、正直これは男を煽る効果しかない。このまま彼女を手に入れたいが、彼女の願いがあった。それは『傷を見られたくないから、治るまでは身体を見ないで』だ。

約束は必ず守るつもりだ！　守りたいと思っている。守れるんじゃないかな……、でもこれは……。

イヴの可愛さに流されそうになる僕に向かって熱に浮かされたようにイヴが口を開く。

「ジェイ様、す……」

「はい、殿下。そこまでにしておきましょうか」

彼女の声を遮ったのはもちろんアスランだ。せっかくいいところだったのに！　彼女の次の言葉はなんだったんだろうか、『好き』だったのなら、彼女から初めてしてもらえる告白だったのだ！

僕はその不満をそのまま口にする。

「アッシュ、良いとこだったのによくも邪魔をしてくれたな。他の者だって皆見て見ぬふりをしてくれていたものを！」

「そこまでにしとかないと止まらないでしょうが。王族の婚姻には純潔性が尊ばれることを知らない貴方でもないでしょう。ただでさえ微妙なお立場のエヴァンジェリン様をご自身の手で更に追い込まなくても宜しいでしょうに」

アスランの言葉は尤もだ。けれども納得のできない部分が多すぎる。せめて彼女がなんと言ったかくらい聞かせてほしかった。

イヴは僕から離れようとしていたが、身体に力が入らないようだった。可愛いなぁと心の底から思っていると、つかつかとアスランが寄ってきてイヴを抱き上げた。

「送って参ります。殿下はそこで待機」

アスランはそう言ってイヴを連れ出した。最近どうにも邪魔になって来たなとは思うが、アスランはアスランで気に入っている。まあ、今くらいならば我慢しよう。

彼女を送って帰ってきたアスランはご立腹だった。可愛い妹に無体なことをする輩は頭にくるのだろう、理解はできる。けれどもそんな可愛い婚約者に手を出すなというのは無理があると思うのだ。

「で、ジェイド。何か言いたいことは？　いつも言ってってっけどな、あんまりやり過ぎるなら、イヴとの結婚は認めねぇからな」

二人きりの時には敬語は不要、とアスランには言っている。もともと幼少時からアスランとは交流があり、面倒見のいい彼は僕にとっても兄のような存在なのだ。

「悪かったよ。でもあれ以上はする気はなかったよ。イヴとの約束もあったし」

「あんなぁ、あれ以上はする気もないも何も、そもそもエヴァは未成年で、しかもお前との婚約だって、納得してなさそうだろうが！」

異国にほぼ放置でほったらかしにされていた公爵令息はとても口が悪い。もちろん必要な場では、きちんとした言葉遣いができるが、プライベートになると、どこの下町の兄ちゃんだと言いたくなる。

「じゃあ、グラムハルトと婚約した方がいいと思うか？　正直言ってルーク公爵家はかなり腐れているぞ。まぁ、今のお前の家も大概だけどな」

「あんな、確かにエヴァには、幸せになってほしい。やり方はどうかと思ったけど、お前がエヴァのことを大切に思ってくれているのはわかってはいる。でもな、エヴァをベネディィのとこに嫁がせるか否かと、お前が手を出すか出さないかを同列に語るのは違うだろうが。ルーク家の一族であるベネディィ家の嫡男のとこに嫁がせないって思っているのはわかる。俺もその気はない。で、お前がエヴァに惚れているから、欲しいってのも理解している。じゃ、大人しく結婚式まで待て？　エヴァに変な手出しはすんなよ」

「お前は鬼か、アスラン。あんなに可愛いイヴを前にして何もしないなんてできるはずがないだろう。だってあんなに可愛いんだぞ？」

「本当に好きなら我慢しろ、せめてキス止まりにしろ。それ以上は認めん」

「お前は好きな子ができたことないからわからないんだよ、アスラン」

「じゃあ、お前は可愛い妹がいないからわからねぇんだな、ジェイド。考えてみろ、あんな妹がいたらお前は、お前みたいな婚約者を許すか？」

アスランの言葉に少し考えてみると、答えはひとつしかなかった。

「焼却処分にするな」

わかっているなら、弁えろ、とそう言って未来の兄は僕の頭をぽかりとやった。僕にこういう態度を取れるのは、もうアスランくらいのものである。

「ところでお前、サラとはどうなってんだ？」

「サラ？　うぅん、今ひとつあいつの立ち位置がわからないんだよね。母とメラニーはサラを僕の婚約者にしたがっているみたいだけど、あいつ自身は何も言わないから。もちろん僕はイヴ以外と結婚する気なんてないけど、万が一、いや、億が一、母の思惑通りサラと結婚したとしても、子供はできないだろうし、うちの国は王家でも一夫一妻制だからね。最終的には離縁するしかなくなると思うんだ。多分サラもそれは理解しているはずだと思うけどね？」

「つまり、サラもこちらの陣営に引き込めるってことか？」

「いやー、だってサラだからね？　正直あいつは敵に回したくないけど、味方にもしたくない。何をしでかすか全く想像がつかないからな」

「確かに、一番の敵は足を引っ張る味方って言うもんなぁ……」

サラの本性を知る僕とアスランはため息をついた。彼女のことは様子を見るしかないだろう。

王太子とヒロイン

「やほー」

そんなことをアスランと話した翌日サラが満面の笑顔で現れた。こいつのこんなところが嫌なんだ。

「あのさ、ジェイドに聞きたいことがあってきたんだけどね。あ、あとアスラン久しぶり」

サラの襲撃はいつも突然である。彼女は僕の後ろに控えているアスランを見てすぐに彼が誰だかわかったらしい。だから、ただのバカと侮れない。

最近王宮の噂ではサラは『僕をイヴに取られた悲劇の女性』らしいが、このあっけらかんとした様子や、急に爆弾発言をぶち込んでくる彼女のどこが悲劇のヒロインなのか。悪女の間違いであろう。サラはアスランが誰なのかをわかった上で話したいと言っているのだ。

「サラ、紹介してなかったかな？　アッシュだ。ロンデール侯爵家の遠縁の……」

「あぁ、うん、大丈夫、大丈夫。知っているから。今日はその話もあって来たんだけどね」

そう言ってちらりと目線を、廊下から離れた、樹木や茂みがない中庭の中央へ向ける。誰かに見られるのはかまわないが、誰かの耳に入ることを避けたい話がしたいようである。

出来るだけ関わり合いになりたくないが、虎穴に入らずんば虎子を得ず、だ。アスランと顔を見合わせ、互いに頷いて、サラについて行った。

誰も聞いてないことを確認した上で頷くとサラは前置きもなく聞いて来た。

「ねぇ、ジェイド、あんた私と結婚する気あるの？」

「ないな！」

きっぱり言い切った僕に彼女はけたけたと笑った。

「だよね、私もないわ。正直、六歳の時に一目惚れしたエヴァちゃんに執着して付き纏っているようなストーカー気質の男とか、私もほんっっと、無理」

「言い方が雑すぎるだろう！　もっとなんか言い方がないか？　一途とかなんとか」

「いや、だってエヴァちゃんには新しい婚約者いるのに構わず、ずーっとずーっと十年以上好きで？　しかも婚約者と仲良くならないように手まで回していたじゃない。重い！　それに正直キモい。結婚しろとか言われたら死ねるわ」

けたけたと笑いながら言葉を続けるサラ。正直に言ってお前にそこまで言われる筋合は無いと思うが、一言い返すと十になって返ってくる女なので黙る。僕だってお前と結婚しろとか言われたら死にたくなるわ。いや、イヴがいるから死なないけど。

「それで、サラ。ジェイドを馬鹿にするのは正直胸がすくからもっとやれ、と言いたいところだけど、俺とジェイドに用があって来たんだろう？」

「あぁ、それよ、アスラン。母さんとね、王妃様が私をジェイドの妃にしたいみたいだけど絶対にないよね？　私のタイプはジェイドと全く違うし、王妃とか絶対になりたくないし、ジェイドキモいし。それで、手を組まないかを聞きに来たの」

興味を惹かれて詳しく聞いてみたが、サラの作戦はシンプルだった。

「私が、嫌われる令嬢になればいいのよ！　ジェイドに媚びうって、グラムハルトとも仲良くして、あと、なんか顔が良さそうで、地位の高そうな人にも近づく！」

「いや、無理があるんじゃないか、それ。サラの魅力に引っかかるやつなんているのかな？」

「ちょっと言い方！　そりゃあね、ジェイドはアスランやエヴァちゃんの顔とか見慣れているからわかんないだろうけどこう見えて私美少女の類に入るのよ」

「いや、顔じゃなくて行動の方だろ？」

「だから、その行動を悪くするのよ」

「「これ以上……??」」

僕とアスランの声が重なったのは当然のことだと思う。

「もう、ふたりして！　良い？　女は本当に自分が敵わない完璧な女の子がもてるより、自分よりちょっと下ぐらいなのに、可愛い子ぶるせいでもてる女の方が嫌いなのよ」

「へぇ？」

「それに私は最近王妃様のお気に入り。うまく取り入りたいと思う人間だってたくさんいると思うのよ」

「「なるほど」」

「どこまでも私の魅力について懐疑的なのはわかったわ。じゃあ、あともうひとつ。私を味方にしたら、向こうの情報を流してあげる」

「正直、お互いに利益しかない契約だと思うけど相手がサラなのが引っかかるところなんだよな。サラが絡むといつも物事はうまくいかない」

僕が思案しながらそう言うとサラはプリプリと怒り出した。

「それ、口に出していい言葉じゃないわよね？　で、手を組むの？　組まないの？　組まないなら、私は勝手に動くからね！」

サラの言葉にアスランと顔を見合わせる。いつもサラが絡むと物事は想像の斜め上に向かうが、彼女が一人で動くともっと悪い事態に陥る。

「わかった、手を組もう。サラ」

「じゃあ、まず協力してね。今私は王宮内で『お可哀想なサラ様』なのよ。だから、『婚約者がいるにもかかわらず、王太子様に引っ付いているサラ様』になったら、周りはどう思うかしらね？」

サラはにんまりと悪魔のように笑った。そう言えば彼女は同情されるのが嫌いだったな、とぼんやりと思う。まぁ、味方にするのも怖いが敵に回すと厄介なので、とりあえずサラの作戦に乗ることにしよう。

サラは僕の右腕に両手を絡めるようにして抱きついて来た。これがイヴなら大喜びなのに、と思いつつ、感触の違いに首を傾げたくなる。

「ちょっと、胸がないとか言ったら殺すわよ？」

あ、やっぱり気づかれていた。サラの射殺さんばかりの視線に左手を上げて降参の意を示す。ぶつぶつ文句を言っているが、今回は流してくれるようだ。

「明日はアスランにひっついておくつもりだから宜しくね。あとアスラン、今日中に顔が良くて地位はあるのに、頭が弱いバカを選別しておいてくれる？」

それから、サラと人目につくように一緒にいることが多くなった。確かにサラの言う通り、『お可哀想』と言う言葉より『ふしだらな』という目線で見てくる人間が増えて来たように見える。珍しくサラの作戦にしてはいい方向に向かっているのだろうか。

「ねぇ、サラ。僕としてはこの作戦問題ないけど、君の方は大丈夫なのかい？　正直婚姻に差し支えがありそうだけど」

今日も今日とて中庭の樹木が生い茂る、ぱっと見誰にも見えないように見せかけて実は結構目撃されるスポットでサラと逢引のふりをしている。

「んー？　いや、『王太子の婚約者になったけど捨てられた女』より『恋多き女』の方がいいじゃない。結構、独占欲の強いやつとか、あと虚栄心の強いやつとかならこの手で押すといいのよ」

「でも、サラはその手の類の人間は好きじゃないだろう？」

「まぁね。あ、ジェイド屈んで」

僕が屈むと彼女は僕の頬にキスをして来た。

「貴様、何をする……」

「しー、私をエヴァちゃんと思って見つめて！　うるさがたのご夫人の代表格のレイチェル侯爵夫人がこっち見ているから」

ちらりとそちらを見ると、淑女とはかくあるべしとあちこちで素行の悪い女性を捕まえては小言を言う、貴婦人の代表格と言われているレイチェル夫人が顔色を悪くしてこちらを見ていた。どうやら、彼女に素行の悪さを見せるためにわざとやったらしい。いつも思うことだが、思い切りが良すぎるだろう。

「実は昨日、王宮神殿のチャラ神官のセオドアにもやったんだわ、これ。もちろんレイチェル夫人にも見てもらったわ！」

レイチェル夫人は眉を顰めると、ふいと横を向いた。見なかったことにするつもりらしい。レイチェル夫人はクラン家にも、ルーク家にも属さない中立派閥の人間だが、どうやら、母の圧力がかかっているようだ。

「サラ、君、本当に女捨てているね。僕が悪かった。君には結婚とかなんとかいう制度は必要ない。このまま森かどこかで雄々しく生きるといいよ」

僕がそう言って笑うと、サラは怒った顔をして僕を一発殴った。もちろん、よくやる、「もう、ひどいんだから！」とか言いながらするぽかぽかではない。腹にワンパンだ。

「ちぇ、仕方ないか。ジェイド、初めてじゃないよね？」

初めて？　と僕が首を傾げると左手で手招きしながら、右手で僕の腹にもう一発入れた。結構な強さだったので、思わず屈むと今度は唇にサラのそれが重なった。やりすぎだろ、と思うが紳士として彼女を突き飛ばすわけにはいかない。

しかし、イヴとすると信じられないくらい気持ちのいい、この行為は、相手がサラだとあまり気持ちよくない、というか気持ち悪い。

流石にこれには目をつぶれなかったのか、レイチェル夫人が怒りながら近づいて来た。よし、とサラが小さく溢す。そのあとはレイチェル夫人の怒りをサラと共に受け止めていた。

たしかにレイチェル夫人は怒ると声が高くなるし、地声が大きいので、周りに対するアピールはバッチリだった。しかし、なんとなく嫌な予感もする……。

サラが絡むとろくな事態にならないことは分かっていたはずなのに、どうして彼女の作戦に乗ってしまったのか、僕は後々後悔することになる。

このあとイヴとの茶会の約束があったのだが、サラの日頃の素行の悪さも相まってレイチェル夫人に思いの外長く捕まってしまい、解放されたのは、お茶会の約束から二時間以上経った頃だった。

急いでサロンに駆けつけたが、当然のことながらイヴはいなかった。怒ってなかったか、メイドに確認したところ、「今日はそもそもお見えになっておりません」と答えると、どういうことか問う前にさっさと部屋を出て行ってしまった。

慌てたように侍従のエドワードが、付け加える。

「本日は体調が悪いらしく、お茶会は失礼させていただきたいと連絡がございました。ですから、ご心配はいりませんよ」

「あぁ、わかった。ありがとう。お前も下がってくれ」

部屋にアスランと二人きりになってから、問う。

「今の態度は、イヴに対する反感からだと思う？　それとも僕がサラと一緒にいることからの反感かな？」

「さてな、どっちかはわかんねぇけどよ、あのメイドの態度はないな。どちらにせよ、エヴァがよく来るこのサロンに出入りさせたくはねぇな、部署異動か、解雇しとけ」

僕も大概だが、アスランもとんでもないシスコンだと思う。まあ、気持ちはよくわかる。

「まぁ、もう少し様子を見よう。もし、『婚約者がいるのに他の異性にうつつを抜かす僕』が嫌いで、イヴに同情しているなら、いい手駒になる。けれど、そうだね。そろそろ僕たちの周りの大掃除をしておいた方がいいね。この際だ、王太子宮でイヴに悪感情を持つものは全て排除することにしよう」

ルーク家や母に関してはサラの協力もあり、密輪や麻薬の栽培をはじめとする数多の犯罪の証拠物件を押さえてある。流石に王妃の部屋に飾ってある絵画や壺などをルーク家に送った、と言う罪に関しては、呆れを通り越して笑えたが、あの家の弱みはほぼ握った。その気になれば家を取り潰すこともできるだろうが、公爵家を潰すと色々と面倒ごとが出てくる。まぁ、あちらが僕に従うのであれば力を大きく削いだ上で使ってやってもいい。

けれど母はだめだ。あの女はイヴにとって害悪にしかならない。いっそ、一思いに……と思ったが、エヴァが庇っていた人間でもある——もちろん、それは僕のためだと思うが。

なので、ルーク家をうまく抑えられたら、母を北の離宮にでも閉じ込めてやろう。父に至っては簡単だ。母を離宮へ追いやれば間違いなく、王位を捨てて母について行くだろう。

問題はクラン家だ。ファウストは公爵家の乗っ取りを企てているが、他には特に悪事を働いていないのだ。ファウストの悪事の主たるものはイヴとアスランを追い出したことぐらいだ。クラン家は今後、アスランに継がせるつもりなので、大きすぎるネタは持ってきたくないが、当主を交代させ、かつ現在後継としているサトゥナーを引き摺り下ろすネタを探さねばならない。

ファウストは財務大臣をしているから、横領や収賄をしていないか、確認したが呆れるほど真面目に働いていたようで、ここから引っ張れるようなことは何もなかった。帳簿も怪しいところはなく、執務室も綺麗に整理されていた。

恐らく、ファウストは小役人としては上出来の部類に入るのだろうが、公爵として人の上に立つのには向いていない人間のようだった。恐らく政治がわかってないのだろう。

公爵家の使用人や影から、サトゥナーやイリアが気に入らない貴族の令嬢を、夜会や茶会などで別室に連れ込み、手籠にしている、と報告があったが、正直これは表に出せない。

そもそもいくら邪魔になろうと未婚の女性に手を出すのはこの国ではルール違反だ。例えば令嬢同士がキャットファイトするくらいなら構わないが、令嬢に手出しをすることは禁じ手とされている。

そうでないと、お互いに収拾のつかないことになるからだ。令嬢への手出しを許してしまえば、生まれてきた子が誰の子かわからなくなり、社会的に混乱をきたすことになる。だからこそ、それだけはしないようにと暗黙のルールにされているのだ。

あの二人がルールを破っているのは、誰も訴えないと過信しているからか、それとも何も考えてないかのどちらかだろう。恐らく後者と思われる。

それに、彼らの行為を罪として問うなら、襲われた令嬢の身元や、何をされたかを公にする必要がある。そうしたら被害令嬢たちは、好奇の目に晒されることになるだろう。しかも、被害にあった中には割と大物の令嬢の名前も少なからずある。これを発表すると下手をするとこちらが恨まれる。

ファウストは愚かな男だが、まだ犯罪と呼ばれるようなことに手を染めていない。突き崩すならサトゥナー、イリアの兄妹だが、できるだけ他に被害を及ぼさない事案で、牢に繋ぐ必要がある。そのあとは、適当に自殺に見せかけ、牢内で殺せば良いのだが、まずはどうやって捕まえるかを考えねばならない。

対処が遅れれば遅れるほど新しい被害者が出る。早急な対応が必要だが、どうすべきか……。

王太子宮における、ルーク家の手駒の排斥とクラン家の馬鹿兄妹の調査に追われたことで、イヴには十日ほど会えなかった。いち段落して久々に会ったイヴはどこかよそよそしい雰囲気を醸し出していたが、十日も会わずにいたからだろう、と深く考えなかった。

彼女はいつも通り、僕の薦めた詩集や小説の話をして、帰っていった。

その後も何度か逢瀬を繰り返したが、彼女の態度は変わらず、なんとなくよそよそしさを感じた。けれど僕のことを「ジェイ様」と自然に呼ぶようになってくれていたし、僕からのスキンシップを嫌がる素振りも見せなかったので、気にしすぎかな、とも思ったがなんとなく気にかかる。

そのことをアスランに相談していたら、窓からサルが入って来た。何故か手に果物を持っている。サルは果物を齧りながら僕とアスランの話を楽しそうに聞いていたが、途中で呆れたように口を挟んできた。

「え？　馬鹿じゃないの？　本当にわかんないの？　私とジェイドについての噂を聞いたせいなんじゃないの？　ちゃんとエヴァちゃんに私とジェイドの関係のこと、話している？」

「いや、話してはないが……」

「話してないなら、そりゃあ気になるでしょうよ。自分の婚約者が他の女といちゃいちゃしているんだから！　なんで言ってないのよ、私の評判を下げるためのお芝居だから気にするなって一言言うだけじゃない」

「うん、まぁ、そうなんだが……。正直イヴにそこまで好かれている自信がない。誤解なんだ、サラとのことはお芝居なんだって言っても、『そうですか』って言われそうというか……」

そう、ようやく僕のことを名前呼びしてくれるようになったが、イヴは依然として義務的な態度を崩してくれない。僕の趣味を聞いて会話を増やそうとしたりしてくれるが、『お仕置き』がないと、彼女と僕はただの読書友達くらいの距離感になってしまう。いや、世の中にはそういう夫婦も婚約者もいるだろうが、僕が望んでいる彼女との関係はもっと深いものなのだ。

目の前にイヴがいたら触れたいし、キスもしたい。けれど前回のことで気づいたのだが、僕は彼女から『好き』の一言も貰えてないのだ。だからあと一歩を踏み出せない。

キスは受け入れてくれているが、快感を与えられなれてない彼女はただ快楽を享受しているだけではないのだろうか？　つまり、それをもたらす相手が僕以外の誰かでもいいのではないかとすら、思ってしまう。

もちろん今後も彼女に男を近づけるつもりはないので、彼女にキスをするのも、快感を与えるのも、この先一生僕だけだ。他の男には触れさせないし、許さない。

恐らくイヴは今はまだ僕のことを愛していない。

僕が彼女の額にキスをすることを許してくれるので、親愛の情はあるだろう。

けれども彼女は僕に対しては、いつでも身を引ける程度の感情しかきっと抱いていない。『誰にも渡したくない、愛する婚約者』だと思われてないのだ。

今の状況で、下手に『サラが婚約者として望ましいと名前が挙がっているから、その話を払拭するために彼女と一芝居うっているんだ』などと言おうものなら、『私のことはお気になさらず、どうぞ相応しい方をお迎えくださいい』などと言って本気で身を引きそうなのだ。

彼女のことを諦める気はないし、絶対に結婚してやる！　とは思っているが、僕とて思春期の男なのだ。好きな子から何度も他の人間を薦められるような言葉は聞きたくない。

「あぁ、エヴァはお前に惚れてなさそうだもんな。『相応しい方がいらっしゃるならその方をお迎えくださいい』とか言い出すだろうな、多分」

僕が口に出せなかった懸念を、あっさりと口にしたアスランをじろりと睨む。

「え？　なに、相思相愛の恋人同士じゃないの？　ジェイドの片想いなの？　まさか、前回のがファーストキスとか言う？」

血相を変えたサラが勢いこんで聞いてくる。重々しく頷くアスランを尻目に、僕は首を振る。

「内々とはいえ、きちんと式を挙げた婚約者同士だし、キスだって何度かしてる！」

「つまり恋人じゃなくて、婚約者として縛っているだけってこと？　うぇ、やだ、まじで引く。犯罪者じゃん。いい？　ジェイド、一途な恋心とやらはある程度報われてから使われるもので、そうでないのに付き纏うのはストーカーという犯罪だよ？」

「その意見には俺もすげぇ賛成けどな、もしそうならどうする、サラ」

渋い顔をしたアスランの問いにサラはけろりと答える。

「どうもしない。このままお芝居続けるよ。他の人を好きな人と結婚なんて絶対にする気はないし、そもそも私が王妃になんてなれると思う？」

「国が滅ぶな」

「なんだかさ。ジェイドといい、アスランといい、グラムといい、私のことをなんだと思っているの？　ちょっと活発なだけじゃない」

その件については頷けない何かがあったので僕もアスランも黙る。その沈黙を答えとしてほしいものだ。

「ま、ともかく。ジェイドは生理的に無理。エヴァちゃんには悪いけど、引き取ってもらう。本当に申し訳ないとは思うけど、私は私が一番可愛いもん。まぁ、目をつけられたのは不運だけど、権力も金も地位もある変質者だから、なんとか幸せに生きていってほしいと思っているよ。……というか、多分逃げられないだろうし。ともかく、計画を変更するつもりはないから、ジェイドはちゃんとエヴァちゃんにフォローしておくように。じゃないと捨てられても知らないよ」

「サラとのことは話すつもりはないけど、ちゃんと僕がイヴを想っているってわかるように行動することにするよ。まぁ、もしイヴがこの噂のせいで、僕と婚約解消したいと言っても絶対に認めないだけだから、逃げられることはないと思うけれど」

「うっわ、きっも！」

「最近サラは僕に対して不敬がすぎないか？」

「よくよく思い返してみて？　今の自分を客観的に見て？　気持ち悪くない？」

サラの忠告が気にはなるものの、どう関係を修復して良いかわからずに過ごすうちに、夏が終わりかけていた。つまり、デビュタントの時期になってきたのだ。

待ちに待ったデビュタント、彼女が成人を迎えたらできるだけ早く結婚したい。

王太子は傷物令嬢をエスコートする

「そろそろデビュタントだね？」

できるだけ何気ないように装って彼女に話題を振ると彼女は少し不安げな顔で頷いた。

王太子である僕がエスコートするから注目の的になるだろう。それが心配なのかもしれないが『イヴの立居振る舞いは完璧なので何も心配することはないよ』と口に出そうとした時に、彼女は少し照れながら、爆弾発言をした。

「えぇ、お義父様がエスコートしてくださると張り切っておりますわ」

なぜ、ここで子爵が出てくるかわからない。婚約者がいる令嬢は、余程のことがない限り、婚約者がエスコートするものだ。そして僕は彼女のデビュタントのエスコートを幼い頃から夢見ていた。

デビュタントに夢を見るのは女性ばかりではない。

悪いが、いくら彼女をここまで育ててくれた養父だとしてもこれだけは譲れない。

「子爵は残念に思うだろうが、君のエスコート役は僕が務めるからね、イヴ。もちろん、ドレスも贈らせてほしい」

「ジェイ様、できれば義父の長年の夢を奪わないでくださいませ。ジェイ様は今後いつでも私をエスコートできますでしょう？」

断言できる、リザム子爵よりも僕の方が君のエスコートを待ち望んでいた、と。十年以上前から僕がすると決めていたのだから。そもそも子爵よりも僕の方がイヴとの付き合いは長いのだ。

確かにイヴの言う通り、これから先も彼女をエスコートする機会は何度でもあるだろう。僕以外に彼女のエスコートをさせるつもりはない。しかし、それでもデビュタントのエスコートは特別なものだ。

ちらりと僕の顔を見ると彼女は何かを思い悩むように、下を向いてしまう。そして一瞬どこか遠い瞳をした。その瞳に何となく、不快感を覚え、彼女の意識をこちらに向けるべく、声をかける。

「僕とのお茶会の時間に他のことを考えるなんて、余裕があるね、イヴ？」

彼女は、はっとこちらを向くと「考えていたのはリザム子爵のことだ」と言うが僕の直感が、違うと訴えかけている。けれど、それがなんなのか掴めない。とりあえずエスコートすることとドレスを贈ることだけは約束させた。

それ以外のことは後からゆっくり調べることにしよう。

「悪いけど、僕も譲るつもりはないよ。デビュタントは結婚できる年になったというお披露目だ。

だから、婚約者がいるのであれば、婚約者がエスコートして、売約済みであることを示す必要があるからね。このデビュタントで正式にイヴとの婚約を発表する予定なんだから、絶対にこればかりは譲らない」

彼女との婚約に関しては母が横槍をずっと入れていた。何とか婚約はしたものの、婚約式は身内だけでひっそり行ったせいで彼女と僕の婚約は公になっていない。だから、このデビュタントで彼女は僕のものだとしっかり喧伝しておく必要があるのだ。

他の愚者が手を出せないように、国中の主要貴族が集まるデビュタントの会場で婚約を発表するように父に依頼してある。

イヴは少し困った顔をすると、僕に聞いてきた。

「ジェイ様、私は義父が張り切っておりますので、エスコート役に困ることはありませんが、ジェイ様の身近な方でお困りの方はいらっしゃいませんか？　それに、婚約の発表ももう少し日をおいても良いかと……」

やはり、サラのことは彼女の耳にも入っていて、サラの予想通りに不安にさせてしまったのだろう。申し訳ないとは思いつつも、彼女のどことなく寂しそうな顔を見て嬉しくもなる。僕に他に女性ができて悲しそうにするのは、彼女にとって僕はいなくなったら寂しいと思えるほどの相手になったのではないかと、そう思ったからだ。

「僕の身近？　婚約者たる君を放ってまでエスコートしないといけない相手はいないね。婚約の発表も譲る気はないよ。変な虫が湧いても困るしね」

僕は彼女の手を優しく握りながら、君以外に大事な人はいないし、婚約のお披露目を延期するつもりはないと伝える。それでも気乗りしなさそうな彼女に「僕の言うことはなんでも聞く」のではなかったのか、と仄めかすとようやく彼女は頷いてくれた。僕を尊重してくれているのか、彼女は僕に対していつも遠慮がちである。いつになったら、もっと我儘を言ってくれたり、不安を吐露してくれたりするだろうか？　焦っても仕方がないのに、時々焦燥感に駆られてしまう。

彼女のデビュタントのエスコートとドレスを贈ることについては了承を得たので、前もって用意していたドレスを贈るよう手筈を整えていると、自由人のサラが来た。今日は干し肉を齧っている。僕の自室にかけられていた盗聴魔法は取り払っているから彼女がやってきて何を話しても問題ない。

「ねぇ、デビュタントのドレスなんだけどさ、ジェイドの瞳の色の刺繍入れてもいい？　金髪は結構いるから、金の刺繍はあんまり目立たないのよね」

「え？　いやだよ。デビュタントって基本白いドレスで婚約者がいる場合にだけ、相手の髪や瞳の色の刺繍をするものだろう？　なんで関係のない僕の瞳の色の刺繍をいれるんだよ」

「だから、嫌われる女子作戦だってば。周りから見たらあんたは『やっぱいストーカー』じゃなくて、『憧れの王子様』なんだから。ヘイト集めるんなら、やっぱりあんたを利用するのが効率いいでしょ。特に王族の瞳って珍しいじゃない？　水色に近い青とか他にはいないもん」

確かに僕と父の瞳の色は水色に近い青だが、城に飾られている歴代王の肖像画を見る限りでは、代々この色だったわけではないようだが、まあサラは興味がないだろう。

「言っておくけど、僕はイヴをエスコートするつもりだから、サラのエスコートはしないよ」

そう言うとサラはにまぁっと笑った。いつも思うが、この邪悪さはどこからくるのだろうか。子供の頃からサラには迷惑をかけられ続けた覚えしかない。この悪魔はいつまで僕に迷惑をかけるのだろうか。

「ふーん、白いドレスが基本ねぇ。でもどなたかには淡い青色のドレスを贈ったんじゃないの？」

まさかのサラの言葉に動揺する。なんで僕がイヴに贈ったドレスの色を知っているんだ？　びっくりして振り向いたら、サラの隣で明後日の方向を向いているアスランがいた。

「アスラン、喋ったな？」

「普通に考えて常識はずれなことしているのはお前だろうが。なんでエヴァに白じゃなくて水色のドレスを贈った？　恥かかせる気か？」

「えぇ、アスラン鈍～い。デビュタントの時に白い服着るのって女性だけなんだよね。それって『どのような色にでも染められます』って意味だよ。エヴァちゃんはすでに色がついているから、手を出すなって牽制しているのよ。多分そのドレスも婚約する前からデザインさせていたはずよ」

引くよね～、とけたけた笑うサラの隣でアスランまで異常者を見るような目つきでこちらを見ている。

「妹を任せる相手を間違えたかもしれねぇ」

「やーね、アスラン。今更よ、それにアスランが許可したからここにいるんじゃやなくて、エヴァちゃんを手に入れるためにアスランがここにいるのよ？」

何事もないような顔をして『イヴを手に入れるための手駒として僕がアスランをここに置いてい

るのだから、下手に逆らうと危ない』と発言するサラに、アスランの顔が引き攣る。

全くもってその通りではあるが、アスランの優秀さは気に入っている。それにイヴと同じ血筋の人間で、どことなく彼女を彷彿とさせる彼を処分する気はないので、その点は安心してくれていいのだが、その情報をサラに与える気はないので、ただ微笑むだけに留める。

「それでジェイド、私は彼女ほど目立ったドレスを着る気はないから、刺繍の件は承諾してくれる？　その代わりジェイドが気にしている、『エヴァちゃんが誰のことを考えていたか』に関しての情報をあげるから」

「なんのことだ？　サラ」

昼間から気になっており、今から僕が彼女につけている人間に聞こうと思っていたことをサラはさも当然のように口にする。彼女とお茶をした後、僕はサラに会ってないし、顔色を読ませるような真似をした覚えもなかったのに。何を以てして僕がそれを気にしていると気づいたのか……。

「怖い顔しないでよ、ジェイド。言ったでしょ、私は王位とかなんとかに興味ないの。今まで通り慎ましく生活できればそれでいいのよ。私はあなたの敵じゃない。運命共同体でしょ？」

「それでは、逆に問おう、サラ。慎ましく暮らすのが望み？　それならば、メラニーと母の要求を断ればいいだけだろう。なぜここまで僕に肩入れをしようとするんだ？」

「断りきれないから、こうして手を組んだんじゃない」

「まさか、あり得ない。君ならどんな手法を使っても断れるはずだ。……昔から君を見ていたが、君はどこかおかしくて危うい。そして手を組んでから思ったが、君はあまりにも隙がない。そしてこちらの思惑を読みすぎる。正直に言ってほしい。君は一人で全てを終わらせる力があるね？　それなのにどうして僕にこだわる？」

ふふふ、とサラが微笑した。それは今まで見ていた野猿のような令嬢のあけすけな笑い方でなく、秘密を孕んだ貴婦人が見せるような蠱惑的な微笑みだった。

「正解、あの凡愚な国王と暗愚な王妃からよくもまあ、私たちを見つける子供ができたね。まぁ、私の母親も大概の愚か者だけど」

表情を変えたサラは、毒々しい薔薇のような雰囲気を持っていた。あまりの変貌ぶりに流石に驚く。アスランが咄嗟に腰に佩いていた剣に手を伸ばそうとするのを、首を振ってとどまらせる。

「サラ、君が何者かはこの際置いておこう。聞きたいのは一つ、君が何を望んでいるかだ。ことと次第によっては、このまま君を野放しにすることはできない」

「ふふ、ここでいきなり斬りかかってきたり、自分の好奇心を満たすために何者かを聞いてくることはしないあたり、さすが私の見込んだ人だね。あぁ、大丈夫。さっきも言ったでしょう？　私は敵じゃないわ。本当にね、私の望みは穏やかな暮らしなのよ。私の母親や一族と違ってね」

「君の母親と一族は何を望んでいる？」

「この地の奪還……かな？　私はね、昔クライオス王国の祖先が倒したとされる魔物の直系の血族、そうね、さしずめ魔女ってとこ？」

「魔女……？　君からは強い魔力を感じないが……。それに、僕の母もそれを望んでいるのか？」

彼女が纏う雰囲気は今までのものとは全く違うどこか妖艶なものを孕みつつも、どこか厭世的なものを感じさせた。幼馴染のサラとは全く違う人間なのに、かけていたパズルのピースが当てはまるようにこれが正しい形態だったのだと思えた。

そして疑問も残る。もしサラの言う通り、彼女が魔女というなら、彼女の魔力の低さは何故だろうか？　サラは何を隠しているのだろうか？

ヒロインは微笑む

「色々と聞きたいことがありそうね。でもまぁ、あんまり話すことはないのよ。私が二人の幼馴染のサラスティーナって言うのは変わらないわよ？　ただちょっと隠し事をしていただけ」

私はそう言って笑いかける。ジェイドはまだ落ち着いているが、アスランは少し危うい。下手をすると斬りかかってくるかもしれない。けれどジェイドに先程言った言葉に間違いはない。私はただ静かに暮らしたいだけなのだ。だから、誰にも危害を及ぼすつもりはない。まぁ無抵抗主義者ではないから、襲ってきたら返り討ちにするけど。

「この国、クライオス王国は初代国王が優れた魔導師で、近隣の国や魔物を倒して建国した、と教わったでしょう？　私たち一族はその時に倒された魔物の一族なのよ」

「魔物の一族だと？　まさか、だってお前俺たちと変わらない姿をしているじゃないか！」

アスランが顔を蒼白にして私を見る。いつも私に向けていた、どうしようもない幼馴染を見るような目ではなく、何か恐ろしいものを見る目つきだ。彼のその目を少し寂しく思う。確かに隠していたことはあるが、私は私で何も変わってないのだから。

「うーん、そうねぇ、なんと言ったらわかりやすいだろ。『収斂進化』って知っている？」

「起源の異なる生物のグループが同じ生態的地位についた時に似たような姿になることをさす現象だったかな？」

「そうそう、例えば蝙蝠と鳥類とか、有袋類である袋オオカミと哺乳類のオオカミとかね。それと同じ。哺乳類から人間が生まれたように、魔物からも人間に似た形のものが生まれたってだけよ。私たちは自分たちのことを魔族と呼んでいるわ。つまり、私とあんたたちは、姿かたちは似ているけど違う種の生き物だから、そのせいで魔力の質が違うの。初代国王がこの辺りの魔物を殺してまわって国を造った時、私たちも滅びるところだったわ。けれど私たちは死にたくない一念で、あんたたちの魔力を解析し、無理やり身につけたの。そうして人を装ってこの国に潜入して暮らしていたのよ」

ジェイドもアスランも私の言葉に聞き入っていて、声も出ないようなので、話を続ける。

「だから、私たち魔族は強い魔法が使えるけど、あなたたちが言う『魔力』は低いの。調べたことはないけど、多分使う魔法も異なっていると思う。一族の悲願はね、この地をまた魔族のものにすることだった。けれどこの地が人のものになって長くなってしまった。もうこの地の奪還は無理じゃないかと、このままひっそりと暮らしていこうとしていたけど、最近になって問題が出てきたの」

「問題……？」

「そう、少子化という問題ね。私たちとあんたたちは、違う種の生き物だから、行為をしても子供が生せない。だから、こっそりと隠れている同族同士で婚姻を繰り返していたら、血が近くなりすぎたのね、子供が生まれにくくなってしまったの。うまく妊娠しても歪な子供や弱い子しか生まれなくなったわ。新しい血を入れなければならない。そのためには魔族をこの地に入れる必要がある。その為にはこの地が安全で、子育てもできることを新しい同胞に知らせなければならない。そもそも、この地は元々私たちの住む地だったのを、豊かさに目をつけた他種族に奪われたのだから、奪還して何が悪いってね」

「それが一族の悲願か。それじゃあ、君が僕を籠絡して、結婚した後、君はこっそり魔族の男性と通じて子供を産んで僕との子として次期国王につける気だった？　まるで郭公の托卵だね」

「まぁね、母はそれを望んでいると思うわ。だから、国の中枢に入り込むために、王妃様に取り入ったの。王妃さまは普通の人間だけど、寂しい方だったから、すごく上手くいったらしいわ。知っているでしょ、今でも王妃様はあんまり周りの人間に評価されていないこと」

そう、悪い人間ではないのだが、王妃は心の弱い人である。侯爵家の出にもかかわらず、王妃教育をうまくこなせず、実の叔母でもあった先代の王妃に見放された人だ。だから今でも一人で王妃教育をさせてもらえない。

若い頃から、周りの人間は王妃様を表向きでは敬うような顔をして、裏では彼女のことを馬鹿にしていた。そんな時に自分を馬鹿にしない友人に出会ったのだ。王妃様は私の母親をそばに置きたがった。当然の帰結だろう。

「魔族の中には、人間を恨んでいるものも多いけど……あ、勘違いしないでね？　私は別に恨んじゃないわよ。生存競争に負けただけなんだもの。昔からよくある話よね」

「それで、今後君はどうしたいんだ、サラ」

「別に？　何もしない。言ったでしょう？　静かに暮らしたいって。母や一族が今更この地の奪還に乗り出して、私を計画の要にしたのは、私が魅了の資質を持って生まれたから。その気になれば、私はこの国の中枢の人間を私に惚れさせて言いなりにすることができるの。それに私はある程度親しい人間ならなんとなく気持ちがわかるから、余計にハニートラップ向きだと思ったのね」

私の言葉にジェイドとアスランの顔が強張る。まぁ当然だろう、自分の心を他者に操られるかもしれないと思うと穏やかでいられなくなる気持ちはよくわかる。

「一応言っておくけど、私は王宮に上がってからはその力を一度も使ったことなんてないわよ。たとえ違う種の生き物だとしても、私はあんたたちと長くいすぎた。私にとってはもう家族みたいなものなんだもの。心を操るなんて、したくない。それにさっき言っていたみたいにジェイドを騙して托卵みたいなことも、いや。だから、私が戦う相手は母と王妃様だけじゃなくて、この国に住まう魔族たちもなの。流石にそれだけ全てを敵に回して勝てる気がしないわ。そりゃあ、生物として生まれた以上生き抜きたいし、次代を世の中に生み出したいって気持ちは私にもあるから、みんなの気持ちもわかる。だけど一族が提案した策じゃ、また争いが起きる。それはいやなの。殺し合いたくない」

私の言葉にようやく顔を強張らせていたジェイドとアスランの顔が緩む。未だ剣の柄を握っていたアスランの手も離された。

「魔族は今散り散りになっているし、魔族の国はない。同じ人間の形をしているから、どこかに魔族が建てた国があるんじゃないかと同胞が探して回ったけど、存在しなかった。多分、同胞は同じように人に紛れているか、さらに奥地へ行ってしまったか……。もしかしたらこの国にいる魔族以外は滅びてしまっているのかもしれない。一族は魔族が安心して暮らせる国を造りたいの。でもそれって必ずしもこの国を奪ってしまえばいいって話じゃないと思う。けれど、新しく一から造るとしたら、そこに住んでいたものを追い出してしまうことになる。私たちがやられて悲しかったことを他の種族に押し付けることになる。それが生存競争なんだけど、私はしたくない。誰も恨みたくないし、恨まれたくない。それくらいなら、私は今まで通り過ごして緩やかに滅びていく道を選びたい」

王太子と護衛騎士とヒロイン

正直に言ってサラの言葉には驚かされた。確かにサラはどこか危うく、人間離れをしていた。でもこんな衝撃的な事実を突きつけられるとは思ってもみなかった。近所の大猿捕獲レベルの話だと思っていたのだが、どうやら事態はもっと重そうだ。これは下手をすると国家レベルの問題ではないだろうか。

「緩やかに絶滅していると君は言ったが、協力の対価として『保護してほしい』とかはないのか？」

「保護？　愛玩動物やなにかじゃあるまいし、何様よ？　私たちは生存競争に負けて、ただいなくなるだけじゃない。そんな種なんて珍しくないでしょ？」

「そうだな、君を侮辱した。すまない」

そう、サラは何よりも同情されるのが嫌いだったと今更ながら思い出した。そうだ、目の前にいるのは確かに同じ種の人間ではないかもしれないが、一緒に育った気心の知れた幼馴染なのだ。

「サラ、君が何者でも変わらないことがある。僕とイヴや国に不利益を与えないなら君は僕の大切な幼馴染だ。僕は君にも幸せであってほしい」

先程の失言で激昂していたサラは僕の言葉を聞くと、僕から目を逸らした後に、大きくため息をつくと続けた。

「どうせ今の一族の策じゃうまくいかないのもわかっている。だってもし、私が人族だったとしても、あなたと私の魔力差じゃ子供なんかできない。私が不貞したってすぐわかることよ。魅了の力さえあれば誰でも言いくるめられると皆思っているみたいだけどそこまで便利な力な訳ないじゃない。もしそうなら過去にも魅了の資質を持って生まれた子がいたはずなんだから、もうすでにこの地の奪還は終わっているはずよ。最後に華やかに自爆したいのかもしれないけど、やりたいならやりたい人だけでやってほしいの。勝ち目のない勝負に乗るなんて私はごめんだわ」

「ねぇ、サラ。これは提案だ。同情とかじゃない、ギブアンドテイクだと僕は思っている。君もそう思ってほしいんだが、僕が王位についたら、秘密裏に魔族が住める特区を造りたいと思う」

「無理よ、人間は自分と違うものを受け入れない。それに魔族は少数にはなってきたけど大抵の人間より種として格段に強い。人族の操る魔法より、私たちの扱う魔法の方が強い。身体能力だって私たちの方が高い。私たちがこの地を奪われたのは、初代クライオス国王という化け物が生まれたからで、それ以外の人間は私たちより格段に弱い。寿命だってあなた達の何倍もある。でも、あんたは初代に匹敵するくらいの化け物でしょ？　協力も要請したいし、話しても怖がらないと思ったから話したけど、普通の力のない人間にはきっと荷が重い」

「そう、だから最初は秘密裏に。そして皆が慣れてきた頃に——それは僕の代では無理だろうから何十年も何百年も後になるだろうが——公表してもいいし、そのまま公表しなくてもいい。言葉が通じるんだから、うまく共存できないだろうか？　実際にこの国の建国当時からこの国に魔族が住んでいるなら、下地はあるはずだろう？」

「それで？　ギブアンドテイクなんでしょ、私たちに何を返せっていうの？」

「武力だよ。実は僕は今の神殿の在り方に疑問を抱いている。今、人族の魔法はほぼ全て神殿が担っている。国にも宮廷魔導師がいるが、どうしても優秀で熱意のあるものは神殿に所属したがる。そのせいでどうしても宮廷魔導師の魔法は神殿の魔導師のものより格が落ちるんだ。そもそも光属性を神殿が占有しているのは脅威だ。光魔法は回復と防御に特化しているが、国にその力がないのはどうだろうか？　しかも神殿は高い報酬を要求する。その金はどこに行っているんだろうか？宗教はあってもいいが、国を脅かすほどに大きくなった力は害悪でしかない。しかもそれが腐りきっている組織であればあるほど目障りだ。メスを入れようにも今のままでは僕たちが負ける」

「とか言っているけど、お前エヴァのことで恨んでんだろ？」

「それがきっかけではある。けれどハーヴェー神殿が権威を振るっている地域では、共通した一つの事象がある」

「女性の社会進出ができなくなっていることね？」

僕の言いたいことを的確に酌んでサラが答える。なるほど僕が今まで何を思って生きてきたのかを的確に掴んでいる。

「そう、貴族の子女は政略結婚の駒として扱われることがこの国では殆どだ。それ以外の道はほぼ閉ざされている。神殿に光属性の持ち主だと判定されるのを避けるために魔法から遠ざける習慣があるからだ。魔法の資質は遺伝するものと言われていて、光属性持ちの子供は高確率で光属性を持っている。目をつけられたら最後、下手をするとその貴族の系譜はなくなる。魔法は便利だし、強力なものだから騎士団でも、将来出世を願う貴族でも魔法を習う。その時に光属性持ちと分かれば神殿の所属にされてしまう。子息が神殿所属になっても子女が残っていればなんとか、系譜の存続はできるが全ての子供を神殿に取り上げられれば、その家は断絶だな。だから、極力子女に関しては神殿に目をつけられないように奥深くにしまう傾向がある。結果、女性の地位はとても低くなる。我が国では女性は爵位の継承権はないから、尚更だ。光属性持ちは珍しいとはいえ、いないわけじゃない。けれど貴族籍は放棄した上で神殿に入ることになり、一度入ると出られない。まぁ、問題のある子女が反省のために入れられる程度やほとんど魔力がない人間であれば還俗できるが、力のあるものを外に出すつもりは神殿にはない」

それが繰り返されたら国家の力は段々と弱ってしまう。しかも、属性鑑定も授業も、還俗にだって決して安くない金銭が必要だ。

なぜ、わが国も周辺諸国も神殿の横暴に関して手を打たないのかはわからない。遅くなればなるほどこちらの力は削がれるのだ。

「魔族にとっても神殿は目障りだろ？　異端審問とかいう、神殿の権威とか」

「確かにね。けれど貴方達に魔族が統制できるの？　あんたなら問題ないだろうけど、次代は？」

「もちろん、僕の子供は君たちのことに理解を示すように育てるつもりだ。魔族側に関しては君に頼みたい。君なら僕も信頼できる――君は僕やアスランのことを信用してくれているからここまで話してくれたんだろう？」

さあね、とサラは嘯く。

「それに、僕と君の縁談がうまいこと流れたら君はこの国から姿を消す気じゃないかな？　言っただろ、大事な幼馴染だって。多分この問題は一朝一夕に解決する問題じゃないし、下手すると神殿よりもっと厄介な問題を生むかもしれない。けれどやってみる価値はあると僕は思っているし、君を見ていたら、できないはずないとも思うんだ」

「ふは、ははは。いいよ、わかった。その話乗ってあげてもいい。だけどひとつだけ条件がある。もし、私たちがやはり人間に受け入れられなかったら、この国を出ていける保証が欲しい」

「わかった。それについては王家と今僕の最も信頼している人物、クラン家のアスランの一族に任せよう。いいね、アスラン」

「御意」

アスランは珍しく、僕に向かって恭しく頭を下げた。

振り返ってサラの顔を見たら、先程の妖艶な女ではなく、いつもの野猿のような令嬢の顔で笑っていた。

そして僕とアスランはサラと固い握手を交わした。

ヒロインは日常に回帰する

「それで、だ。サラ」

私が自分のことを打ち明けてもジェイドもアスランも変わらず私の手を握ってくれた。二人の態度が変わっても仕方ないと思っていたから、実はとても嬉しかった。

そんな私にジェイドが声をかける。その硬い声からきっと重要なことだろうと顔をあげる。

「イヴは僕といながら誰のことを考えていたのかな?」

正直ずっこけるかと思った。

「え? 今その話の流れだった? 今後の話とか、一族の規模とか、どの貴族が一族なのかとか他に色々と把握しておかなきゃいけない情報があるよね?」

「その辺りは後で適当にレポートにしてくれ、読んでおくから。君の一族の話はすぐにでなくても問題ないけど、イヴに関してはどこの馬の骨が手を出してくるか分からないから早急な対応が必要になるだろう？」

「うっわー、ないわー。手を結ぶ相手間違えたかもってくらい引くわー。あと、レポートになんか書けないわよ、そんな物証の残るものなんか作ってごらんなさいよ、即消されるわ」

「確かに、そうだな。それは僕が浅慮だったな。で？　どこの馬の骨がイヴにちょっかい出しているんだ？」

私の返事に謝りながらも一切ぶれないジェイドに正直どん引きだが、まぁ確かに一族に関しては早急に対応できることではない。大きくため息をついて、ジェイドの問いに答える。

「多分、神殿のチャラ神官のセオドア・ハルトね。最近あの来るものは拒まず、去る者は追わずが信条のプレイボーイがものすごくエヴァちゃんを意識しているみたいだから。この間接触したとかいう話も聞いたわ。まぁ、中庭で少し話してから別れたらしいけど」

「チャラ神官だぁ？」

「そうそう、ちょっと色気のある、女たらしの神官がいるのよ。顔が良くてまぁまぁ女扱いもうまくってさ。何よ、アスラン、その顔」

私の言葉にアスランは顔を思いっきり顰めていた。妹のエヴァちゃんを可愛がっているのは知っているけど、ちょっと話すくらい許してあげてもいいと思うんだけど。

「はははは、殺すか」

アスランの対応が過保護すぎて眉を顰めていたが更に上の馬鹿がいた。

「いや、なんでいきなり殺害するのよ。別にただ中庭で少し話して別れただけだったって言ったわよね？　まだ神殿と揉めるには早いでしょうが。あっちにもこっちにも敵をつくらない。まずはあんたが、王位を継いでから、それで私たちとの連携をとってそれから神殿。こんなこと私が言わなくてもあんたが一番わかっていることでしょう」

「そんな素行が悪い男がイヴに近づいたんだぞ？　今回は無事でも次回は分からないじゃないか。そもそもイヴと一対一で話したなんて、万死に値する行為だろうが！　しかもその後、イヴは僕といるのにそいつのことを思い出したんだぞ？　僕から一瞬でもイヴの興味を奪う男なんて百害あっても一利なしだろ？　さっさと始末しないと。そういうのは一人いたら三十人はいるんだ！」

騒ぐジェイドを冷めた目で見つめる。しかし、エヴァちゃんも大変だなぁ……。つい同情してしまう。

エヴァちゃんは綺麗で可愛い女の子だ。私は話したことはないけど、周りの四馬鹿（ジェイド、アスラン、グラムハルト、ルアード）がお姫様のように大事にしていて、揃っていうことは「まるで天使のよう」らしい。しかし、同性として言わせてほしい。多分彼女は四馬鹿にどん引きしてあまり話さないだけで、そんなに可愛い玉ではないと思う。男は自分の好きな女の子に夢を見るものだから仕方がないとは思うけれど……。

いや、確かに本当に人間なのかなって思うくらいの美人さんだし、いつも微笑んでいるから、彼らが夢を見たくなるのはわかる。彼女がきっと悪い子ではないだろうことも。

だけど幼い頃はともかく、現在のエヴァちゃんのジェイドに対しての接し方や話し振りを聞いていると怖くて言うことを聞いているだけだろうと思えるのだ。多分お腹の中では違うことを思っているはずだと睨んでいる。

恐らく気が合う友人になれるのではないかと思ってはいるが、この目の前の独占欲の塊がきっと邪魔をするだろう。

「いいか、二人とも。ことイヴのことに関しては僕の辞書に『手加減』とか『容赦』とかいう言葉はない。僕から彼女を奪っていこうとする男は消すし、万一、本当に万が一彼女が僕以外の男を選んだら、その男を片っ端から殺していく」

「落ち着け、バカ。エヴァの幸せを祈るとか言わねぇのかよ？」

「彼女の幸せは僕の隣にある。彼女が逃げるなら地の果てまでも追い詰めて捕まえるつもりだけど、逃げ込む先はすべて灰燼に帰すし、一緒に逃げた相手は消す」

「いや、魔王じゃん」

うん、エヴァちゃんはきっと聡明な子だ。この恐ろしい男が何をしでかすか分からないからそばにいるのだろう。間違いない。

多分私たちは気が合うだろうし仲良くなれそうだけど、お互いのために距離を取っておこうね、と心の中で思う。もちろん彼女に私の気持ちが届くことはないだろうから、無意味なことだけど。

でもセオドア・ハルトには注意が必要かもしれない。女の扱いがうまくて、どんな女にも公平に優しい男。誰とでも話すし、誰でも口説くけど、いつも目の奥が凍えている。あまり親しくないからうまく読めないが、彼の心のうちは他の誰よりも冷たい。

誰にでも公平に優しいのは、誰も特別ではないから。

どの女も彼を褒めるけど、それは彼が女に対して態度を使い分けているからだ。恐らく誰も彼の本性を知らないだろう。

最初、彼はエヴァちゃんのことを憎々しげに睨んでいるだけだった。けれどそれでも彼女から目を離せないようでいつも目で追っていた。

けれど前回中庭で彼女と接した時は今までの彼と雰囲気が違ったらしいと報告を受けている――私の一族の人間はジェイドの婚約者であるエヴァちゃんのことを監視しているので彼女に関しては私も割と詳しい――。

セオドアには珍しく、自分からエヴァちゃんに接触したらしい。どうやらエヴァちゃんには執着しているようだと報告された。

今まで誰にも本気にならなかった男が本気になったのだとしたら、それは少しばかり以上に面倒なことになると思う。特に相手は百戦錬磨のプレイボーイで、それに引き換えエヴァちゃんはジェイドをはじめ、いろんな人間が箱庭で純粋培養してきたお姫様なのだ。簡単に手玉に取られる未来しか私には想像できない。けれどここでそんなことを言おうものなら、間違いなく、あの馬鹿はセオドアを消す、断言できる。

アスランにだけそれとなく注意をするように後で伝えておこうと、未だにぎゃあぎゃあ騒ぐ王太子を見ながら思った。

「ジェイド、そろそろデビュタントのドレスの件に話戻したいんだけど」

「サラ、ドレスの件は任せる。けれどくれぐれもイヴに恥をかかせない程度で留めてくれ」

どうやったらセオドアを秘密裏に葬れるかとアスランに相談している馬鹿の子に呆れながら、問いかけたら、驚いたことに割とまともな回答が返ってきた。

「いい加減に落ち着け、神殿の『ハルト』に手を出した日には全面戦争だぞ」とアスランがジェイドの頭を叩いたからだろう。

壊れた器具はとりあえず殴ると言う古の手法はどうやらジェイドにも有効なようなので今後は私も参考にさせてもらおう。

「ねぇ、サラ。君今すっごい物騒なこと考えただろう？　やめてくれ、僕はまだ死にたくない」

「へいへい、ところでさ、私。デビュタントでも色々とやらかそうと思うの。私の毎日の努力もあって、レイチェル侯爵夫人から最近、ゴキブリを見るような目で見られるようになったんだよね！」

どうだ、私もきちんと仕事をしているだろうと満面の笑みで二人を見ると、二人は信じられないものを見るような目つきでこちらを見返していた。

「あのレイチェル夫人にそこまで叱られてもめげないあたり、本当にすごいな。僕はこの間、二時間以上叱られただけでげんなりしているのに」

「おまえ、淑女が『お台所の黒い悪魔』に例えられていいのかよ？」

「全然問題ないよ、死ぬわけでもないし。目的の前の小さなことでしょう？　それでさ、私、デビュタントの時にエヴァちゃんを苛めようと思うんだ」

「「意味がわからん、帰れ」」

私の言葉に異口同音に反応するジェイドとアスラン。いつも思うのだが、エヴァちゃんの周りの人間は彼女に甘すぎると思う。その半分でいいから私にも優しくしてほしい。

「いやいや、だって人間が団結するには共通の敵が必要でしょう?! エヴァちゃんが、二人が言うような品行方正で完璧な令嬢なら、レイチェル夫人をエヴァちゃんの味方につける良い手でしょ? それに、可哀想なエヴァちゃんに周りが同情するだろうし、エヴァちゃんの王妃の資質? みたいのもうまくいけば宣伝できるんじゃないかな。なにより! 私がそばでエヴァちゃんを見られる! 可愛い子なんでしょ〜。ちっちゃい頃からみんなして私から遠ざけようとしていたから、見たい! 私も愛でたい! ジェイドが面倒くさいからお友達になりたいとまでは言わないけどせめて近くで見たいの!」

「へぇ、サラ。サラのくせに僕のイヴが見たいとか言うんだ」

すうっと部屋の温度が下がった気がする。本当に心の狭い王子だ。巷ではパーフェクト王子と名高いジェイドだが、皆騙されている。こいつは自分の婚約者を幼馴染——しかも女の子——にすら、紹介したくない束縛男だぞ。

「いいじゃない、一回くらい。そのあと意地悪して嫌われる予定なんだから。嫌われるために接触する時くらい、美貌を堪能してもいいでしょ!」

「意地悪をするってエヴァに何する気だ? まさかどこかの誰か達みたいに傷痕を残すような……」

「そんなこと、するわけないでしょう! 嫌な女の子を演じるだけよ」

「地のままで接するのか？　それならわざわざイヴも緊張しているだろう、デビュタントで近づく必要もないだろう？」

「なんで私の地が嫌な女みたいなことを言うのよ！　私はジェイドの幼馴染で貴女よりも彼のことを知っているんでーす、みたいなことを言うの。それで少し常識外れなことをするのよ、ジェイドと二回以上一緒に踊るとか」

「えぇ、いやだよ。それって僕も一緒に嫌われるパターンじゃないか」

どうも監視役の話を聞いていたら、エヴァちゃんはきちんと言うべきことは言うが、身の程を弁えていて、自分を律することに長けている令嬢のようなのである。

私だとて可愛い子に嫌われたくない。けれど嫌な子を演じることで、彼女が常識的な判断ができることや、毅然とした態度が取れることがわかったら、周りも自然とついてくると思う。だから悪い策ではないはずだ。

それを説明するも、ジェイドはあまり気が乗らない様子なので、きちんと現状を把握させてあげることにした。

「大丈夫、大丈夫。もうすでに嫌われているから。これ以上嫌われることはそうないわよ、きっと」

「嫌われてない！　最近のイヴは僕をちゃんと受け入れてくれているから！」

「受け入れるなぁ……エヴァには、ものすごーく警戒されているみてぇだけどな」

「あれは違うだろ、傷口を見られたくないっていうだけで、僕自身が嫌なわけじゃないみたいな口ぶりだったじゃないか！」

私とアスランの指摘にジェイドは思いっきり反論してくる。本当に面倒くさい男である。たとえ世界に二人だけになっても、絶対にこいつの手だけは取らないと胸を張って言える自信がある。

「それに、多分だけど今回もあいつらが動くと思うから、私たちもできるだけ一緒にいて、そろそろあいつらを駆除すべきだと思うんだけど。ジェイドもアスランもそろそろ奴らを排除したいんじゃない？　それにこれ以上被害者をつくりたくないでしょ？」

私の言葉にジェイドの顔つきが変わった。これは一人の為政者の顔だ。為政者としては恐らくジェイドは名君になると私は思っている。だからこそ、彼に期待した。まぁ、エヴァちゃんが絡むと暗君どころか下手すると魔王だけど。

「たしかに目障りな蠅は叩き潰すに限るな。しかもいくら小物とはいえ、獅子が見逃していることが、一番タチが悪い。なんとかしたいところだが、デビュタント会場は王宮だ。下手な影はつけられないし、会場に護衛を連れて入ることもできない。その上で奴らの動向を掴む術はあるか？」

「あの馬鹿どもの仲間を買収でもしてみるか？」

「無理ね。だってそんな犯罪に加担したことがわかったら、お先真っ暗よ。私がその一味の一員なら、一億積まれても買収になんか乗らないわ。下手すると処刑だもん。私が囮になれれば良かったんだけど」

「やろうとしたことあるのか、なんて無謀な真似を！」

「だって頭にくるじゃない、そういうゲスな輩って。いざ来たら殺してやろうかと思って狙いやすいところにいたんだけど……」

「『襲われなかった、と』」

うん、と頷く私にさもありなんとばかりに二人は頷く。こいつら本当に仲がいいなとじろりと睨んでやる。

「多分僕が彼らでもサラは襲わない」

「あぁ、ねぇな。食虫植物でももう少し上手く擬態しているからな」

「二人はエヴァちゃんを基準にしているから、私のことをたくましいとか野生のボス猿とかゴキブリとか言うけど、私だって囮くらいできる可憐さがあると思うのよ」

「いや、大猿とか野猿ぐらいしか言ってないよ。それにゴキに関しては自分で言い出してなかったか？」

「まぁ、俺はたとえ世界にお前と二人きりになったとしても、お前を襲うと言う判断だけはしないな。多分、囮作戦をしても囮がお前ならきっと無駄だろうから、とりあえずやめとけ？　虫に刺されるくらいしか成果はないぞ」

虫にすら刺されなかったことは言うまいと私は心に決めた。

王太子は長年の夢を一つ叶える

「うん、実に綺麗だ、とっても似合っている。こんな綺麗な君を今から他の男に見せなきゃいけな

いかと思うと嫉妬で気が狂いそうになるくらい綺麗だよ、イヴ」

デビュタントの当日、イヴを迎えに行った僕は僕の瞳の色のドレスを身に纏ったイヴに出迎えられた。

いつもとても綺麗だが、デビュタントという特別な日なので、クラン家の侍女――彼女には王宮の侍女と言ってある――が、是非に姫様の着付けをさせてほしいと言ってきたので、任せたがここまで綺麗にしてくれるとは思ってもみなかった。さすがだ！

こんな綺麗なイヴをエスコートできるのは嬉しいし、美しい彼女を僕のものと他の人間に見せつけることにも優越感を感じる。

しかしその半面、数多の男にイヴの美しさを見せるのは気に食わない。本当に悩ましいところである。さっさと結婚して身も心も僕のものにしてしまえば、こんな身を焦がすような気持ちもなくなるのかもしれないが、それはもう少し先のことになりそうだ。とは言っても半年以内には絶対に結婚したい！

そのためにはまず、今日サトゥナーとイリアの愚かな兄妹を捕まえる必要がある。あの二人を捕らえて、一日でも早くアスランにクラン家を継がせ、イヴの後ろ盾になってもらうのだ。

あの愚かな兄妹は令嬢を襲うことに味を占めたのか、大きな夜会では必ずと言っていいほど、悪行を重ねていると報告が上がったので、恐らく今日も動くに違いない。

今日はサラの一族の人間である、トゥーリー子爵令嬢がイリアに喧嘩を売ってくれて部屋に連れ込まれる手筈になっている。正直か弱い令嬢を囮にするのは気がひけるが、サラが言うには『私には及ばないけど、その辺の騎士くらいなら十人は素手でノせる子だから大丈夫』らしい。

しかもトゥーリー子爵令嬢は騎士を目指しているし、あの程度の輩に遅れを取るつもりはないので、奴らが襲ってきたことを公表してほしいと言っているそうだ。反対に叩きのめしたことを実績として騎士団に所属したいらしい。とても頼もしくて良いことだと思う。

正直待ちに待ったイヴのデビュタントの日にこんな綺麗なイヴを放って奴らの始末をしないといけないかと思うと死ぬほど悔しいが、仕方があるまい。サラと約束した件もある。

イヴはドレスの色に不安があるらしく、「通常は白が慣例と思うのですが……」と言っている。昨日もドレスが間違ってないかと手紙が来たが、間違ってないと返しておいてよかった。

こんなに綺麗なイヴに慣例通り白いドレスを着せたまま目を離さなければならないとしたら、今日は出席させられない。いや、出席しないとデビューしたことにならないから、ファーストダンスだけ踊ってその後は僕の部屋に閉じ込めたかもしれない。けれどきちんと婚約発表をして、僕の色のドレスを身に纏っていれば、よほどの馬鹿ではない限り余計なちょっかいは出さないだろう。とはいえ、完璧に放置はできない。今日は僕もアスランも忙しい予定だから、リザム子爵にしっかり預けておこう。

こんな時にもう少し信頼できる側近がいたら、と思うのだが育ててなかったものは仕方あるまい。ちなみに僕の中ではグラムハルトは信頼のおける側近ではないので、ルーク家が没落次第、手放すつもりでいる。

この件が済んだら信用できるものをそばに置いていかなくてはならないだろう。

これから少し面倒なことがあるものの、僕の幼い頃からの夢のひとつである『イヴのデビュタントのエスコート』が叶う。嬉しくてたまらない。ファーストダンスとラストダンスは絶対にイヴとしか踊らないとずっと思っていたのだ。可愛い、可愛いイヴ。僕の宝物。

「できればこのまま部屋に連れ込みたい」と言う僕の言葉を彼女は一刀両断で切り捨てた。

約束があるから、手出しはしないけど、少しは恥じらってくれてもバチはあたらないのではないだろうか。

今回デビューするのは公爵令嬢から男爵令嬢まで合わせて二十六人いる。本来ならデビューの日だけは誰にでもダンスを申し込むことができるし、断られることもない。本来なら僕は二十六人――いやイリアを除くので二十五人か――と踊らなければならないだろうが、今期のレディー達には悪いが、全員と踊ることはできないだろう。

ファーストダンスだけは意地でもイヴと踊るつもりでいる。できれば二曲は踊りたい。その後のシモンヌ嬢とまでは普通に踊るが、サラ以降は恐らく誰とも踊れないだろう。

けれどラストダンスは絶対にイヴと踊りたいからさっさと面倒ごとは片づけてしまいたい。

今回僕たちはサトゥナー、イリアという害虫の駆除をしなくてはならない。囮も用意したが、万一囮以外の令嬢に手を出した場合に備えて、奴らに監視役をつけることにした。けれど正直に言って王宮は広く、目が行き届きにくい。さらに目立たない場所で活動しようとする奴らのそばに張り付いていたら不審に思われるだろう。

しかし、下手に影を投入すると、僕が王太子として以外の力を持っていることがバレてしまう可能性が高い。だから今回、ギルドの面々は使えない。

結局できることは、怪しまれない程度に何人かをここかなと思われる場所に配置することだけだった。

そのため、サラの一族、それから手を組んだクラン家の傍流の貴族達でそれとなく奴らの周りを警戒することになった。場所が王宮でさえなければもう少しマシな布陣ができたのだが、今回は場所が悪い。だからと言って今回何も手を打たずに、新しい被害者が出るのを、手をこまねいて見ているわけにはいかない。

なので、サラと僕のどちらに一報が来ても、すぐに動けるようにするために僕らは一緒にいないといけないのだが、下手に歓談しているだけだと、デビューした令嬢が僕を誘いにくるだろう。けれどダンスを受けると動けなくなるので困る。結局サラと踊り続けるしかないという選択肢になるのだ。イヴとですら、二回までしか踊れないのに！

悔しいとは思うが仕方があるまい。信頼できる側近を育てなかった弊害である。

我が国には公爵家が四つある。

北のクラン家、東のルーク家、南のテンペス家、西のダフナ家がそれに当たる。それぞれ王家に嫁いだり、降嫁したりと、準王族と言っても差し支えがないほど王家に近いもの達だ。言ってしまうと、この四家と王族は親戚のようなものになるだろう。

クラン家は没落寸前だが、アスランが立て直すだろうし、彼は僕の右腕とも言える、今一番信頼している人間だ。

ルーク家からはグラムハルトが僕の側近として来ているが、正直信用ができない。この家は母の生家なので、今一番興盛を誇っている。グラムハルト以外にも側近候補を送ってこようとしたが断った。

テンペス家からはルアードが来ていたが、八歳でお役御免になった。僕の不興を買ったことを理解したのか、次の側近候補を送り込んでこなかった。中立派と言えば聞こえのいい日和見主義なので、そこまで権力に固執していないのが特徴だ。

そして最後にダフナ家、この家は今後、僕の敵となる可能性が一番高い。なぜなら最も神殿よりの一族なのだ。そのため、王家を神殿よりも下に見る傾向が強いため、僕の側近候補を上げてこなかった。

下手に僕一人でもなんとかなったから適当な人材にある程度の権限を与えて仕事を回していたがこうなってくるともう少し考えるべきだっただろう。

そんなことをつらつらと思いながらもイヴの名前を呼ばれるのを待っていると後ろからキンキンとうるさい声が聞こえてきた。

「まぁ、わたくしよりも先にお披露目されるなんて、ずいぶんとご立派な方かと思いきやデビュタントのルールも知らない田舎者なんて、驚きですわね。どこの誰だか存じませんけど、礼儀もご存じないのね」

イリア・フォン・クランだ。隣にはファウストもいるのに、馬鹿な娘を抑えることもできないのかとため息をつく。

そもそもクラン家の正統な娘はイヴの方で、イリアはせいぜいのところ、伯爵家の娘でしかない。ファウストが分を弁えてないせいで、今の地位にあるだけである。本来正統な後継者であるイヴが一番前に立つことは、僕の婚約者であることを抜きにしても当然のことなのだ。

「やあ、クラン公爵令嬢。私がエスコートしている時点で彼女がどんな立場の人間か分かるだろう？　それならこのドレスを誰が用意したのかも分からないはずがないよね？　つまり、ルールを知らない田舎者とは私に対する言葉と捉えさせていただこう。どうやら、クラン公爵家は私に対して含むところがあるようだね」

イヴを馬鹿にすることは僕を馬鹿にすることだと告げる。更にファウストに向かって不敬罪だと申しつけるも、やつは上手い弁解もできなかった。しかもイリアに至っては『公爵令嬢』という立場に酔っているようで、謝罪のひとつもなければ態度を改めようともしない。

更に驚いたことに、ファウストは僕がエスコートをしているのは自分の娘だと気づいていないようだった。恐らくイリアも気づいてないのだろう。ファウストの政治力の低さゆえ、彼らは社交界から緩やかに弾き出されている。だからこそ、イヴの噂も耳に入ってないのだろうが、貴族にとって情報は命綱である。それすら制御できないのであればさっさと表舞台から去るべきなのだ。

時間切れである。僕は酷薄な笑みを浮かべると『お前の娘の態度から見て、家では王家を馬鹿にしているのだろう、後日よびだすからな』と告げると真っ青になってあたふたしていたが、一切無視した。

「ジェイ様、本来であれば私が対処しなければならないところを申し訳ありません」

イヴが申し訳なさそうに声をかけてくるが、これは僕の仕事だ。

彼女に自分の家族を罰させるわけにはいかない。汚いところは全て僕に任せておいてくれていいから、イヴにはいつでも笑っていてほしい。

それなのに、彼女はなんとなく寂しげで、その横顔がとても心に刺さった。

僕とイヴが入場すると、会場は一瞬、しんと静かになった。誰の目もイヴに釘付けである。彼女のあまりの美しさに見惚れるものがほとんどで声も出ないようだ。僕がクスリと笑い、一歩前に歩を進めたら、途端にわっと、大きな歓声が湧き、拍手で迎えられる。

中には『デビュタントなのに青い服なんて』とか『子爵令嬢が……』とか否定的なことを言う言葉も漏れ聞こえたが、それを言いながらも、彼女達はイヴに憧れを含んだ眼差しを向けていた。おそらく来年以降はデビュタントでも、多種多様な色のドレスを着込んだ令嬢が増えるだろう。

そして、デビュタントの紹介は着々と進む。サラの紹介の時は正直ドキドキした。サラはイヴを虐めると言っていた。詳しく話を聞かせろと言ったが、「そんなの効果的なタイミングでやるからわからないわよ」と返してきたから、いつのタイミングで来るか僕にはわからない。僕にはサラの思考が全く読めない。アスランも無理と言っていたので、僕だけの問題ではないだろう。国王の前やこんな大勢の貴族の前では何もしないとは思うが、相手はサラだ。油断ができない。

そして、今日のサラのエスコートはグラムハルトだ。控えの間にいる時から、奴が熱い目でイヴを見ていたことには気づいていた。奴もまたイヴに近づきたいのだろう。一度睨むと、さっと顔を背けた。

あちらが表立って何もしないなら、僕も下手な手出しはできない。他の令嬢の紹介が終わるまで大人しく待つことにした。

令嬢の入場が終わったら、父の挨拶があり、そこでようやく、『僕とイヴの婚約』が発表された。これでひとまずはある程度の男の牽制はできるだろう。父のからかい半分のような紹介に皆はどっと沸いた。しかし、表面上では言祝ぎながら、仄暗い欲望の籠った目でイヴを見ている男も、憎々しげにイヴを睨んでいる女も見つけた。

イヴに手を出すような真似をするならただではすまさない。イヴは今日僕の婚約者として正式に発表されたので今後は表立って護衛がつけられるが、この様子では、その質と数を精査しなければならないだろう。

父はデビュタントを迎える令嬢に祝いの言葉を向けていくが、敢えてイリアを無視した。これは貴族にとって屈辱的なことであるが、クラン家が王の不興を買って久しいことをほとんどの者が知っている。そのため、誰も反応せず粛々と式は続いている。

イリアが憎悪のこもった眼差しでイヴを睨んでいるが、僕がイリアに視線を向けると媚びるように笑ってきた。

愚かな娘だ、王家に嫁ぐには魔力も教養も足りない。しかも、悪事に手を染めており、処女でもないと専らの噂である。そんな娘が科を作り、媚びを売っても引っかかる王族も高位貴族もいるものかと思うが、どうやら理解していないようである。

異母姉であるイヴに対して思うところがあるようだが、イヴはあくまで彼らの兄妹なので、今日のターゲットになることはないだろう。けれど他の男は彼女の美しさに魅了されているものが多く見受けられる。今日は一人にならないように、イヴには後でしっかり釘を刺しておかねばならない。

周りを牽制しながらもイヴの美しさに見惚れていたら、ダンスの時間になった。イヴのデビュタントでファーストダンスを踊るのは僕の長年の夢だった。僕が誘うと彼女は「喜んで」と言って僕の手を取ってくれた。

「こうして君と踊れて嬉しいよ、イヴ。もちろん、他の男にこの役を譲る気なんてなかったけど」

僕が彼女に囁くと、少し驚いたように目を見張った後、小さく微笑んだ。天使の微笑みである。彼女は「ダンスは得意ではない」と言っていたが、実に優雅に、まるで羽が生えているのではないかと思うほど軽やかに踊る。

僕と相性がいいのだろうか？　それとも彼女の謙遜だったのか。

彼女と踊れて嬉しいと思うが、一般的にいわれる俗物的なことを思い出してしまい、落ちつかなくなる。

それは『ダンスを踊る時に相性がいい異性は、身体の相性もいい』というものだ。気になって彼女を見ると彼女の頬は上気しており、凶悪的な可愛さを醸し出している。つまり、彼女も楽しんでくれているのだ。それを気にしだすと色々と妄想が止まらなくなりそうだ。平常心を保たねばならない。……ならないのだが握っている手や彼女の身体を支える手から、彼女の肢体の柔らかさがわかってしまう。少し視線を下にずらすと、彼女の豊満な胸の谷間が見えた。しまった、この位置からだと見えるのか、と思う。

僕が見るのは正直ラッキーというか、当然問題ないが、他の男が見るのは我慢できない。本来なら僕がずーっと隣についていて他の男と踊らせないつもりで注文したドレスだった。今回害虫の駆除をすることがドレスを作製する前にわかっていたら！　と思うが、今更後悔しても仕方がない。

イヴには僕とリザム子爵以外の誰とも踊ってほしくないが、僕がそばにいられない以上、今の彼女の身分では断りきれない相手も出てくるだろう。

もう少し、胸元を隠すドレスにすれば良かったが、彼女に一番よく似合うドレスにしたかったし、何より下心があったことは否定しない。

楽しい時間はあっという間ですぐに一曲目は終わってしまった。けれど、僕たちは婚約者なので二曲踊れるのだ。もう一曲踊ろうと誘う僕に彼女は首を振る。

「この日でないと貴方と踊れない方がたくさんおります。どうぞその方々と踊って遊ばしてくださいませ」

いつも思うのだが、彼女は本当に弁えていて、ありがたいと思う半面、少しくらい我儘を言ってくれてもいいのに、と甘やかしたくもなる。けれど今日は確かに時間が惜しいので、彼女の言葉を受け入れた。次回こそ絶対に二曲続けて踊ってみせる！

彼女の言葉をありがたく受け入れた後に侯爵家のシモンヌ嬢と踊る。横目で確認するとイヴはリザム子爵と踊っていた。子爵にもできるだけ今日はイヴから離れないようにお願いはしているが、彼にも立場があるのでなかなかに難しいだろう。

続いてサラの順番になったので手を取る。

「何か報告は？」

「まだ。それよりエヴァちゃん、見た。初めてあんなに近くに見た。何あれ？　本当に人族？　生きているの？」

「当たり前だろう。わかったかい、サラ。僕たちがイヴを大事にする理由が」

「うん、内面まではよく知らないけど、外見は認めざるを得ない。でも、彼女もすごい化け物だね」

「化け物とは言ってくれるな。僕に喧嘩を売りたいのかな？」

「ううん、そうじゃなくてさ。彼女もしかしたらあんた以上の魔力持ちかも……。私達は魔力を研究していたからね、魔力の強さに関しては敏感なんだけど。エヴァちゃんの魔力量えぐい。正直怖いレベル。今日から正式な婚約者になったんだから、彼女に魔法の勉強をさせたら？　多分下手な護衛をつけるより安全だと思うわ」

イヴの資質の高さに驚きつつも考えてみようと頷く。正直、イヴの身の安全を考えると習わせるべきだろうが、僕との時間が少なくなるならあまり歓迎したくない。

そんなことを思いながら、サラとそのまま無言でダンスを踊る。サラとのダンスは踊りやすい。気心が知れているせいか、かっこいいと思われたいと思っていないせいか、はっきり言って楽である。色んな意味で。

視線をついつい下に向けるとにっこり笑ったサラは思い切り人の足を踏んできた。

「二度目はないって言っておいたわよね……？」

痛む足をこらえながら、イヴを横目で見るとグラムハルトとダンスを踊っていた。彼女の身体に他の男が触れるだけでその男を殺したくなる。グラムハルトは彼女に一生懸命何かを告げているようだが、イヴはにこりともしないので安心する。

グラムハルトは彼女と会話をして初めて僕がイヴとグラムハルトが良い関係を築く邪魔をしていたことに気づいたのだろう、僕を鋭い目で睨んできた。

グラムハルトにつけていた侍従は僕とイヴの婚約の話が出た時点で彼の元から去らせているので問題ないが、今頃気づくなんて愚かにも程がある。僕はグラムハルトに不敵に笑ってやった。

三曲目が終わる。本来ならサラとはここで終わりだが、報告が来ない以上踊り続けなければならないだろう。

再度サラの手を取る。気になってイヴを捜したら、今度はまた違う男が彼女の手を取っていた。銀髪でどことなく華がある男だ。どこかで見た気もするが、どこのだれかは分からない。わが国の貴族ではないようだが、妙に場慣れしている。

気に入らないことにイヴはグラムハルトとは違い、その男には笑顔を向けていた。更に気に食わないことに、イヴとその男のダンスは実に優雅で、どこか安定感があった。

渋々ながらサラと踊ること三曲……奴らの動きはないのか、報告が全くこない。もう少し早く動き出すと予想していたので、正直言って困っている。これが一番確実だと思ってはいたが、間違えたかもしれない、絶対にイヴに嫌われる。

「ジェイド。小休止の時間、少し水分補給して」

そう言ってサラは僕に飲み物を差し出してくれる。いつもは破天荒なくせにちょいちょいこちらを気遣ってくれるサラは、実は割と面倒見のいい性格である。

ワインを飲み、空いたグラスを給仕に渡したところで、壁の花になっているイヴを見つける。

「すまない、サラ。ちょっと謝りに行きたい。少し離れる」

「バカ、離れてどうするの？　私以外の女の子に誘われないように今こうして一緒にいるんでしょう？　しかも謝るってどうするのよ。『今囮捜査しているから、私と一緒にいるんです』とでも言うつもり？　捕まるものも捕まらなくなるわよ！」

確かにサラの言う通りではある。報告がまだ来ない以上、サラと一緒にいなければならない。こんなことならイヴと二曲踊ればよかった。調査によると奴らは目をつけた令嬢には割と早い段階で手を出しているし、トゥーリー子爵令嬢のイゾルデも早々に喧嘩を売ってくれることになっていたから、こんなにサラと踊る気はなかったのだ。

「もう、仕方ないわね。じゃ私が喧嘩売ってヘイト集めてあげるから、あんたは黙って隣にいなさい」

「ちょっと待て、追い討ちをかけてどうする」

「嫌いな人間が二人いて、片方がものすごーく感じ悪かったから、もう一人のそこまで感じ悪くない方ってあんまり印象に残らなくない？　まぁ、あいつに比べればましか……、みたいなの。それに私はもとよりエヴァちゃんに喧嘩売って彼女に同情票を集めるつもりだったんだから、一石二鳥よ。大丈夫、調べた感じ、エヴァちゃんそこまで気が弱い子じゃなさそうだし、問題ないわ」

そう言ってズンズンとイヴの方に向かうサラをエスコートしているように見せかけながら共にイヴの元へ行く。

イヴにサラを紹介すると、イヴは美しいカーテシーをして、サラに挨拶をする。何も知らないイヴからしたら、サラは嫌悪の対象だろうに、礼儀正しい立居振る舞いだった。

それにもかかわらず、サラの態度は僕ですら苛つかせるすごいものだった。本当に憎まれ役がうまい。天賦の才能だろう。

「いやだ、イヴ様。クラフトだなんて、サラって呼んでください」

待て、サラ。誰がいつ彼女のことをイヴと呼んでいいと言った。その呼び方は僕専用で他の人間が呼ぶことは許さないぞ、と厳しい顔をしたら、それにイヴが反論してくれる。

「サラ様、それでは私のことはイヴでなく、エヴァとお呼びいただけますか？」

さすがは僕のイヴだ。僕と約束してくれたことを忠実に守ってくれるつもりらしい。

「いやだ、イヴ様ったら。どちらでも一緒じゃないですか。それにジェイがイヴって呼ぶから私もイヴ様って呼びたいです。もう慣れちゃったんですよね。私、よくジェイと一緒にいるから」

サラがそこに更なる爆弾を投下する。いつも俺のことは『ジェイド』か『あんた』なのに、僕がイヴにそう呼ぶようにお願いした名前で僕を呼ぶあたり、確信犯である。しかもいつも一緒にいる、とか誤解されても仕方がない話ぶり。ヘイトを集めるとか言っていたが、僕とイヴを別れさせようとしているとしか思えない。

思わず口を開きかけたら、またもや思い切りサラに足をヒールで踏まれる。痛い、と口に出さないように口をつぐんだ瞬間にサラはペラペラと違う言葉でイヴを苛んでいた。

流石にこれ以上はやめてくれ、そもそもそこまでサラが悪役にならずともいいだろう、と口を開きかけた時に、小休止が終わり、再度曲が流れ出す。

「あっ、ジェイ。再開したね、踊ろう」

できればこれ以上踊りたくはないが仕方があるまい。けれどその前に何か、イヴに言わなくては、と思ったが、その前に意を決したような顔のイヴが口を開いた。

「お待ちください、サラ様。本来婚約者でない方とのダンスは一曲きり。婚約者でも二曲までです。これ以上はなりませんわ。それに兄妹同然に育ったとは言え、公の場で殿下のことを愛称で呼んではなりません」

ものすごく真っ当な意見である。彼女の後ろに控えていたレイチェル夫人が驚いたようにイヴを見て感心したような眼差しを向けている。それ以外にも僕たちの行動に眉を顰めていたうるさ型のご年配の貴婦人たちがうんうん、と頷いているので、ある意味サラの計画通りである。

「やーだ、イヴ様ったら、ふっるーい！　お城で古くさいことばっかり言っている教育係の方みたいなことを言うんですね。そんな嫉妬しなくっても私とジェイは兄妹みたいなものだから、大丈夫ですよ。まぁ、イヴ様は一度きりしか踊ってもらえなかったからそう言いたくなる気持ちはわからなくもないですけど」

イヴにだけでなく、後ろの貴婦人たちにも喧嘩を売るつもりなのだろう、サラは続ける。後ろの貴婦人たちは物凄い目でサラを睨んでいる。これは確かに、イヴにものすごく支持が集まりそうで良い気はするが……けれど、イヴは大丈夫だろうか？

「左様でございますか、けれどもサラ様。貴女さまはいつでも殿下と踊っていただけるかもしれませんが、子爵令嬢や男爵令嬢の方々は恐らく人生で一度きりのチャンスです。譲ってあげていただけませんか」

僕の心配をよそに、イヴはここまでバカにされても、母のように切れて相手に手を出すこともなく——サラを気に入っているだけあって我が母も割と凶暴である。イヴにだけは手を上げさせないように気をつけねばなるまい——またヒステリックに喚き散らすこともなく、淡々と続ける。

しかも『下位貴族のことも考えてほしい』と言う、反論しにくく、さらに慈悲深い発言に周りの貴婦人たちのイヴを見る目が、賞賛の眼差しに変わる。さすがは僕のイヴである。

「ふーん、そうくるんですか。どうする、ジェイ?」

ここで僕に振るのか！　それなら最初から話をさせてほしかった。どう考えてもこのまま罠を張るなら僕に言えることはただ一つだけである……。

「そうだな。じゃ最後にもう一回踊ってから」

崩壊の足音

「奴らが動き始めましたよ」

サトゥナーとイリアにつけた、一族の監視がダンスを楽しむ——様に見せかけている——私たちのところへ、やはりダンスをしながら現れ、こそりと告げるとさっとターンをして離れていく。次のダンスが始まったばかりなのでこの場から抜けにくい。
今日は私の一族の娘、トゥーリー子爵家のイゾルデが、囮として協力してくれることになってい
る。イゾルデは気の強い娘でイリアに思い切り嫌がらせができるチャンスだと笑っていた。
彼女はあまり王宮には来ないので接触する機会が少ないが、仲良くなれそうではある。どの程度
の腕か念のためやり合ったが、あれなら問題はないだろう。けれど、世の中に絶対はないので、つ
い、そわそわしてしまう。
あまり不審な動きをするとサトゥナー達に罠を仕掛けていることがバレる可能性が高い。新たな
被害者が出る前にあの愚かな兄妹を捕まえて処罰しなければならない。その上で現当主のファウス
トを隠居させ、アスランを新しい当主に据える、それが私たちの計画の第一歩だ。
今のところ、私の一族にはジェイドと手を組んだことはまだ言っていない。ジェイドとアスラン
も時期尚早だと言う私の意見に賛成してくれた。私が一族に話すのは、ジェイドがエヴァちゃんと
結婚して、今一族が画策している策が失敗に終わってからで良いだろうという話で落ち着いている。
けれどクラン家の力を削ぎたいルーク家とルーク家に媚を売りたい我が一族は、現クラン家当主
と嫡男への監視については疑念の余地もなかったらしく、こうして動いてくれている。
先程エヴァちゃんに怒られてから何曲目かでようやく奴らが動いた。——あまりに踊りすぎて疲
れたので曲数をよく覚えてないが、ようやく奴らの尻尾を掴めそうである。
エヴァちゃんには「今回デビュタントを迎える子を慮ってやってほしい」と言われたが、まずは
危険を排除してからにさせてもらおう。『王子様との一生の思い出』よりも『傷物にならないこ

と』の方が彼女達にとっては最終的に利益になるだろう。

「ようやく来たな」

「本当に踊り疲れたわ」

「もっと早く動いてくれていたら、僕はイヴに軽蔑の眼差しで見られることがなかったのに」

「私だって絶対に嫌われたとかぶつぶつ言い続ける鬱陶しい男と踊り続けなくてすんだのに」

ダンスが終わるなり「足を捻った」と私は騒ぎ、手当する名目でジェイドも会場を離れて、騎士達との合流地点へ向かう。そこには六人ほどの騎士達がいた。どの騎士も口が堅く、勤務態度も真面目で、腕っ節も強いらしいので、事前にことのあらましは話してある。彼らの選別に関してはアスランがしてくれたので信用して問題ないだろう。

それから、すぐに一族の男性が走ってきて私たちに告げる。

「どこの令嬢かはわかりませんが、男が令嬢を無理やり、部屋に連れ込んだところを見ました。ご案内いたします」

報告する男の『どこの令嬢かはわからない』と言う言葉に違和感を覚える。私は一族の人間にきちんと『トゥーリー子爵家のイゾルデ』が囮をするから、彼女から目を離さないように言ったはずなのだが。不審に思いつつも急いで彼の後を追う。いくらイゾルデでも万一の可能性がある。

ちょうど馬車付き場へ向かう途中の人目につきにくい部屋の前でとまり、「ここです」と言った。

部屋には内からも外からも鍵がかかっており、サトゥナーたちに協力する第三者の存在を感じさせた。それも後から調べなくてはと思う。

内鍵については、持っていた鍵で解錠できたが、外鍵については合う鍵がなく、しかも魔法も剣も通じないものだった。

「少し、手荒になるが扉を壊すか」とジェイドが呟いたときに、奥からバタバタと足音が聞こえた。奴らの手のものかと身構えたのも束の間、現れたのは鍵を手にしたセオドアだった。夜会嫌いのセオドアが今日の夜会にいたことにも驚いたが、なぜ今ここで彼が登場したのか……。

「これを。早く、中を！」

セオドアは息を切らしながら鍵を手渡す。ジェイドはセオドアを一族の人間と思ったようで素直に鍵を受け取り、「礼を言う」と返した。

その時に、ここまで案内してきた男がにやりと笑いながら私に耳打ちした。

「イゾルデ様よりも適任者がおりました。少しお知らせする時間を遅らせたので、恐らくもう手遅れです。これで邪魔者はいなくなりますよ」

男の言葉から、この部屋にいるのはイゾルデではないこと、そしてセオドアが登場したことで、この部屋で襲われているのが誰だかわかってしまった。エヴァちゃんだ。

それ以外に、いつも飄々としているセオドアが必死になる女の子なんかいるはずがない。

私がエヴァちゃんについて大丈夫かとジェイドに聞いた時に「一人になるなと言ってあるから大丈夫だよ」と言っていたが、今思うと私が彼女に挨拶した時、既に彼女は一人だったじゃないか！

ジェイドと共闘することを一族に伝えてなかったせいで、一族はエヴァちゃんも邪魔者として見ていたままだった。しかも、『手遅れ』になるまで彼は見て見ぬ振りをしていたのだ。きっとジェイドはエヴァちゃんを陥れようとした一族を許すまい。

このことがバレたら特区の話はもう無理だろう。一族の手酷い裏切りなのだ。ジェイドに報告するべきだ、するべきなのだが……。正直に言って私は夢を見てしまった。

滅びゆく我が同胞達の再興を。言わなければバレないだろうか？　いや、もしバレたら最悪彼らと私たちの間で戦が起こるだろうか……？

どうするのが正しいのだろうか、と思ったが、まずはこの場をなんとか乗り切らなくてはいけない。

このまま襲われたのがよりによってエヴァちゃんだとジェイドにバレたら、犯人達は跡形も残らないだろうし、私も騎士達も巻き込まれて良いとこ怪我、最悪死ぬ。ジェイドは下手をすると初代以上の化け物なのだ。

何よりエヴァちゃんが襲われたことが社交界に知れ渡ってしまう。それにエヴァちゃんもジェイドにこんな姿を見られたくないだろう。なんとしても今発覚することだけは避けなくては、と心に決める。まずはそこからだ。

ジェイドは予定通り静かに部屋を開けた。何故か強いワインの匂いが鼻につく。ジェイドもそれに気づいたのか、顔をしかめた。匂いの因を捜すとそう遠くない場所に割れたワイングラスがあった。ジェイドもワイングラスに目をやったが、すぐにつまらなさそうな顔をした。そうして逃げ出そうとしているサトゥナーをはじめ、その部屋にいる者を捕縛するよう、命じる。

運のいいことに、その部屋のベッドは奥まったところにあり、かつ天蓋がついているので、被害者がどのような状況かはよく見えない。なんとかこのまま誤魔化しきらなくては！

もちろん後から被害者が誰かわかった時にジェイドはサトゥナーを殺しに行くだろうが、その時は安全圏に避難しておこう。

「無事か?」

そう言ってジェイドがベッドに近づいて行く。焦ったところでイリアと目が合う。気に入らない令嬢を兄に襲わせるだけでなく、苦しむ様を見て楽しむつもりでここにいるのだろう。なんて悪趣味な! ジェイドの気を引く意味も込めて「あら、イリア様どうしてここにいるの?」と声をかけると、ジェイドは弾かれたようにこちらを振り向く。クラン家の現当主を追い詰めるいい駒が二人もいたことに驚いたのだろう。ついでにこの女もサトゥナーと同じく、多少は痛い目を見れば良いのだ。

「いや、来ないで!」

そんな時に響いた声は案の定、エヴァちゃんの声だった。私は想像がついていたからすぐにわかったが、ジェイドはまだ気づいていないようだった。似た声の子だな、くらいは思ったかもしれないが。

しかも、恐らくだがエヴァちゃんは私にもジェイドにも気づいている。その上で自分の今の姿を見られたくないと言っているのだ。同じ女として気持ちはよくわかる。しかも、彼女は三馬鹿により身体のあちこちに傷があると聞いたことがあった。恐らくその傷が見えるような状況なのではないだろうか。

それなら、私やジェイドの目に触れられたくないだろう。

ジェイドが気付く前に、私は意を決して先ほど見つけたワイングラスのかけらを思い切り踏んづけた。

「いや、痛ーい！　なにか刺さった！」

「サラ！　誰かサラを治癒術師の元へ！」

私のことを心配したジェイドが私を抱き抱えて、他の騎士に渡そうとするが、「ジェイドが連れて行って」と駄々をこねてみせる。私の様子に何かを感じたのか、ジェイドはため息を一つつくとそのまま王宮神殿へ向かってくれた。

その前に騎士にこの場についての指示を残したので、エヴァちゃんは騎士に任せて良いだろう。それに恐らくセオドアもいるので大丈夫だろう。ジェイドに抱え上げられて出て行く時に、ちらりと部屋を見たら、彼女に寄り添うセオドアが見えた。流石に傷ついた女の子に手を出す真似はしないでしょう、と彼を信頼することにした。

『王国歴千二十二年 九月十日
デビュタント会場にて行われた事件について
主犯　サトゥナー・フォン・クラン
　　　イリア・フォン・クラン
協力者　クラン家の使用人四名
　　　ビル・ベン・ジョー・カール
第二騎士団

副団長　ノイデン・クラン・アルム・サウス・トラスト
騎士　グラース・バルトン
騎士　アルバート・エルム
場所　王宮　白百合の間
主犯は会場内で目をつけた令嬢を王宮の休憩所として開放されている『白百合の間』に引き込み、暴行を加えようとしたものである。
上記三人の騎士は上記の部屋の周りの見回りをすべきところを金銭と引き換えに主犯の行動を見逃し、外から鍵までかけたとアルバート・エルムは供述している。
現在、ノイデン・クラン・アルム・サウス・トラストとグラース・バルトンに関しては鍵を奪取に来た、神殿のセオドア・ハルトの手によって意識喪失状態にあり、詳しい話は聞けておらず、彼ら二名の意識が戻り次第、事情聴取予定。
被害者は、頬や身体の所々に傷痕が残っている状態だが、純潔は守られていると王宮医師、クレア・ノーマンは診断している。
被害者に関しては、今後のこともあり、また、ここに名前を載せることを憚られる方であることから、今回の報告書では割愛する』
ぐしゃりとジェイドは報告書を握りつぶすと、真っ青な顔で部屋を出て行った。ジェイドが置いて行った報告書を読んでアスランも顔を青くして出て行く。この報告書を読んで二人は初めて被害者が誰か知ったのだ。私もさっと目を通して、二人の後を追う。

あの後、私の足の治療を王宮神殿に依頼した後、ジェイドとアスランは急いで、会場に戻り、陛下に事件について話しに行った。

陛下はクラン公爵の身柄を押さえるように騎士に命令した後は、事件を大事にしないためにも、夜会はこのまま続けるので、処理は任せるとジェイドに全て任せたそうだ。

そのため、騎士団に騎士の関与の可能性を告げた後、関与した人間の捜索と今夜の見張りの徹底を指示し、細々（こまごま）と動いた二人が報告書を読んだのはずいぶんと時間が経ってからだった。

本来なら私がもっと早く言わなければいけなかった。王宮神殿に着くまでに……せめてジェイドと別れる前に、言えば良かったのだが、私はなんと言えば良いかわからずに言葉を呑み込んでしまった。そして呑み込んだまま今に至ってしまっている。自分のしていることが信じられない。あまりの卑劣さに吐き気がする。

あの時あそこでジェイドを遠ざけたことは後悔していない。けれど、エヴァちゃんが衣服を正した後はジェイドの存在が慰めになっただろう。なのに、私は口を開けなかった。なんで、知っているんだ？　と聞かれたくなかった。

どうして見張りの人間は私にあんなことを囁いたのか、知らずにいたら私も一緒に憤れたのに、と思ってしまった後であまりの自分の醜悪さに目眩までしてきた。

私はその辺の人間よりも自分がずっとずっと強くて正しいと思って生きてきた。けれど違う、私は醜くて弱い。せっかく得た理解者であるジェイドとアスランに嫌われたくなかった。また、三人でした約束を大事にしたかった……それを踏み躙ったのは私自身だ、と今は思う。今ならそう思えるのだが、一度呑み込んでしまった言葉を発する機会を未だに私は見つけられていない。

二人が向かったのは、方向からいって、クレア先生のところだった。私たちが着いた時には、もうすでにエヴァちゃんはおらず、先生が書類を記入しているところだった。

「あら、殿下。いかがなさいましたでしょうか？」

先生は私たちに気づくと、書類を書く手を止めて声をかけてきた。四十歳くらいの女医で、いつも柔らかな雰囲気を持つ女性だが、今日は少しぴりぴりしている。間違いなく今回の事件のせいと思われる。

「イ……被害者の女性は？」

「もうとっくにお帰りになられましたよ、王宮に部屋を用意すると申し上げたんですけど、どうしても家に帰りたいと仰って、親切な紳士が馬車を用意してくださったの。彼女のご両親は何かあったと周りに感づかれないように先にお帰りでしたから」

「そうか、わかった。邪魔をしたな」

そう言ってジェイドが扉を閉めた後で「えぇ、本当に」とクレア先生が呟いた声が聞こえた。間違いなく先生も不愉快に思っている。けれどジェイドは悪くないのだ。私が、悪い。「一族の人間が裏切ったのだ」と「今イヴちゃんについていてあげて」と言えばよかったのだ。お願いだからジェイドを責めないでほしい。そう言いたかったのに臆病な私は何も言えなかった。私のせいでジェイドまで悪く言われる。目眩がして息苦しい。なんて愚かなんだろう……そう思うのに、何も言い出せなかった。

急いで馬車を手配させて、馬車乗り場へ向かうと帰ってきたセオドアと鉢合わせた。
思わず「あ、チャラ神官」と呟いてしまった。その声が聞こえたのか、ジェイドの顔が歪んだ。

「おや、これは殿下。ごきげんよう。こんな遅くにお出掛けですか？　最近は物騒なようですから、お止めになる方が宜しいかと思いますよ」

　話しかけてくる彼は傍目には、涼しい顔で笑っているように見えるが、私たちへ向ける目には敵意がこもっている。いつもは心情が読みにくい人間なのだが、今日のセオドアは明らかに怒っていた。

　本来なら王太子たる彼にこうして話しかけてくることも、敵意がこもった視線を向けることも、不敬罪に当たると言われても仕方がない行為だが、神殿の『ハルト』に関しては罪に問われない。彼らは貴族ではないが高い地位がある。

「やあ、君とこうやって話すのは初めてかな？」

「あぁ、そうでしたか？　それは失礼を。セオドア・ハルトと申します。殿下のことは彼女からよく伺っておりますので、初めての気がいたしませんでした」

「そうかい僕のイヴがお世話になっているね。彼女は王宮になれてないから、親切にしてくれて礼を言う」

「いえ、殿下にお礼を言われるようなことはしておりませんよ。私が個人的に彼女を助けたいと思っただけですので。いつも一人で所在なさげにされておりますから、どうにも目が離せなくて」

「そうだね、今日僕との婚約が正式に発表されたから今後は滅多な人間が近づけないように、表立って人をつけることにするよ」

「なるほど、それが良いでしょう。蜜蜂が美しい花に惹かれるのは、当然のことですからね。特にそれが日陰に咲くような可憐な花であればあるほど」

「ご忠告痛み入るよ。その忠告に従ってしっかりと花を守れるものを選別しよう」

「そうですね、けれどいくら蜜蜂が来ないように花を囲っても、陽の光がないと花とは枯れてしまうものです。それに蜜蜂以外にも花を狙ってくるものはいますからね。どうぞ、くれぐれも大事になさってください。なにせ、美しい花は世界の宝だと思いますので」

セオドアの顔は笑っているが瞳は凍えたままだ。この男がこんなにはっきりと敵対の意思を見せたことに驚く。私の前ではいつも軟派な態度でこちらを揶揄うような言葉をかけてくる、軽い男なのだ。男の前では違うのか——それともエヴァちゃんが絡むから違うのか……。本当に彼女が絡むと周りの男性はものすごく過保護になる。

「あぁ、もちろん、美しい花は世界一綺麗な僕の花だからね。大事にするさ」

「あなたの花ですか……。花の所有権を主張するとはなんとも無粋なことです。そういえば魔力の強い方には運命の伴侶とやらがいるそうですね。神殿にも似たような話があります。ハルトは生まれる前は天使で、天使は無性で男性でも女性でもあると。けれど生まれる時に二つに分かれてしまうから、お互いの魂が呼び合うとか……。なかなかロマンチックな話ですよね」

そう言ってセオドアは笑顔を見せる。それは私たちに対する、敵意の溢れたものではなく、どこか自虐的なものを感じさせた。

「あぁ、特に王家の人間は運命の伴侶を見つけると言われている。もちろん、僕も例外ではない」

「そうなんですか。実は神殿の同じく『ハルト』にバーバラと言う女性がいましてね、彼女はしょっちゅう運命の相手を見つけては破局しています。そばから見ると、結局ただの一目惚れにすぎないように見えておかしくてなりません」

「そうかい、それは残念な話だね」

「そのようですね。きっと彼女の相手もまた他の誰かに運命を感じているでしょう。お互いに運命の相手が何人いるかわからないんじゃないでしょうかね」

セオドアはそう言って笑ったが、今まで見たことのない酷薄な笑顔だった。ジェイドは笑顔のまだが、アスランは嫌そうに顔を顰めた。

「まぁ、こんな話はどうでも良いことです、貴重なお時間を申し訳ありません。ところでもう外出はお止めになった方がいいですよ、もう城門が開いていませんからね。今から殿下が出ていかれたら何事があったか勘繰られることでしょう。私も今、夜会で熱気にあてられた女性を一人診てきたところですが、城門が閉まっていて往生しましたよ」

そのセリフにジェイドの表情がぴくりと動く。おそらく彼がエヴァちゃんを送って行った親切な紳士だと気づいたのだろう。その上でエヴァちゃんの様子が聞きたくて仕方がないのだ。

「その……女性の具合は?」

「そうですね、もう少し安静が必要でしょうね。あぁ、きちんと診てきたので心配はいりませんよ。今は私以外の誰が行っても会えないでしょう……まぁ、今更ですからね。さて、こんな遅くにこれ以上殿下をお引き留めするのは護衛の方に申し訳ありませんし、私も少々疲れておりまして、申し訳ありませんがこの辺りで失礼しても……？」

「あぁ、すまない」

そう言ってジェイドもセオドアも踵を返す。

ジェイドとアスランはサトゥナーやイリアのいる貴賓牢の方へ。セオドアは王宮神殿へ。

いつもとあまりにも違うセオドアの様子に私は驚いていた。私は根底のところで人を馬鹿にしていた。だから彼も軽く見ていたが、こんな人間だったのかと目から鱗が落ちるような気分だった。

振り向いて見たセオドアは少し足をもつれさせていた。いつもより感じる魔力が弱かったので、何か魔法を使ったのかもしれない。彼の力もジェイドほどではないが強いので、治療に使ったのは割と強い魔法だったのだろう、何をしたのか気にはなったが、それよりもジェイドとアスランについて行かなくてはと二人の後を追った。

兄は激怒する

「消し炭にしてやる」

そう言ってサトゥナーにあり得ないほどの火力の魔法をぶつけようとしたジェイドを俺が殴って止める。

サトゥナーはひぃ、と言って失禁している。顔はもう見る影もなく膨れ上がり、散々殴られた痕が見て取れた。いつもの傲慢な態度を見るだに報告書を作る時にも愚かなことを言って色々な人間を怒らせて、何人かの人間に殴られたのだろう。

「殺すな！　まだ裁判前だ、今殺したら王太子の私刑にしかならねぇだろうが！　まだお前は王太子でしかないんだ、先走るな！　くそ、くそ！　なんでこんなこと、俺に言わせるんだ、俺が一番殺してやりてぇんだ！　馬鹿野郎！」

悔しさのあまり涙が滲む。悔しい、あの家はどうして俺とエヴァをこんなに苛むのか。放逐したのならそのままにしていれば良いものをなぜここまで、奴らの好き放題にされなければならないのか。殺してやりたい、それは俺の言葉だ。なんで俺が妹を襲った男の命を守ってやらなければならないんだ。それを言わせるジェイドにも頭にくる。「なんで、どうして、悔しい」それればかりが頭を駆け巡る。

俺はどこまでもエヴァの兄失格だ。いつも肝心な時に、あの子を守ってやれない。

エヴァが大事だ。すごく可愛い、俺の唯一の家族だ。

けれど、ここで俺まで一緒に暴走したら、クラン公爵家はどうなる？　目の前の愚弟は家なんか潰しても良いと思っているかもしれないが、我が家がなくなったら、使用人はどうする？　一族の家は？　領民は？

ここでエヴァを最優先にして何もかもを捨てるには俺の肩には重荷が色々とかかりすぎている。あまりの自分の無力さと愚劣さと怒りに吐き気と眩暈がする。こんな時にでも俺がしっかりしないと、ジェイドにはほかに側近がいない。

サラとジェイドの策に乗ったのは俺もそうだ。だからジェイドを責めるのは間違っている。

『どうしてエヴァがこんな目に遭わなければならなかったんだ、俺はまだお前の近衛騎士という設定で、会場にすら入れない身分だ。お前が守るべきだっただろう！』

それなのについこんなことを思ってしまう。本当に俺は卑劣だ。

『俺はもうお前にはついていけない』

ジェイドにそう言えたら楽だろうが、これからクラン家は罪人を出した家として世間の冷たい目に晒される。俺だけならまだ我慢できるけれど、その目は係累にも及ぶだろう。そんな時に王家から離れるのは得策ではない。

それに今後のエヴァについても守る必要がある。もう、ジェイドとの未来はエヴァにはない。

襲われるのは『サラの一族のトゥーリー子爵家のイゾルデ嬢』で、返り討ちにするはずだったので、できるだけ密やかに動いてはいたが、誰の目にも触れないようにはしていなかった。おそらく何人かの目撃者がいるはずだ。

そしてこの手の醜聞は社交界では、あっという間に回ってしまう。報告書には純潔は守られたとあるが、誰がそれを信じるだろう。将来あの子が産んだ子がどういう目で見られるだろうか？

たとえ、今から一年以上経って結婚しても醜聞はついてまわり、三年後に産んだ子でも『以前そういうことがあったお妃様だから、今度は誰と何があってもおかしくないわよね？』と噂になるのだ。この手の自分に関係のない、醜聞は彼らの大好物だ。

そんな奴らの話のタネにエヴァを差し出すつもりはない。エヴァをジェイドとは絶対に結婚させない。最近少しずつ歩み寄り始めていた二人だが、これだけは譲らない。俺が当主になってしっかりと断ってやる。そしてしっかり断るには、やはり力が必要なのだ。

だから今は、ジェイドのそばを離れるわけにはいかない。今の俺にとってジェイドは『ちょっと憎めない、可愛い弟分のような、けれど敬愛すべき主君』ではない。『害になりうる可能性が高いが、それ以上に利用すべき主君』だ。この関係が今後どう変わるかはわからないが、今はもうこれ以上は無理だ。

魔族のことについても、俺が責任を持つと口にした以上は、たとえ何があろうとも、やり遂げるつもりがある。だから、ジェイドのそばは離れない。離れはしないが……あまりの悔しさに口の中を思い切り噛み締める。血の味がした。おそらくエヴァはもっと痛かった。俺があの子の痛みを全て引き受けてあげられれば良いのに……。

おそらく俺の目もジェイド同様に血走っているのだろう、ちらりと目に入ったサラは青い顔をしてこちらを見ている。

「悪いが、今の俺にお前を気遣ってやれる余裕がない。ジェイドを連れて行ってくれ」

王太子は絶望する

アスランに思い切り殴られた後、僕は王宮内で、魔法を使ったため、謹慎処分となった。『王宮で魔法を使った』という名目だが、明らかに僕にサトゥナーを殺させないための処置だろう。魔法が使えないように結界の張ってある部屋に入れられ、執務もさせてもらえない。本来なら、王宮で許可なく攻撃魔法を使ったら謹慎程度では済まないので、どこまでも僕に甘い対応だ。

何もすることがなければ考えるのはイヴのことばかりだ。デビュタントでファーストダンスを楽しそうに踊ってくれたのに、僕の失策で怒らせて、最後には傷つけてしまった。

殴られた痕があったと報告書にはあった。恐ろしかっただろうし、痛かっただろう。そして報告書が作成されたからには、きっとこの件は貴族達のスキャンダルの的として社交界で囁かれるだろう。

けれどごめん、イヴ。僕と一緒になったら、君にはずっとずっと醜聞が付き纏うだろう。それでも僕は君の手を離してあげられない。これからは絶対に守るから、飛び立って行かないでくれ。

君の手が、僕ではない他の誰かの手を取る事を想像するだけで、耐えられない。もしそんな事態が起きようものなら僕はその相手を殺して、その上で君の目に誰も映らないように、君をどこかに閉じ込めてしまうだろう。

多分今までよりもっと状況は悪化している。イヴを迎える事を賛成する人間はほぼいないと言っても過言ではない。彼女と一緒になるためなら、僕は王太子の地位を捨てても良いとすら思っていた。サラと彼女の一族の話をするまでは……。

今はもう、僕はこの地位を捨てたくない。何故、そんなにこの件に拘っているのかは、もう僕にはわからない。この計画を中止するのは容易い事だ。けれどそれでは彼女を傷つけただけでなんの成果も得られないことになる。それが嫌なのか、それともサラへの義理なのか、意地になっているだけなのか……。

僕は切れ者で、周りのことがきちんと見えているつもりだった。ルーク家を弱体化させることも母を離宮に閉じ込めることも、全て問題なくこなせるつもりだった。甘かった。僕はまだ十六の成人したての若造でしかないのだと今回のことで痛感した。

僕は魔力が強く初代の再来だと言われて天狗になっていただけの只の馬鹿だ。一番大切な彼女を肝心な時に守れなくて今も謹慎を命じられて見舞いにも行けない。

この部屋に入れられて今日で五日目だが、アスランはサトゥナーとイリアの対応に忙しいのかこの部屋を訪れない。彼にも見限られたのかもしれない。

謹慎に処された後、僕を訪ねてくれたのはサラだけだった。その際に今の状況を彼女がわかる範囲で教えてくれていた。そのサラも昨日から姿を見せない。何かあったのだろうかともどかしく思う。何もできない自分が本当に悔しい。

そんなサラが今日、息せき切ってやって来た。サラは騎士たちに何か書状を見せて、鍵を開けるように言っている。騎士たちが鍵を開けるなり、サラは部屋に飛び込んで来て、僕の手を取り走り始めた。

「今日がイリアとサトゥナーの裁判なの。王妃様は裁判が済むまでジェイドを部屋から出さないつもりみたいだったから、この裁判でエヴァちゃんに婚約解消を迫るつもりだと思う。だから急いで陛下にジェイドの謹慎を解く許可をもらおうとしたんだけど、なかなか会ってもらえなくて……。今日やっとお会いできて許可がもらえたの。早く来て」

走りながら、サラは続ける。

「多分だけど、サトゥナーとイリアはそこまで重い罪にはならないみたい。王妃様にとっては、あの二人がもっとバカをするのを待つ方が、都合がいいんじゃないのかな……。今ならサトゥナーとイリアを絶縁すれば、クラン家は残るだろうし、後継はアスランがいるから……。もっと一族郎党処刑できるような、重い罪で裁きたいんじゃないのかな。今まで被害に遭った令嬢たちは、名乗り出ないから、これが初犯とみなされるし、しかも未遂だから。だけど、絶対に裁判の間で魔法を使ったりしないでね。じゃないともっと身動きが取れなくなるから」

サラの言葉に怒りが込み上げる。まさか、僕のイヴに手を出したサトゥナーとイリアがこのまま何事もなく生きていくなんて許せるはずがない。サトゥナーもイリアも絶対に許さない。どんな手を使ってでも処刑してやる。

僕がこの手で生きてきた事を後悔するような、目に遭わせた上で殺してくれと懇願するようにしてやる。

急いで裁判が行われる部屋に僕とサラは駆け込んだ。そこには父と母、宰相しかまだいなかった。間に合ったとホッとする僕を見て母は顔を歪めた。父が許可を出した事を知らなかったのだろう。おそらく知られたら反対されるからとサラが秘密裏に動いてくれたに違いない。

僕らが駆け込んですぐに、他の貴族や罪人であるサトゥナーとイリア、それからイヴがあの夜の男——セオドア・ハルトにエスコートされて入室してきた。心労のせいか、イヴは少し痩せたようだった。イヴに走り寄りたいと思ったが、彼女に何を言えばいいのか……。逡巡している間に裁判が始まり、イヴの元へ行く機会を失った。

裁判は粛々と進んだが、僕の頭は冷えていないままだった。そして、頭に血が上ったままの僕は、やはりどこまでも馬鹿だった。後から振り返ってみると愚かのふた文字しか僕に合う言葉はない。最低でもいいかもしれない。

どうしても奴等を処刑したかった僕は言ってはいけない一言を言ってしまったのだ。

「彼女がそなたの兄の子を孕んだ場合、それは王家を乗っ取ることになるな。つまり、王家簒奪の罪を犯しかけた言い訳がそれか？」

これは、僕自身がイヴが手込めにされかけた事を肯定してしまう言葉だ。僕の言葉に落ちつけとばかりにサラが背中を叩く。しまった、と思ったが、一度口から出てしまった言葉は取り消せない。このままでは母の目論見通り、イヴとの婚約を解消されてしまうかもしれない。

そう焦った時に、ファウストが『兄妹なので家族同士の諍いだった』と言い出した。頭にきたが、背に腹は代えられない。この話に乗ってなんとか、父と最初に約束した通りにリオネル家とクラン家の約束は反故にすることができた。これでひとまずはイヴとの婚約解消は避けられただろう。とりあえず今日はここまでにして、サトゥナーとイリアは闇討ちでもするしかないかと思った時にイヴが動いた。

恐ろしい思いをした張本人であった彼女は、自分の醜聞になるであろう事を詳らかにし、理路整然と実父と異母兄妹を告発した。

僕が口を滑らせなかったら、彼女はこのような対応をしなくても済んだのではないかと思うと消えてしまいたくなるくらい恥ずかしく、自分で自分を殴りつけたいくらいの気分だった。

イヴはセオドア・ハルトに信頼のこもった瞳を向けている。その信頼に応えるようにセオドア・ハルトは彼らを異端審問にかけると言い、王宮から彼ら三人を奪い取っていった。

結局僕は何もできないどころか、彼女に自ら実父や義兄妹を裁かせるような真似をした。なんと詫びればいいのだろうか。どうやって償えば良いのだろうか。あまりにも情けなさすぎて僕はずっと彼女の瞳を見ることができないままだった。

そうして、彼女は『実家に戻るつもりもなく、家はアスランに継がせる』ように父に頼んでいた。しかも、『彼らの増長を許したのは国だから、クラン家に罪を問うな』と念押しまでしていた。全くもって素晴らしい女性だ、今の僕では彼女に釣り合わないだろう。

それについては、父ではなく、セオドア・ハルトが肯定していた。彼は、イヴを支えるためだろうが彼女の手を強く握っていて、イラっとした。今の僕が言えた義理ではないが、イヴに触れるなと言いたくなる。どうしても、どんなに僕が情けなくてもイヴを諦める気にはなれないのだ。

父はアスランを呼ぶと、クラン家を継ぐ事を認めた上で、彼を軽視しないように宣言する。僕たちの計画を知らないはずのイヴがこの計画の一番の立役者だった。

褒美を与えると言う父に向かってイヴはこれがお手本とばかりに美しいカーテシーをすると一言告げた。

「どうぞ、私と王太子殿下との婚約解消をお許しくださいませ」

その時に初めて気づいた。彼女の右手の薬指には、隣に立つセオドア・ハルトの瞳と同じ色の指輪が光っていることを。

傷物令嬢は自らの行方を決める

深々と頭を下げて懇願しているのに、陛下からは何も返事がない。王家は私とジェイドの婚約解消を望んでいるはずなので、この話に飛び付かないはずはないのに。不思議に思うが、ここで顔を上げるわけにはいかない。

そのまま黙って頭を下げ続ける事数分、そろそろ足が限界という頃になって、ようやく陛下が口を開いた。

「いや、リザム嬢。それについてはもう少し話し合いが必要ではないかね？」

何故か陛下は引き留めようとしてくる。まさか私が光属性の持ち主とばれたのだろうか？　それとも王宮内で起こった不祥事の被害者たる令嬢をここで見捨てては人心が離れると思っているのか。

けれどこちらとてここで引くわけにはいかないのだ。

「純潔は守られたとはいえ、私はもう王家に嫁ぐことが叶わぬ身であることは承知しております。この後どのような噂が立つかは火を見るよりも明らかなことかと存じます。せめて最後は引き際を弁えた淑女であったと皆さまの記憶に残りとうございます。どうかどうか、私の我儘を叶えていただけないでしょうか？」

これでもダメな場合は『褒美はなんなりと』と仰せでしたよね？　と言うつもりだったが、私の決意を感じたのか、陛下は大きくため息をつくと頷いた。

「うむ、わかった。王太子と其方の婚約を解消する事を認めよう。後日場を設けるので、その際に詳しい話をまとめよう」

せっかく許してくれたと思いきや『正式には後日』など先延ばしにする戦法に出てくる。これに頷いたが最後、王宮内の面倒くさい派閥争いに巻き込まれる事は間違いない。

ジェイドは当初の目論見通り、リオネル家とクラン家の約束を反故にすることができたので、もう私に関わってくることはないだろう。

けれど、婚約解消するまで私はジェイドの婚約者のままなのだ。利権という名のごちそうに集る貴族達（ハエ）が嫌というほど、寄ってくる事だろう。冗談ではない。これ以上誰かに利用されることも、針の筵に座り続けることもごめんである。私はさっさと逃げたいのだ。

「いいえ、陛下。この婚約が継続できなくなった理由は、私にございます。私は王家に何も要求致しません。また後日、噂が蔓延している王宮に伺うのは私にはとても耐えられません。どうしても後日と仰せであればいっそ……」

「あい、わかった。其方の気持ちは重々理解した。今すぐ婚約解消の手続きを取ろう。良いな、ジェイド」

含みを込めて口にすると、陛下はあっさり騙されてくれた。絶対に逃げるつもりだが、私に死ぬ気はさらさらない。今から幸せになるために私は逃げたいのだから。

「陛下、どうかそれだけは……！」

驚いたことにジェイドは陛下に対して反論した。まだ何か私に利用できる点が残っているのだろうか。もしそうだとしても私はもう嫌なのだ。彼に期待して裏切られるのを待つのも、針の筵に座らされ続けるのも。

「これは王命だ、わしがなんなりと褒美を遣わすと言った以上、リザム嬢の願いは聞き届けねばならぬ。しかも、これ以上こちらから無理を通そうとすると、若い命を散らすことにもなりかねん」

ジェイドは何か言いたげに口を開こうとしたが、私と目を合わさないまま絞り出すような声で「御意」と続けた。

婚約解消に関しては用意された書類に名前を書き込むだけである。書類を持ってきてもらうのに時間がかかるかな、と思ったが、王妃様がちょうどよく持っていたのですぐにその場で手続きができた。

王妃様は私が何も言わずとも、婚約を破棄させるつもりだったようなので、なんとか間に合ったというところだろうか。『不貞で王太子に婚約破棄された娘を持つ子爵家』と義父母が裏で何を言われるか、わからないところだった。その点についてはもしかしたら手遅れかもしれないが……。

私はこれから子爵家に戻らず、神殿に入殿するためにセオと一緒に大神殿に向かうつもりである。今後の政略争いに私が巻き込まれないためにはそれがよかろうと義父母も賛成してくれた。義父母はジェイドに贈られた家から出て、元の屋敷に戻ると話していた。

私が神殿に所属したらそれなりのお給料を貰えるし、家族に仕送りもできるらしいので、入殿後に、将来のことを話し合おうとは思っている。

大神殿は隣国にあり、往復に時間がかかるが、その間は何事もないよう、バーバラ様が子爵家の様子を見てくれるから、安心して良いとセオが言ってくれた。

「これから師弟になるから気にしなくていいよ」とセオは笑うが、受けた恩が大きすぎてどうやって返せば良いか見当もつかない。

婚約解消の書類を書き終わった後に、ジェイドが、私にペンを渡してくれる。その手に触った瞬間、私の手に鳥肌が立ったが、何事もなかったように受け取ると、急いで書類に目を通し、ジェイドの名前の下に自分の名前を記入する。

二人の名前が記入された書類を文官が受け取り、陛下に渡す。陛下は書類を眺めて最後に自分の名前を書類の上に記入した。

「これで王太子とエヴァンジェリン・クラン・デリア・ノースウェル・リザム嬢の婚約を解消したものとする」

陛下の言葉にほっとする。そして、今初めて気づいたことがひとつ。先程、ジェイドにペンを渡された時と、書類を受け取った文官に触ったとき、私の手には鳥肌が立っていた。体温が生ぬるく、人の肌の質感が気持ち悪かったのだ。

あの事件以降今日まで私が接した異性はお義父様とセオだけで、二人にはなんともなかったので気づかなかったが、なんとも嫌な予感がする……。後で少し確認が必要であろう。

私は最後にジェイドに向かって深くカーテシーをする。私から彼に対してかける言葉はもうない。

不幸になってほしいとも、幸せになってほしいとも、言えない。どちらもそう思っていないから。

「良い治世を」とでも言えば良かったのかもしれないが、これからサラの手を取る彼にそれを言うのは皮肉でしかない。

ジェイドから、私にかける言葉が無さそうなので、何も言わないまま顔を上げると、私は彼を背にして歩き出した。

これで、ジェイドの婚約者としての役割は終わりである。これからは私の人生を歩むのだ。

書き下ろし番外編

入殿準備

エヴァがお茶を準備するために席を外した後、ハルト様が私とヨアキムに話があると言った。私もエヴァの手伝いをしようと思っていたのだが、ハルト様は私にも是非とも同席してほしいと言うので、一緒に応接室へと向かった。

ヨアキムと私が室内に入ると、ハルト様から人払いを依頼される。ヨアキムが周りの使用人に目配せすると彼らは頷いて部屋から出て行く。ハルト様は扉が閉められたことを確認すると、懐から何かを取り出した。

「失礼かとは存じますが、これをお受け取りいただけますか」

そう言ってハルト様がテーブルに載せたのはぎっしりと金貨が詰まった袋だった。じゃりっと重たげな音がした袋を見たヨアキムは顔色を変えた。

「受け取れません」

すぐに断ったヨアキムを見て、ハルト様は少し困ったように笑った。

以前ハルト様は女性にだらしないとヨアキムから聞いたが、その噂が信じられなくなるほど、ここ数日の彼のエヴァへの献身は目を見張るものがあった。ハルト様はあの悍ましい事件の時もエヴァに付き添ってくれ、家まで送ってくださった。

それなのに対価を求めようともせず、エヴァをいたわってくれたそうだ。

エヴァが気に病んでいた身体の傷も全て彼が治してくれた。エヴァは私達には何も言わなかったけれど、いつも自分の身体の傷を気にしていたし、寒い日は痛むこともあるようだった。

身体の傷は確実にエヴァに暗い影を落としていた。どれだけ可哀想に思っても私達は何もできなかった。だからハルト様には感謝してもしきれない。

それだけでも有難いのに、あの事件以降、ハルト様は毎日のように我が家に訪れてくれ、エヴァの心のケアをしてくれている。エヴァもハルト様には心を許しているようで、柔らかな笑顔を浮かべることも多い。ハルト様もまた、温かな笑顔を浮かべている。ハルト様の本意はわからないけれど、ここ何日か接した感じでは魅力的な男性だと思うようになった。

そんなハルト様が金貨のたっぷり入った袋を私達に差し出す理由がわからない。むしろ私たちの方こそお礼をすべきなのだ。困惑している私達にハルト様は頭を下げた。

「私の我儘です、どうかお願いします。受け取ってください。エヴァンジェリン嬢から、『殿下から受け取ったものは全てお返しする』と伺いました。けれど、殿下の執着ぶりから見て、消え物もずいぶん受け取ったのではないかと思っております」

確かに殿下からはエヴァ宛てに様々なものをいただいていた。この屋敷もそうだが、宝石やドレスをはじめ、高価な花やお菓子も。殿下のエヴァに対する執着心はどこか恐ろしいものがあった。

昨日、エヴァからは「傷が治った以上は殿下と婚約を続ける必要がないので、殿下と婚約解消するつもりでいる」と聞いた。

エヴァが婚約解消した暁には、私達はこの家を殿下にお返しするつもりだ。もちろん、調度品も使用人たちもそのままにしてお返しする。それはエヴァにも話している。そして、住んでいた間の代金として、私達が持てる殆どの金をこの屋敷に置いていくつもりだった。エヴァもこの屋敷に殿下からいただいたもの全てを置いていくので、一緒に返してほしいと言っていた。宝石もドレスも何ひとつ持ち出す気はないそうだ。

お返しできるものは全てそのままお返しするが、花やお菓子などは消え物だ。全てをお返しすることはできない。あの事件の日以前は毎日のように大量に届いていたので、その分もお返しするとしたら、いったいいくらになるかわからない。私達の持てる全てを置いていっても、足りないだろう。

「このようなものをお渡しするのは本当に失礼かとは存じます。けれど、殿下との縁を切る為にはいただいたものよりも、多めにお返ししたほうが良いでしょう。これはエヴァンジェリン嬢が入殿するにあたっての支度金と思ってください」

「しかし、ハルト様からいただくわけには……」

「エヴァンジェリン嬢とは今後、長く付き合うことになると……、いえ、長く付き合いたいと思っています。このような時に言うのは卑怯だと思いますが、私は彼女との未来を望んでいます。だから、殿下との縁をしっかり切ってしまいたいのです」

真剣な顔で続けるハルト様にヨアキムは驚いた顔をしたが、私はやっぱりエヴァを大事に思ってくれていたのか、と嬉しく思ったし、二人を応援したい気になった。

しかし、まだ殿下との婚約は解消されていないし、なによりエヴァは辛い思いをしたばかりだ。急に次の話と言われても気持ちがついていかないだろう。

けれども、殿下とうまく婚約解消ができたとしても、三度も婚約者が代わった上、今回の件もある。そんなエヴァに良い縁談が来ることは難しい。だからこそ、私達はエヴァの神殿入りに賛成したのだ。

しかし、神殿入りしたとしても、後ろ盾がないのは不安だし、なにより、どこにいてもエヴァには幸せになってほしい。結婚だけが幸せだとは言わないが、一人で生きていくのは辛い。だから、エヴァの相手にハルト様が名乗りを上げてくれたのはとても、良いことだと思った。もちろん、エヴァの気持ちが第一だが、エヴァもハルト様を憎からず想っているように私の目には映った。

しかし、ヨアキムは私と違う感想を抱いたようで、難しい顔をしたまま話を続ける。

「しかし、あなたのお相手は限定されているのではないですか？」

「彼女なら、まず間違いなく二位以上になれるでしょうから問題ありません。もし、三位以下だった場合はあなた方の下へお返しします。その場合でもこれを返していただく必要はありません」

「それならば、余計に受け取るわけには参りません。娘があなたに嫁がなければならないような事態を招くわけには参りませんから」

「誤解しないでください。私が個人的に望んでいるだけで、彼女の意思を無視するつもりはありません。ただ、彼女との未来を夢見ることを許してほしいと思っています。なにより、私にもチャンスをいただきたい。そのための費用だと思ってください――チャレンジ料というものです」

顔を見合わせる私達にハルト様はくすりと笑って話を続ける。その笑顔は色っぽくって、なるほど、熱狂者が出るはずだとそんな場合ではないというのに、ぼんやりと思った。ハルト様はさらに言葉を重ねる。

「それに、私は彼女の師匠になる予定です。弟子の面倒を見るのは師匠の義務で、権利です」

ヨアキムが迷ったように私の顔を見てきたので、私は小さく頷いた。ヨアキムは仕事で家にいなかったが、私はここ数日エヴァとハルト様と過ごしていた。ハルト様は優しくて紳士的だった。何より、殿下よりもハルト様の方が信頼できる。私の顔を見たヨアキムは少し考えたが、ため息をつくと頷いた。そして、ハルト様の目をまっすぐ見て言葉を続けた。

「ありがたくお言葉に甘えます。しかし、それならば最初から、弟子の面倒を見る為だと言った方が良かったのではないですか？　エヴァとの未来を望んでいるなど私共に言っても良かったのですか？」

「ええ、むしろ言っておきたかったのです。彼女を大事に思うあなた方に、私の気持ちを知っておいていただきたかった。ですから、彼女に関してあなた方に顔向できないことはいたしません。どうぞご安心ください」

そう言ってハルト様は頭を下げた。私達が顔を上げてもらうようにお願いしたら、ようやくハルト様は顔を上げた。

「必ず、エヴァンジェリン嬢を守ります。誰よりも彼女の味方であると誓います」

そして私達の目を見つめながら、口を開いた。私たちを見つめるその目はどこまでも真剣だった。

「なぜ、そこまであの子に肩入れをしてくださるんですか？」

私がそう聞くとハルト様は気まずげに頭を掻くともう一度頭を下げた。

「彼女に近づくためとはいえ、私は一度、小狡い手を使ったことがあります。だから、今度こそ真心を以て彼女に報いたいのです」

「小狡い手……ですか？　いったい何をなさったのです？」

そう言ったハルト様にヨアキムは眉を顰める。ヨアキムは真面目な性質なので、小狡い手、と言うところが引っかかったようだ。しかし、私は男女の駆け引きにズルはつきものだと思っている。エヴァとハルト様がどのように知り合って、どのような関係を築いているのか分からないけれど、殿下の婚約者であるエヴァと知り合うには少々小狡い手も必要だろう。私は苦笑いしながらも、ハルト様に聞いてみた。

「どうしてそんなことまで仰るのです？　私達がハルト様を信用できなくなると思わなかったのですか？」

「ええ、それが狙いですからね。こんな裏しかなさそうな男を信用できますか、子爵？」

ハルト様は、私の言葉を軽くいなすと、ヨアキムに向かって挑発するように微笑んだ。ヨアキムは苦虫を噛みつぶしたような顔をした。

「そうでしょうね、こんな歯の浮くような台詞を言う男は信用できないでしょう。だから、きちんと見張っていてください。あなた方のご息女を任せるに足る男か否か」

「今までお話しくださったことは嘘ですか？」

ハルト様を睨みつけるヨアキムの背中を私はぺしりと叩いた。「リエーヌ」と少し情けない声を出すヨアキムを尻目に、急に自らの言葉を否定するようなことを仰るハルト様に、私は微笑みかけた。

「エヴァのことを大事に思ってくださっているのは本当でしょう？」

そう問うと、ハルト様は一瞬驚いた顔をした後に、悪い顔を作った。

「さて、どうでしょう？　エヴァンジェリン嬢は入殿してもあなた方と疎遠になるつもりはないようです。それならば、私とも長い付き合いになるでしょう。ですからあなた方は私をきちんと見張ってないといけない。だから、馬鹿なことを考えないでください」

あぁ、この方には私達が何を考えているのか、理解している。けれど、だからこそ、エヴァを任せても大丈夫なのではないかと思った。

そんな私達が何をするつもりだったのか、わかっていたらしいハルト様は手を打ってくださっていて、結局私達は彼に助けられた。

そんな彼がエヴァと一緒にいてくれることは大変ありがたい。私達では力不足だけれど、いつの日かエヴァとハルト様の良い報せが聞こえてこないかと私は心待ちにしている。ヨアキムはまだどこか気にかかるようだったが、男親なんてきっと、こんなものだろう。

どうか、エヴァが幸せになりますように……私は、いいえ、私達はそう願ってやまない。

あとがき

はじめまして、三角あきせと申します。この度は「婚約破棄した傷物令嬢は、治癒術師に弟子入りします！」を、お手に取ってくださり、本当にありがとうございます。

今流行の『悪役令嬢』ものにはまり、自分でも書いてみたくて、小説投稿サイトに投稿した作品です。多くの方にお力添えいただき、この度、書籍化の運びとなりました。応援してくださった皆さま、本当にありがとうございます。

本作をすでに読んでくださった方は「おや？」と思われるかもしれません。そう、本作は悪役令嬢ものではないのです。

筆者としては悪役令嬢ものを書きたいのですが、気づくと違うお話になっています。不思議だなぁ……と思いながら毎日執筆しています。

中世ヨーロッパ風の世界観が大好きなのですが、横文字の名前を覚えるのが苦手な作者は、実は主人公のフルネームを覚えていなかったりします。仕方が無いので、パソコンにお願いして（覚えてもらって）執筆しています。パソコン様、本当にありがとう。

話が進むにつれ、登場人物が増えていきますが、一週間も経てば、「あれ？　この人誰だっけ？」と思ってしまう毎日。また、登場人物の名前を間違えるのも日常茶飯事です。

そんなに横文字が苦手なら、日本の話を書けばいいのでは？　と思われるかもしれませんが、

中世ヨーロッパの世界観が、好きなのです！（意訳：日本の話は思いつかないのです）
　こんなポンコツな作者が生み出したキャラクターたちなのでポンコツな子も多いのですが――特に誰とは言いませんが、某小説投稿サイトに投稿時、すでにいじられキャラになってしまった彼とか――末永くお付き合いくださいますと幸甚です。
　最後に、重複となりますが、本作を応援くださった皆さま、本当にありがとうございます。温かく見守ってくれていた両親に、お声がけくださった担当のH様に、小説投稿サイトの運営様方に、何より、本作を楽しんで読んでくださった皆さまに、心からのお礼を言わせていただきたいです。こうして書籍という形で本作を世に出せたのは皆さまのおかげです。本当にありがとうございました。
　ポンコツな作者ですが、今後とも何卒宜しくお願いいたします。

次巻予告
大丈夫だよ
婚約破棄した傷物令嬢は、治癒術師に弟子入りします！
konyakuhakishita kizumonoreijouha chiyujutsushini deshirishimasu!
2
滅亡の危機に瀕する妖精の国へ迷い込んだ二人。
桁違いの魔力を持つエヴァは妖精たちに
助けを求められるが――!?
傷物令嬢×年上魔術師の師弟恋愛ファンタジー！
Akise Misumi
著 三角あきせ
ill. 林マキ

ーズ累計120万部突破!(紙+電子)

TO JUNIOR-BUNKO

※第4巻書影

イラスト：kaworu

TOジュニア文庫第5巻
2024年発売!

NOVELS

※第24巻書影

イラスト：珠梨やすゆき

原作小説第25巻
2023年10月10日発売!

COMICS

※第10巻書影

漫画：飯田せりこ

コミックス第11巻
2024年春発売予定!

SPIN-OFF

※第1巻カバーイラスト

漫画：桐井

スピンオフ漫画第1巻
「おかしな転生～リコリス・ダイアリー～」
2023年9月15日発売!

婚約破棄した傷物令嬢は、治癒術師に弟子入りします！

2023年10月1日　第1刷発行

著　者　三角あきせ

発行者　本田武市

発行所　TOブックス
〒150-0002
東京都渋谷区渋谷三丁目1番1号　PMO渋谷Ⅱ　11階
TEL 0120-933-772（営業フリーダイヤル）
FAX 050-3156-0508

印刷・製本　中央精版印刷株式会社

ISBN978-4-86699-940-1